Carrie Ann Ryan n'avait jamais pensé devenir écrivaine. C'est seulement quand elle est tombée sur un roman sentimental alors qu'elle était adolescente qu'elle s'est intéressée à cette activité. Lorsqu'un autre romancier lui a suggéré d'utiliser la petite voix dans sa tête à bon escient, la saga *Redwood* ainsi que ses autres histoires ont vu le jour. Carrie Ann a publié plus d'une vingtaine de romans et son esprit foisonne d'idées, alors elle n'a guère l'intention de renoncer à son rêve de sitôt.

De la même autrice :

Redwood :
1. *Jasper*
2. *Reed*
3. *Adam*
4. *Maddox*
5. *North*
6. *Logan*
7. *Quinn*

Griffes :
1. *Gideon*
2. *Finn*
3. *Ryder*

Carrie Ann Ryan

Finn

Griffes – 2

Traduit de l'anglais (États-Unis) par Hélène Assens

Milady

Milady est un label des éditions Bragelonne

Titre original : *An Alpha's Choice*

ISBN : 978-2-8112-2998-6

Bragelonne – Milady
60-62, rue d'Hauteville – 75010 Paris

E-mail : info@milady.fr
Site Internet : www.milady.fr

À ceux perdus dans les ténèbres.
Il y a une lumière, un bout au tunnel.

Accrochez-vous.

Chapitre premier

L'écho des pales d'hélicoptère qui fendaient le vent se rapprochait à chaque instant. Brynn Brentwood serra les poings le long de son corps, consciente qu'elle n'avait nulle part où fuir, nulle part où se cacher.

Ils venaient pour sa famille, sa meute. Ils venaient pour elle.

Ils venaient pour obtenir des réponses que personne n'avait vraiment envie d'entendre, et pourtant Brynn savait qu'elle se battrait pour garder la vérité hors de leur portée, pour protéger ce que celle-ci révélait.

C'était son boulot, sa passion, sa vie.

Les humains venaient pour eux, et les loups dans son dos et à ses côtés étaient aussi prêts qu'ils ne le seraient jamais. La révélation à laquelle ils s'étaient toujours préparés – alors même qu'ils avaient prié pour qu'elle n'advienne jamais – était proche.

Les humains sauraient bientôt que les métamorphes étaient réels… et vivaient près d'eux.

Brynn poussa un autre soupir, les yeux rivés sur la clairière qui bordait les barrières magiques de la tanière. En se transformant en direct devant les caméras, son oncle Leo, désormais mort, avait dit au monde entier – ou aux personnes qui avaient été devant leur écran – que les créatures surnaturelles qui rôdaient la nuit étaient bien réelles. Même si son frère Gideon, l'Alpha des Griffes, l'avait tué, les répercussions étaient loin d'être terminées.

En fait, elles ne faisaient que commencer.

— Brynn, tu entends ça ? Ils arrivent.

Brynn regarda son frère Ryder, l'Héritier de la meute et le deuxième de leur fratrie. Il s'était battu à ses côtés contre leur oncle Leo, l'ancienne nommée Shannon, les anciens et la poignée d'autres qui avaient tenté de prendre le contrôle de la meute. Il n'avait pas l'air très frais, un côté du corps dégoulinant de sang et les mains sales, mais ils étaient tous dans le même état. Ils n'avaient pas pu se transformer et déployer toute leur force pour vaincre les autres. Elle avait eu tellement peur avec sa famille de montrer leur vraie nature aux humains qu'ils avaient remporté le combat sans se métamorphoser. Apparemment, tous ces efforts avaient été vains.

Les humains – probablement des soldats – arrivaient. Ils étaient là. Elle humait leur odeur dans le vent, les entendait marcher à pas feutrés sur le sol de la forêt. Oh ! ils se pensaient peut-être discrets, mais l'ouïe de sa louve les percevait.

Une raison de plus qu'auraient les humains de les craindre.

Brynn serra les lèvres et adressa un signe de tête à Ryder.

— Gideon a envoyé la plus grande partie de la meute dans les souterrains qui conduisent à la tanière des Redwood. Elle sera en sécurité là-bas. Les humains ne peuvent pas voir à travers les barrières, pas plus qu'ils ne peuvent les approcher de trop près, ce qui ne les empêchera pas de faire tout ce qu'ils pourront pour trouver un moyen de nous arrêter.

Ils y parviendraient. Les humains y parvenaient absolument toujours.

— Tu as appelé tes amis au commissariat du coin ? demanda Brandon.

Il était l'Omega de la meute, celui qui apaisait leurs douleurs affectives. Il était aussi son frère – l'un des triplés. Elle ne distinguait aucune peur dans sa voix, mais la détermination propre aux Brentwood.

Brynn acquiesça d'un signe de tête. Elle connaissait quelques personnes dans la police locale, ainsi qu'une autre poignée d'humains au FBI et à la Sécurité intérieure. Sa tâche au sein de la meute consistait à se mêler aux humains quand elle le pouvait et à nouer des liens qui pourraient les aider au cas où le secret qui entourait leur existence viendrait à être ébruité.

Même si elle avait prié pour ne jamais avoir à faire jouer ses relations. Des loups et des humains qui étaient de leur côté occupaient des positions stratégiques à travers le pays pour les protéger dans l'éventualité où ils seraient démasqués. À présent, il leur faudrait recourir à ce réseau de protection et d'alliances et croiser les doigts pour qu'il fonctionne comme prévu.

— On ne peut pas juste rester derrière les barrières et prier pour qu'ils partent, grogna Gideon. On doit aller leur montrer qu'on ne se laissera pas faire, mais qu'on n'attaquera pas non plus les premiers.

Brynn était entièrement d'accord. Ce qu'ils feraient ce premier jour donnerait le ton pour le reste de leur vie. À moins qu'elle soit en train de rêver et que tout redevienne comme avant à son réveil.

Le premier humain gravit la côte en rampant, un fusil hypodermique à la main, flanqué de ses copains.

Non, ce n'était pas un rêve. C'était la réalité pure et dure. Les humains contre les loups.

— Allons-y, grogna Gideon, entraînant sa compagne Brie avec lui.

Que le grand frère de Brynn laisse sa compagne se battre à ses côtés en disait long sur l'importance de cette première rencontre.

Brynn se tenait entre ses frères, la tête haute, quand ils franchirent les barrières. Hors de question de se cacher derrière eux. Les plus faibles de la meute étaient cachés en lieu sûr. À présent, c'était à son tour de montrer aux humains que la meute ne se soumettrait pas, pas plus qu'elle n'attaquerait sans une raison valable.

— Ne tuez personne, dit Gideon tout en marchant. Contentez-vous de vous défendre. On ne se cache plus. Plus maintenant. Mais on peut faire en sorte que ça fonctionne. Ça va fonctionner, oui.

Elle se faufila à travers les barrières, la magie chaude lui picotant la peau. Avec les loups de la meute, des sorcières avaient tissé ce bouclier pour protéger les Griffes du monde extérieur. La force des barrières reposait sur celle de la meute dans sa globalité. Même si son frère et le reste de sa famille avaient fait de leur mieux pour accroître leur force, elle savait qu'ils n'étaient pas aussi forts que les Redwood. De multiples trahisons et un passé pavé de sang y avaient veillé.

Brynn secoua la tête, exaspérée contre elle-même. Elle devait se sortir la tête du cul et laisser le passé pour se tourner vers l'avenir. Ou plus exactement, le présent. Tout ce qu'ils avaient à faire, c'était empêcher les humains de les attaquer sur-le-champ et faire en sorte que la situation reste aussi calme que possible, et ils auraient peut-être une chance que cela ne tourne pas au désastre.

Quand la première seringue sédative vola près de sa tête lorsqu'elle passa les barrières, elle sut que ce n'était qu'un vœu pieux.

Eh bien, zut !

Gideon poussa Brie derrière lui, et celle-ci se laissa faire. Quand l'Alpha était dans une telle humeur, il valait mieux pour Brie, une louve soumise, qu'elle lui obéisse sans moufter. Brynn n'ignorait pas que si sa belle-sœur était là, c'était uniquement parce que Gideon avait besoin de la savoir en sécurité et que, pour cela, elle devait être à ses côtés.

Elle avait l'impression qu'il ne s'était écoulé qu'une seconde, mais soudain deux humains encadrèrent Brynn, leurs fusils levés, prêts à appuyer sur la détente. Les autres esquivaient et poussaient ceux qui voulaient s'emparer d'eux. Brynn n'était pas en reste alors qu'elle flanquait un coup de coude dans le ventre d'un des hommes, lui prenait son fusil, le désarmait, puis écrasait son poing dans le visage de l'autre humain avant qu'il puisse lui tirer dessus.

Elle ne se servit pas de ses griffes, ne grogna pas, ne se transforma pas en louve. Elle fit tout ça comme la dure à cuire qu'elle était. Pourtant elle savait que ce ne serait jamais assez. Elle se battrait, hurlerait et tenterait de gagner, mais à moins que leur monde trouve un équilibre entre loups et humains, elle ne l'emporterait jamais vraiment.

Personne n'y parviendrait.

Un autre soldat humain la visa et, avant qu'elle ait pu se jeter sur le côté, un humain près d'elle la tira vers lui. Elle écarquilla les yeux, mais il ne fit que froncer les sourcils en la regardant avant d'adresser un signe de tête à certains de ses hommes.

Cela n'avait aucun sens. Pourquoi ne tentait-il pas de la canarder comme le reste de son équipe ? Les sourcils froncés, elle observa de plus près les humains qui attaquaient sa famille. On aurait dit que seulement la moitié d'entre eux leur tirait vraiment dessus alors que les autres semblaient juste vouloir se rapprocher. Elle ne comprenait pas pourquoi, mais elle savait que ce devait être important.

Un jour.

Elle tourna les yeux vers l'homme qui l'avait attrapée, mais il était parti, caché au milieu des arbres qui entouraient la tanière.

C'était quoi, ce bordel ?

— Arrêtez tout et levez les mains en l'air ! cria un humain. Nous ne voulons pas vous faire de mal, mais nous n'hésiterons pas si nous y sommes contraints.

Elle sentit la saveur du mensonge sur sa langue. Oh ! cet humain voulait leur faire du mal et n'en éprouverait pas le moindre remords. Était-ce ce qui les attendait ? Était-ce la vie qu'ils mèneraient pour être différents ?

Sa louve la poussa et elle tenta de respirer. Elle ignorait quoi faire. Cela ne lui ressemblait vraiment pas, cette indécision, au regard de toutes les autres décisions qu'elle avait prises. Il n'y avait qu'un autre problème dans sa vie qui attendait la bonne réponse, mais elle ne penserait pas à lui, là tout de suite.

Elle ne pouvait pas se le permettre.

Ryder l'empoigna par la taille et l'attira vers lui au moment même où un autre humain leur tirait dessus. Elle foudroya son frère du regard, mais ne l'en remercia pas moins d'un signe de tête. Elle avait beau détester que ses frères la sauvent, elle pouvait au moins se montrer reconnaissante.

Rester plantés là à se faire canarder n'aidait personne. Ils ne pouvaient pas juste se laisser prendre sans rien faire, mais bon sang ! il devait exister un moyen de parler à quelqu'un, de rendre cette… transition plus facile pour tout le monde. Ce n'était pas comme si personne n'avait été dans le secret les concernant, mais ça devenait ridicule.

Ils n'étaient pas dans la clairière, mais dans un bosquet qui dissimulait certains d'entre eux. Brynn se laissa aller contre Ryder, sa louve brûlant de sortir et de se battre pour protéger leur tanière.

— Ils ne nous écouteront pas, chuchota Ryder. Les premiers hommes qui se sont pointés étaient armés de fusils hypodermiques qui pourraient bien se révéler efficaces sur nous vu la taille de leurs putains de seringues. Pas le meilleur moyen de commencer.

Les sourcils froncés, Brynn observa les humains qui tentaient d'encercler sa famille.

— Soit ils savaient déjà qu'on était là et toute cette histoire n'est qu'un prétexte, soit ils débarquent juste en faisant feu à la moindre menace.

— Ils n'utilisent pas de vrais fusils, Brynn, dit Ryder, la voix impassible.

— Je sais, chuchota-t-elle.

Il n'était pas juste question de la diffusion en direct d'images montrant des humains qui se transformaient en loups et de nouveau en humains.

— Ce n'était qu'un prétexte pour mettre la main sur nous. Ou un truc dans le genre. On les intéresse pour une raison ou une autre, et on ignore à quelle branche de l'armée ou du gouvernement on a affaire. Ça ne me plaît pas, Ryder.

— Ni à aucun de nous, et le fait que Gideon nous demande de ronger notre frein n'arrange rien. Sauf que j'ignore quoi faire pour améliorer les choses.

Brynn soupira puis vérifia son téléphone.

— Aucun de mes contacts ne me rappelle. À quoi ils peuvent bien servir après toutes ces années s'ils ne nous aident pas ?

— On ignore ce qui se passe, Brynn. On ignore à qui Leo a montré ces images et on ignore ce que ces individus ont vraiment vu. La présence même de ces soldats n'est pas de bon augure, mais on n'a pas les détails.

Et c'était dans les détails qu'elle et Ryder excellaient. Ses autres frères et ses cousins prenaient en charge tant d'autres aspects de la meute, mais elle et Ryder s'occupaient des détails.

— Brynn Brentwood ? appela une voix au loin.

Sa louve se mit sur le qui-vive. Ryder lâcha un juron, mais Brynn n'était pas dans le même état d'esprit.

— Enfin, murmura-t-elle.

Gideon la rejoignit en un éclair, montrant les dents.

— C'est qui, putain ! et que veut-il ?

Brynn s'essuya les mains sur son pantalon et secoua la tête.

— C’est Alex Martinez. Le général Alex Martinez. Et il est venu nous aider. (Elle prit une inspiration.) Du moins, je l’espère. Tu me fais confiance ?

Son frère et Alpha scruta son visage avant d’acquiescer d’un signe de tête.

Une marque de respect qui arracha un gémissement à sa louve, mais Brynn n’y prêta pas attention. Elle releva le menton et esquissa un pas, sortant du couvert des arbres.

— Mon général, il semblerait que nous ayons beaucoup à nous dire.

L’homme, qui paraissait beaucoup plus âgé que Brynn, mais avait plus d’un siècle de moins qu’elle, lui adressa un signe de tête, les dents serrées.

— Il semblerait, en effet.

Le monde avait changé en un clin d’œil ; un raté au niveau de la sécurité et Brynn et les Griffes devaient jouer leur prochaine carte avec subtilité.

Ou tout perdre.

Chapitre 2

Un an plus tard

Les fortes doses de sucre, caramel et crème que Brynn avait ajoutées dans son gobelet ne réussirent même pas à masquer la saveur âpre du café brûlé. Parfois, avoir le palais fin craignait un max.

Elle lécha la crème fouettée qui était restée accrochée à ses lèvres et posa son gobelet, pleinement consciente de ne pas être en train de boire un café en privé. Rien dans sa vie n'était véritablement privé. C'était du passé, ça.

Brynn esquissa un doux sourire et glissa les doigts dans ses longs cheveux noirs pour les faire passer par-dessus son épaule, s'efforçant d'avoir l'air sympathique et inoffensive, comme si elle n'avait pas le moindre souci. Ça n'aurait pas pu être plus éloigné de la vérité, mais la plupart des gens se fiaient à ce qu'ils voyaient plutôt qu'à ce qu'ils devaient voir.

La dernière année n'avait fait que la conforter dans cette opinion. Lorsque le général Martinez avait mis le pied près du territoire des Griffes, la donne avait encore changé. Les humains savaient qu'ils existaient. Ils savaient que des métamorphes rôdaient autour d'eux ; que certains se changeaient en de prétendus monstres. Mais ils ne savaient pas tout. C'était le boulot de Brynn de s'assurer qu'il en soit ainsi. Enfin, de Brynn, du reste de sa famille et des Redwood.

Son oncle Leo et ses hommes s'étaient transformés en loups puis de nouveau en humains devant les caméras. Voilà ce que les gens avaient vu. Ils avaient vu la douloureuse transition, avec les os qui se cassaient et les tendons qui se déchiraient. Ils avaient vu des humains se métamorphoser en loups avec des griffes et des crocs. Puis ils avaient vu Brynn et sa famille se battre contre eux sous leur forme humaine. Ils avaient vu l'étalage de force, mais n'avaient pas vu la mort. Les caméras avaient été détruites à ce moment-là. Louée soit la déesse. Les humains n'avaient vu qu'une minuscule facette des métamorphes. Ils n'avaient pas vu un couple uni et attentionné, n'avaient pas vu de louveteau rouler dans l'herbe en chassant sa queue.

Ils n'avaient vu que la douleur et la peur associées à la métamorphose. Brynn souffrait toujours autant chaque fois qu'elle se changeait en louve, mais la volupté qui enveloppait son âme lorsqu'elle se reliait à sa moitié métamorphe valait toutes les douleurs.

Encore une fois, non que les humains en aient conscience.

Depuis le Dévoilement – oui, ça avait un nom, grâce aux chaînes d'infos en continu –, sa vie n'avait pas été de tout repos, mais elle s'estimait chanceuse de ne pas avoir été attachée à une table pour être étudiée… ni carrément tuée parce qu'elle était différente. Peu importait que les humains prétendent être tolérants envers toutes les personnes. Pour la plupart d'entre eux, Brynn et sa famille n'étaient pas des personnes justement. Au cours de ses plus de cent cinquante ans d'existence, Brynn avait vu le pire chez les humains ainsi que chez les métamorphes, mais elle avait aussi vu le meilleur. Elle avait vu les luttes pour la tolérance et l'acceptation des races, religions, sexualités et credo. De grands progrès avaient été faits pour trouver une égalité qui satisfasse les gens.

Sauf qu'elle n'était pas humaine.

Elle ne l'avait jamais été, contrairement à certains amis ou membres de sa meute qui avaient été changés plus tard. Elle était née de parents loups et avait été élevée comme un louveteau. Elle s'était transformée pour la première fois à deux ans et avait erré dans la tanière et les régions environnantes en ayant deux natures. Elle ignorait à quoi pouvait ressembler la vie sans la lutte constante pour le contrôle et l'équilibre délicat inhérent au partage d'un corps avec un autre esprit.

Même si elle aurait parfois aimé être humaine histoire de ne pas avoir à vivre dans la peur ni à se soucier de l'équilibre de la meute, de combats et de compagnons – elle réprima une grimace à ce dernier mot –, elle savait qu'elle ne laisserait jamais personne lui enlever sa louve. Enfin, ce n'était pas comme si c'était possible, mais s'il existait jamais une potion magique qui pouvait la changer d'un seul coup entièrement en humaine, elle n'en voudrait pas.

Alors même que sa famille n'était pas en sécurité et qu'elle risquait elle-même sa peau du seul fait d'être dans un café à l'extérieur des barrières de la tanière, elle ne changerait pas qui elle était.

Elle était Brynn Brentwood, fille du précédent Alpha, sœur de l'actuel. Femelle dominante de la meute puisque sa belle-sœur, Brie, était une louve soumise. Brie portait le titre de femelle Alpha et régnait aux côtés de son compagnon, Gideon. Mais malgré la force de Bric et le fait qu'elle s'occupait des affaires internes à sa façon, pleine de douceur, elle ne serait jamais une louve dominante. Ce qui n'était absolument pas un problème – quoi qu'en disent certains des loups les plus âgés. En revanche, cela rendait la vie de Brynn un peu plus trépidante.

Elle se passa la main sur le visage. Elle ne pouvait pas se permettre de se pencher là-dessus, tout de suite. Elle devait rester vigilante, tout en ayant l'air contente alors qu'elle s'apprêtait à aller faire les boutiques.

Oui. Café et shopping. Voilà effectivement comment elle protégeait la meute en ce moment.

Le truc, c'était qu'elle s'en foutait si ça paraissait ridicule ; elle savait que ça paierait sur le long terme. Lorsque le général Martinez avait pris le contrôle du « conflit » qui avait éclaté sur le territoire de la meute, il avait commencé une nouvelle phase dans les relations avec les métamorphes. Les humains ne savaient véritablement pas quoi faire d'eux. Accepter l'idée qu'une autre espèce vive parmi eux, se mêle à eux et forme un peuple à part entière prenait du temps. Ils étaient au point mort pendant que les gens réfléchissaient à la façon de s'occuper du « problème des métamorphes ».

Brynn roula des yeux, consciente d'avoir probablement l'air d'une folle. Elle qui voulait paraître calme et sereine, c'était raté.

En ce moment même, Washington créait plusieurs commissions – certaines avaient déjà été formées – pour tenter de décider si les métamorphes perdraient leurs droits en tant qu'Américains – s'ils avaient jamais été considérés comme humains, s'ils avaient le droit de vivre seuls… si les métamorphes devaient être étudiés, tués ou même obligés à rallier une unité militaire et à se battre pour protéger le pays. La plupart des métamorphes n'étaient pas connus du public, n'ayant pas été filmés comme l'avaient été Brynn et sa famille. C'était plus facile pour eux de cacher ce qu'ils étaient – plus sûr, aussi. Mais tout le monde savait qu'une paix comme celle-ci ne pouvait pas durer très longtemps. Certains à Washington étaient en fait des métamorphes sous couverture, mais ils devaient néanmoins agir avec prudence. Leurs projets soigneusement élaborés pour le Dévoilement ne fonctionneraient que si les gens s'efforçaient de ne pas provoquer une guerre.

Personne ne savait quoi penser, ce qui laissait du temps à Brynn et à sa famille pour donner d'eux une meilleure image que celle de bêtes féroces enragées. Pendant que Washington et des huiles du même acabit tentaient de prendre des décisions, Brynn et les siens montreraient qu'ils n'étaient pas des monstres, qu'ils menaient des vies normales.

Qu'ils faisaient les magasins et allaient prendre un verre dans des petits cafés sans embêter personne. D'où le fait que Brynn buvait un café au lait en attendant qu'un membre de la meute Redwood la rejoigne. Les Redwood étaient les alliés et amis des Griffes. Ils s'étaient battus ensemble dans la guerre contre les Reyes une trentaine d'années plus tôt, quand cette meute avait invoqué un démon pour dominer le monde. Et, bien sûr, Brie avait été une Redwood avant d'épouser Gideon, consolidant ainsi leur alliance.

Brynn ferma les yeux, tentant de ne pas penser à la façon dont ils auraient pu cimenter leur alliance, sans qu'ils en aient été capables. Elle déglutit bruyamment, serrant les poings sur ses genoux sous la petite table ronde. Elle se mentit, se disant que ça aurait juste été une façon de consolider leur alliance.

Son désespoir n'était pas une menace à une alliance. C'était un bloc d'atroce souffrance parfaitement solide qui lui transperçait le corps sans relâche jusqu'à ce que la torpeur bénie de la défaite l'envahisse. Elle ne parvenait même plus à faire bouillir la colère dans ses veines – elle ne se reconnaissait plus.

— Tu fais quoi ?

Cette voix. Cette odeur – mélange épicé de loup et d'homme.

La rage monta soudain en elle et elle inspira profondément par le nez. Il semblait qu'elle puisse encore se mettre en colère finalement. Sa présence perça sa torpeur, la torture de savoir ce qu'elle ne pouvait pas avoir, quoi que lui dise le destin.

Elle s'obligea à ouvrir les yeux et à maîtriser ses émotions. Elle ne pouvait pas piquer une crise en public – pas plus qu'en privé. Si elle baissait sa garde, elle serait anéantie et il verrait sa vulnérabilité. Il ne pouvait pas la voir vulnérable… ne pouvait pas la voir du tout.

Il se tenait près de sa table, faisant peser sur elle le poids de la présence de l'Héritier d'une meute et des ténèbres de responsabilités endossées bien trop tôt. Il avait coupé ses cheveux depuis la dernière fois qu'elle l'avait vu. D'habitude, il aimait les porter longs, leurs boucles lui effleurant les épaules comme celles de l'Alpha de la meute Redwood – et son père –, Kade. À présent, ils étaient encore plus longs que ceux de la plupart des hommes, mais il ne pouvait plus les attacher en une queue-de-cheval haute et bien fournie comme avant. Il ne s'était pas non plus rasé depuis une quinzaine de jours, semblait-il, et sa puissante mâchoire était couverte d'une barbe sombre qui la poussa à se demander ce que ça ferait de la sentir contre la peau sensible de l'intérieur de ses cuisses.

Merde ! Elle ne pouvait pas penser à ça. Il humerait son émoi et elle serait baisée – pas littéralement, en l'occurrence.

Elle se concentra plutôt sur le vert jade de ses yeux qui avaient l'air de sonder son âme et creuser les couches de glace dont elle s'entourait d'habitude. Pourtant ce maudit homme ne voyait pas ce qu'il devrait voir, devrait sentir.

Comment était-ce même possible ?

— Finn.

Elle avait la voix basse, rauque. Bon sang !

Il inclina la tête sur le côté, ressemblant tant à son loup qu'elle darda des regards à travers le café, tentant de voir ce que les humains feraient avec deux loups parmi eux. Ils ne savaient peut-être pas avec certitude qu'elle était une louve, et ils ignoraient probablement que Finn était un loup, mais il la dévisageait avec une telle intensité qu'elle craignait qu'ils comprennent. Il était trop dominant, trop proche de son loup. Il ne pouvait pas le cacher comme les autres, comme elle, mais elle n'était pas sûre qu'il en ait conscience.

Finn fronça les sourcils puis s'installa en face d'elle.

— Pourquoi étais-tu assise comme ça quand je suis entré ? Quel est le problème ?

Il avait une voix si profonde, si grave. Elle dut se contrôler pour empêcher qu'un frisson lui parcoure le bas du dos.

Toi. C'est toi le problème. Tu me tues à chaque respiration ; chaque mot, et tu ne le sais même pas. Tu m'as volé mon avenir, pourtant tu ne te doutes pas le moins du monde de m'avoir anéantie au passage. Tu ne sais rien, et je ne peux absolument rien y faire parce que tu ne peux pas me voir vulnérable.

Cependant, elle ne dit rien de tout ça. Comment l'aurait-elle pu ? Il ignorait pourquoi elle se sentait vide à l'intérieur. Il ignorait pourquoi sa louve la tannait, lui réclamait en suppliant un contact, d'avoir une chance de vivre quelque chose qui n'adviendrait jamais. Franchement, elle n'avait pas la moindre idée de ce qu'il savait, de ce qu'il sentait ; tout ce qu'elle savait, c'était qu'il ne ressentait pas la même chose qu'elle.

Sinon, elle l'aurait su.

— Il n'y a aucun problème, cracha-t-elle. À part le fait que tu es en retard.

Finn arqua les sourcils, mais ne releva pas son mensonge. Étant un loup très fort, il devait en avoir senti la saveur sur sa langue, mais elle n'avait aucune envie de se prendre la tête avec ce genre de trucs, là tout de suite. Tout ce qu'elle voulait, c'était en finir avec cette journée et rentrer chez elle. Une fois derrière les barrières, derrière sa propre porte, elle craquerait et trouverait un moyen de continuer. *Ce n'est pas la fin du monde*, se dit-elle. Elle ne le permettrait pas.

— Si tu le dis. Et je ne suis pas très en retard. J'ai été pris dans les embouteillages en venant. Cet endroit est plus près de ta tan… maison que de la mienne.

Elle ricana quand sa langue lui fourcha et qu'il faillit prononcer le mot « tanière ». Ils ne voulaient pas attirer l'attention sur leur espèce pour l'instant, mais il s'était repris à temps.

— Dans ce cas, tu aurais dû partir plus tôt, répliqua-t-elle doucement.

Elle respira un bon coup, consciente que sa louve était bien trop près d'affleurer. Elle devait recouvrer un semblant de contrôle pour pouvoir affronter le reste de leur journée. Lui crier dessus, ou pire, laisser une lueur dorée flamboyer dans ses yeux alors que sa louve s'y montrait n'arrangerait rien.

— Désolée, le café est infect et faut croire qu'il me pousse à me comporter comme une garce.

— Des excuses ? Ça ne te ressemble vraiment pas, dit-il d'un ton doucereux.

Il se leva et lui tendit la main.

— Allons faire les boutiques, alors. Mets ton café à la poubelle, on va te trouver un autre endroit.

Elle se leva sans prendre sa main, le menton relevé.

— Je ne fais pas partie de tes petites groupies, Finn. Je n'ai pas besoin de ton aide.

Elle jeta le gobelet et respira encore un bon coup, consciente que les gens les regardaient. Bien sûr, de l'extérieur, elle avait l'air d'une femme amère qui se querellait avec un homme, mais, quand même, elle devait maîtriser ses émotions ! Plus facile à dire qu'à faire.

Finn soupira.

— Allons-y, Brynn. Je vais t'offrir quelque chose qui brille.

Elle plissa les yeux, mais garda un sourire plaqué sur son visage. Elle ne pouvait pas effrayer les petits humains.

— Si ça brille, ça me va, dit-elle, tentant de contenir sa louve.

Finn lui rendit son sourire, mais celui-ci n'atteignit pas ses yeux. Il savait qu'il y avait un problème, mais il ne connaîtrait jamais la vérité.

Ce n'était pas comme si elle pouvait la lui dire, après tout.

L'homme près d'elle, qui l'agaçait au plus haut point, était le seul homme du monde entier que le destin avait décrété être le sien. Il était son compagnon, sa moitié, sa sérénité.

Pourtant il ne ressentait pas la même attraction, n'avait pas conscience qu'elle était sa moitié à lui.

Finn était son compagnon, mais elle n'était pas sa compagne.

Le destin craignait un max.

Chapitre 3

Finn Jamenson ne comprenait pas les femmes. Oh ! elles ne manquaient pas dans sa famille et il en avait eu plus que sa part dans son lit, mais rien à faire, il ne les comprenait pas. À un moment elles souriaient, et l'instant suivant elles le rembarraient, prêtes à lui arracher la gorge pour avoir osé être en retard.

D'accord, il n'aurait peut-être pas dû arriver en retard au café où Brynn l'attendait pour aller faire du shopping, mais il était resté vingt minutes dans sa voiture à l'extérieur de l'établissement à tenter dc se calmer. Et pour une fois, il n'avait pas cherché à apaiser son loup. Son loup n'avait rien fait du tout pendant que Finn s'était efforcé de trouver un moyen de gérer la situation. L'homme avait désiré la femme qui était à l'intérieur du café. Il avait eu envie de prendre son visage entre ses mains, de goûter à ses lèvres et de l'embrasser jusqu'à ce qu'ils soient tous deux hors d'haleine.

Il avait brûlé de la plaquer contre le mur le plus proche et de glisser la main sur le devant de son jean pour sentir à quel point elle mouillait. Parce que, bon sang ! il savait qu'elle aurait mouillé. Il humait son émoi chaque fois qu'elle était près de lui, et ce n'était pas comme si c'était à sens unique non plus. Sa putain de queue avait des marques de fermeture Éclair sur le côté, vu qu'il avait la trique en permanence quand il était près d'elle.

Pourtant aucun d'eux n'avait fait quelque chose. Il pensait que c'était parce qu'elle ne pouvait juste pas le blairer. Il ignorait ce qu'il avait bien pu faire pour provoquer son courroux, mais il n'avait qu'une trentaine d'années alors qu'elle en avait plus de cent cinquante. Peut-être qu'elle n'aimait juste pas les louveteaux qui étaient plus dominants qu'elle. Ça se tenait, étant donné que sa louve et elle avaient une force que la plupart des dominants ne posséderaient jamais. Seule une poignée de loups étaient plus forts qu'elle, estimait-il, et il en faisait partie. Ce n'était pas sa faute ; il était né comme ça. Si on y ajoutait le fait qu'il avait endossé les responsabilités et les liens attachés à la fonction d'Héritier d'une meute rivale avant même d'être entré en maternelle, son loup détenait plus de pouvoir que la plupart l'en croyaient capable.

Zut ! la plupart du temps, il doutait de pouvoir l'assumer lui aussi.

Il n'avait jamais fait des avances à Brynn, et elle ne lui en avait pas fait non plus. Alors même qu'ils se désiraient manifestement tous les deux, il ne pensait pas qu'ils passeraient un jour à l'acte. Elle n'était pas sa compagne. Son loup aurait senti l'attraction, ou du moins l'aurait poussé vers elle dans ce cas. Au lieu de quoi, son loup restait étrangement silencieux.

Peut-être que le terme « étrangement » n'était pas le plus adapté. Son loup était en général silencieux. Il devait déployer beaucoup d'énergie pour le maîtriser, mais son loup ne le tannait pas quotidiennement pour des trucs comme aller courir ou se battre. Il s'agissait plus d'une brûlure subtile à l'intérieur de lui qui le faisait souffrir en permanence. Son loup ne le poussait pas comme le faisaient ceux des autres.

Il supposait que c'était parce qu'il n'était pas un loup normal. Il ne l'était plus. Pas depuis que le démon Caym avait failli le tuer quand il était enfant. Le souvenir d'os cassés et d'un cri qui ne sortait jamais lui envahit l'esprit et il se tint anormalement immobile, craignant, s'il bougeait, de se briser à nouveau tout entier. Il humait encore le sang de son oncle Josh, qui avait également manqué mourir, la gorge tranchée, les yeux écarquillés alors qu'il tendait les mains vers Finn.

Finn soupira. Il n'avait pas à penser à ce jour-là, à la souffrance. En fait, il ferait mieux de cesser totalement de penser aux démons et à Brynn.

Brynn et lui ne se retrouveraient jamais ensemble dans un lit pour donner libre cours à leurs bas instincts parce qu'ils n'étaient pas des compagnons. Et, alors même qu'il pouvait coucher avec d'autres louves, sorcières ou humaines en sachant qu'il ne s'unirait jamais à elles, il doutait de pouvoir en faire autant avec Brynn. Pour commencer, ça foutrait probablement en l'air l'alliance fragile qu'il avait nouée avec elle, sans parler de celle entre leurs deux meutes.

En plus, quelque chose lui disait qu'une fois qu'il aurait goûté à Brynn il ne serait plus capable d'en rester là.

Ce qui les desservirait tous les deux lorsqu'ils rencontreraient leurs vrais compagnons.

Alors Finn s'efforcerait de rester loin d'elle et de la tentation qu'elle constituait quand il était auprès d'elle. Il en était capable. Peut-être.

Ce serait mieux pour tous les deux s'ils pouvaient se laisser un peu de temps, histoire de surmonter l'attirance qui ne semblait pas vouloir les lâcher. Baiser juste pour assouvir leurs instincts alors qu'il savait qu'il serait à ramasser à la petite cuillère après ne réglerait rien. Il ne supportait pas l'idée de désirer Brynn en tant qu'homme, pour découvrir plus tard qu'il était passé à côté du bonheur véritable avec sa compagne parce qu'il avait eu l'esprit embrouillé et avait été accaparé par des pulsions qu'il n'aurait pas dû avoir.

Ce qui était précisément la raison pour laquelle il devait prendre du recul. Il avait vraiment l'air d'un enfoiré. Il n'était pas comme ça d'habitude – d'habitude il était le premier à plaisanter pour tenter de détendre l'atmosphère. Mais il n'était plus capable que de penser à Brynn et à ses problèmes personnels, plutôt qu'à ceux qui l'occupaient présentement.

Par exemple, la raison pour laquelle il était alors chez ses parents et attendait le reste de sa famille pour que la réunion puisse commencer. Presque personne n'était encore arrivé, tandis que ses parents étaient en train de s'habiller à l'étage après… eh bien, Finn n'avait pas envie de penser à ça non plus. Il réprima un grand sourire. Au moins il savait que Kade et Mélanie Jamenson ne pouvaient toujours pas s'empêcher de se sauter dessus après toutes ces années.

Quand le tout le monde serait là, ils étaient censés discuter de la prochaine étape de leur plan d'action concernant leur sécurité et le Dévoilement complet. Mais il n'arrivait pas à penser à autre chose qu'à sa queue qui lui faisait un mal de chien.

Heureusement il n'était pas complètement en érection, étant donné que Brynn n'était pas dans la pièce, cependant dans une tanière pleine de loups à l'odorat fin, être excité à la pensée d'une autre louve était gênant. Zut ! sa puberté avait été un vrai cauchemar à cause de ça.

— C'est quoi cette tête ? demanda sa cousine Charlotte.

Les sourcils froncés, elle rassembla ses longs cheveux noirs bouclés en une queue-de-cheval. Elle tripotait sans cesse ses cheveux, que ce soit pour se cacher le visage le plus possible ou pour s'assurer qu'ils ne lui touchaient pas la nuque. Il comprenait ses tics, mais il aurait aimé pouvoir l'aider à corriger le raisonnement qui les sous-tendait.

— Qu'est-ce qu'elle a ma tête ? s'enquit-il, écartant de son esprit son inquiétude pour Charlotte et son désir pour Brynn.

La louve des Griffes n'était pas sa compagne. Fin de l'histoire.

Charlotte lui lança un regard en coin et il ricana.

— Tu as l'air tout à la fois tiraillé et en colère. Alors, c'est quoi le problème ?

Il secoua la tête.

— Juste des trucs. Rien de grave.

Elle le regarda fixement.

— Vraiment. Promis. Je sais que ton père était l'Omega, mais je n'ai pas à te dire tout ce que je ressens. Si c'était vraiment important, je t'en parlerais. D'accord ?

Elle roula des yeux, et son loup se détendit en voyant qu'il ne l'avait pas blessée avec ses paroles inconsidérées.

— Je m'inquiète pour toi parce que tu es ma famille, mon ami et mon coloc. Pas à cause de qui est mon père. Tu devrais le savoir, Finn Jamenson.

Il haussa les épaules, même s'il avait conscience d'avoir probablement encore été un enfoiré, à l'instant. Apparemment, ça devenait une habitude ces temps-ci.

— Merci de t'inquiéter pour moi, dit-il en le pensant.

Il s'inquiétait pour elle, lui aussi. C'était ce qui faisait d'eux des amis, des cousins et des membres d'une même meute.

— Cela dit, tu ne crois pas qu'on devrait songer à avoir chacun son chez-soi ?

Charlotte le dévisagea en clignant des yeux. Ils ne vivaient ensemble que depuis un an. Avant ça, il avait habité avec son autre cousine, Brie. Il y avait assez de place pour qu'il ait sa propre maison comme certains de ses frères et la plupart de ses cousins, mais il n'aimait pas être seul. Il aurait pu emménager avec une dizaine de ses frères et cousins (et non pas cousines), mais Brie et Charlotte étaient celles qui savaient le mieux s'y prendre avec lui et son loup. Elles ne le bousculaient pas ni ne défiaient son loup. En fait, Brie avait été si soumise qu'elle avait calmé son loup d'une façon qui lui manquait. Il avait été en mesure d'aider sa louve aussi, puisque c'était ainsi que fonctionnaient leurs loups. Charlotte n'était pas soumise, mais elle avait un côté affectueux qui l'apaisait, elle aussi. Les ténèbres qui couvaient en elle lui rappelaient les siennes, quoiqu'à un niveau différent, caché.

— J'aime habiter avec toi, dit-elle doucement. Je n'aime pas être seule. Et même si j'adore maman et papa, je suis un peu trop âgée pour vivre encore avec eux.

Finn tendit la main et joua avec sa cheville, conscient qu'elle avait besoin de contact physique, mais qu'on la laisse tranquille, aussi. Elle avait vécu l'enfer enfant avant que Maddox et Ellie la découvrent enchaînée à un mur et décident de l'élever comme leur fille. Ils ne parlaient pas du fait qu'elle était en fait la sœur d'Ellie et non sa fille. Ils perdaient leurs enfants quand ils leur racontaient leur arbre généalogique tout tordu le soir avant de dormir. Charlotte faisait partie de la famille, point barre.

— J'aime t'avoir près de moi, moi aussi, dit-il doucement.

— Je vous aime tant tous les deux.

Se retournant au son de la voix de Brie, Finn se leva en un éclair et la serra dans ses bras tout aussi vite. Elle enroula les bras autour de sa taille et soupira contre lui.

— Tu m'as manqué, Brie, grogna-t-il tout bas, humant son parfum.

Elle l'apaisait par sa seule présence. Elle faisait partie de sa famille, même si elle ne vivait plus dans leur tanière.

— Je t'aime aussi, chuchota-t-il. Depuis que tu as épousé ce mufle des Griffes, je ne te vois pratiquement plus.

Charlotte s'esclaffa derrière lui et tira Brie vers elle pour pouvoir la prendre dans ses bras, elle aussi.

— Finn est un imbécile, mais je t'aime plus encore et tu m'as manqué encore plus.

Brie recula quand Charlotte la libéra et leur sourit à tous les deux. Même s'il avait traité Gideon de mufle, il savait que l'Alpha était la meilleure chose qui soit arrivée à Brie. Il ne l'avait jamais vue si heureuse, si choyée, si forte.

Le monde avait beau s'être effondré autour d'eux au cours de la dernière année, et même si leurs vies étaient en danger du simple fait qu'ils étaient des loups, il savait que Brie était dans son élément aux côtés de son compagnon. Elle s'était glissée dans la fonction de compagne de l'Alpha mieux qu'ils n'auraient pu l'espérer. Il avait été tellement inquiet, putain ! quand elle lui avait parlé pour la première fois de son lien potentiel avec Gideon. Ces deux-là n'avaient pas choisi la voie de la facilité quand il s'était agi de leur relation, mais Finn avait le sentiment qu'ils ne s'en portaient que mieux tous les deux.

Finn fronça les sourcils.

— Attends. Qu'est-ce que tu fais là ? Non que je ne sois pas ravi que tu sois là, mais je ne comprends pas.

Brie lui adressa un sourire triste.

— Une poignée des Griffes est venue assister à la réunion. On a préféré prendre les souterrains plutôt que de venir en voiture parce qu'on est hyper surveillés dès qu'on franchit les barrières.

Ils avaient mis près de quinze ans à achever les souterrains longs de plusieurs dizaines de kilomètres qui reliaient les deux meutes. Non seulement ils avaient été aux prises avec les obstacles naturels, mais ils avaient aussi dû ajouter des barrières magiques et autres sortilèges pour préserver leurs tanières des étrangers – de ceux qui n'hésiteraient pas à les attaquer à cause du sang qui coulait dans leurs veines.

Finn jura. Il détestait avoir l'impression de vivre dans une prison. Ce qui avait autrefois été un refuge contre le monde extérieur ressemblait désormais aux barreaux de la captivité. Ils étaient libres d'aller et venir à leur guise, mais les humains les surveillaient. Ou, du moins, ils surveillaient les Griffes puisque c'était près de leur tanière que tout avait commencé. Au cours de la dernière année, les humains avaient pris en filature certains Griffes si bien qu'ils avaient fini par découvrir la tanière des Redwood. Soit ça, soit ils avaient été au courant depuis le début. À ce stade, il ignorait ce que savait exactement le gouvernement. Une des nombreuses raisons pour lesquelles ils se réunissaient. Ils ne pouvaient plus rester assis à attendre de voir ce que les humains feraient.

Toute la portée de la réponse de Brie le frappa de plein fouet et il se figea imperceptiblement avant de s'obliger à dissimuler qu'il était à cran.

— Qui t'a accompagnée ?

Il avait la voix plus profonde que d'habitude et il aperçut une lueur intriguée dans les regards de Brie et Charlotte, mais il n'y prêta pas attention.

— Gideon, Ryder et Brynn, dit-elle avec lenteur, plissant les yeux. Les autres sont à la tanière et montent la garde pour ainsi dire. Gideon a estimé préférable de ne pas amener toute l'équipe en territoire Redwood. Nous quatre, plus deux soldats, c'est suffisant.

Ça se tenait, même s'il n'était pas vraiment en état de réfléchir. En tant qu'Alpha, Gideon devrait discuter de leurs plans avec Kade. Même s'ils se rencontraient aussi souvent que possible en terrain neutre, il était parfois nécessaire d'organiser des entrevues dans l'une des tanières pour montrer la confiance qu'ils avaient dans leur pacte. Ils assistaient aussi presque quotidiennement à des réunions en ligne, mais ils surveillaient tous chacun de leurs propos, car ils avaient beau maîtriser parfaitement la technologie, ils ne pouvaient jamais être certains de ne courir aucun risque. Pas à l'heure actuelle.

Ryder, en tant qu'Héritier de la meute des Griffes, faisait essentiellement la même chose que Finn. Ils aidaient tous les deux leur Alpha à protéger leur meute, ainsi qu'à porter le fardeau que représentait le fait d'être relié à tant de loups à la fois. Les Alphas se chargeaient du plus gros, mais, sans leur Héritier, ce serait trop. Un jour, Kade se retirerait et Finn serait l'Alpha. Finn priait juste pour que ça ne se passe pas comme la dernière fois. Lorsque le grand-père de Finn, Edward, était mort en les protégeant tous, Kade était devenu l'Alpha sur un champ de bataille sanglant et Finn avait reçu la responsabilité d'une meute alors qu'il n'était encore qu'un bambin.

Même s'il faisait un bon Héritier d'après ce que pouvait en voir Finn, Ryder ne le resterait pas toujours. Lorsque Gideon et Brie auraient un fils, celui-ci deviendrait l'Héritier quand il serait assez âgé, à moins d'une tragédie comme dans le cas de Finn. À vrai dire, vu comment la déesse de la Lune avait modifié un tantinet la dynamique de sa famille, leur premier-né ou première-née pourrait bien devenir l'Héritier ou l'Héritière.

En ayant été forcé d'assumer les liens de l'Héritier, Finn avait changé le moment de la passation des pouvoirs. Ses frères et sa sœur accédaient tous à leur place au sein de la hiérarchie à un âge bien trop jeune. Il savait que ce n'était pas sa faute, pourtant il ne pouvait pas s'empêcher de se sentir responsable. Mais, avec la relève de la garde, les Redwood se trouvaient dans une position particulière avec une ancienne génération qui était en aussi bonne forme et avait la même endurance que la nouvelle. Ce qui ne faisait que les rendre plus forts.

Il en allait autrement pour les Griffes, il le savait. La relève de leur garde avait eu lieu dans le sang et les larmes parce que le père de Gideon et de Brynn avait été un tyran plutôt qu'un Alpha. Finn ne connaissait pas toute l'histoire, mais il savait que ça avait été moche. Peut-être qu'un jour Brynn lui révélerait l'étendue du désastre pour qu'il puisse aider.

Il manqua encore de se figer à cette évocation.

Non, il n'aborderait pas le sujet avec Brynn. Elle n'était pas sa compagne. Elle n'était même pas son amie. Ce n'était pas possible, pas avec l'attirance qui couvait entre eux sans qu'ils puissent rien y faire.

Finn se racla la gorge, conscient que les filles avaient commencé à parler d'autre chose pendant qu'il était perdu dans ses propres pensées. Ce qui lui arrivait régulièrement lorsqu'il était avec des personnes en qui il avait confiance et que son esprit se tournait vers les ténèbres de son passé plus qu'il ne le devrait. Ça ne lui plaisait pas : il voulait vivre dans l'instant présent, alors même qu'il ne pouvait pas rompre ses attaches.

— Bien, vous êtes arrivés, dit Kade, le père de Finn et l'Alpha de la meute Redwood, en entrant dans la pièce.

Il se dirigea vers eux sans se presser, les cheveux encore en bataille après ce qu'il avait fait, quoi que ce fût, à l'étage avec Mélanie. Ses yeux cernés n'étaient pas faciles à voir, mais Finn avait passé toute sa vie à observer son père pour être sûr de devenir un jour l'Alpha qu'il devait être. L'année passée avait été éprouvante pour eux tous, mais les Alphas en avaient le plus pâti. Ils devaient manœuvrer habilement pour éviter la guerre, tout en veillant à ce que leur meute se sente bel et bien en sécurité à l'intérieur des barrières de la tanière. Pas une tâche facile et, à mesure, que le temps passait, Finn doutait qu'elle soit possible.

— Oncle Kade, dit Brie avec un sourire.

Kade lui ouvrit les bras et Brie s'y glissa aussitôt. Les épaules de l'Alpha se détendirent un peu et Finn réprima un sourire. Finn ignorait parfois si Brie avait conscience de ce que sa nature soumise pouvait accomplir, mais en cet instant quelque chose lui disait que sa cousine savait exactement ce qu'elle faisait. Après tout, elle était mariée à un Alpha.

Kade s'écarta et plongea la main dans ses cheveux.

— On ne sera pas au complet aujourd'hui, juste une poignée, car Gideon a accepté de ne pas amener toute sa meute sur nos terres. Il n'y aura donc que nous. On tiendra les autres informés de ce qui ressortira de cette réunion même si, en toute franchise, on ne prendra aucune décision sans eux ; ce qui n'empêche qu'on a quand même besoin de discuter.

Charlotte fronça les sourcils.

— Alors qu'est-ce que je fais là ? Euh, non pas que ça me dérange d'être là, mais je n'ai aucun titre au sein de la meute. Je suis juste moi.

Finn ricana.

— Tu n'as rien de « juste ».

Elle lui décocha un grand sourire, un de ses rares sourires sincères.

Kade ricana.

— Tu es là parce que tu fais partie de la nouvelle génération et que tu es la meilleure amie de Finn. Il pourrait avoir besoin de toi après la discussion qu'on va avoir aujourd'hui.

Sur cette affirmation sibylline, son père quitta la pièce, probablement pour se rendre dans la salle de réunion où Gideon devrait les rejoindre. Finn resta planté là, les yeux écarquillés.

— Pourquoi aurais-je besoin de toi, Charlotte ? Qu'est-ce qui se passe, putain ?

Il tourna le regard vers Brie, qui grimaça.

— Quoi, Brie ?

— Je ne sais pas tout, mais tu es bien au courant que ce n'est pas notre première réunion, pas vrai ? On monte des projets, et quoi qu'il arrive aujourd'hui, sache que je t'aime et que tu pourras toujours compter sur moi.

Il sentit un frisson lui glisser sur la peau.

— Brie.

Elle secoua la tête.

— Je ne peux rien dire. Viens. Les autres doivent être dans la salle à l'heure qu'il est. J'ai voulu venir avant le début de la réunion parce que vous me manquez tous les deux et que je préfère être d'abord là comme votre cousine que comme compagne de l'Alpha.

Elle prit la main de Charlotte et gagna l'arrière de la maison, laissant Finn sans voix. La force de Brie ne cessait jamais de le surprendre, même s'il savait qu'il aurait dû y être habitué à force. Pour qu'une louve soumise puisse supporter d'être unie à un Alpha, elle devrait avoir la force de mille loups dominants. Brie en avait à revendre.

Finn inspira profondément et se dirigea vers la salle où étaient rassemblés les autres. Il tenta de deviner où son père voulait en venir, mais il n'arrivait pas à garder les idées claires. Pas quand le parfum de fleurs exotiques de la femme qu'il ne pouvait pas avoir lui remplissait les narines, mettant aussitôt sa moitié humaine en rut. Seigneur, il ne pouvait pas réfléchir quand elle était dans les parages, il ne pouvait pas respirer. Ce n'était pas un lien d'union – il savait au moins ça –, mais ce satané désir ne le lâchait pas.

Il roula ses épaules, supplia sa queue de ne pas se dresser et franchit la porte de la salle de réunion.

Elle était là.

Cheveux sombres et yeux bleu vif. Ses pommettes saillantes, elle serra les dents quand elle croisa son regard. Zut ! elle le haïssait bel et bien et il ignorait pourquoi. Il n'avait rien fait qui aurait pu la blesser, pourtant elle avait l'air de vouloir lui tordre le cou.

Ou plutôt, de lui tordre le cou après l'avoir bien baisé contre le mur.

Une raison de plus pour laquelle il ne pouvait pas jeter son dévolu sur elle.

— Finn.

Ryder lui adressa un signe de tête et Finn lui répondit en inclinant le menton.

— Ryder.

— Tu es là, grogna Gideon avant de baisser les yeux sur Brie, qui lui avait apparemment donné un coup de coude dans le ventre. Content de te voir, Finn.

Finn réprima un sourire en voyant le grand méchant Alpha s'adoucir au contact de sa compagne. C'était ce que voulait Finn, ce qu'il brûlait d'avoir. Il avait vu les membres de sa famille trouver chacun à leur tour leur compagnon. Il les avait vus élever leurs enfants et tomber plus amoureux encore de jour en jour. Il avait hâte de vivre ça avec quelqu'un.

Si seulement il pouvait se la sortir de la tête pour pouvoir passer à autre chose.

— On va commencer, dit Kade doucement. On connaît déjà pour la plupart d'entre nous la raison de cette réunion.

Finn fronça les sourcils. Il n'aimait pas ne pas avoir été mis au courant et quelque chose lui disait qu'il n'aimerait pas non plus ce qui se tramait.

— Depuis que les humains ont appris notre existence, on s'est efforcés de rester calmes, de rester raisonnables, poursuivit Kade. Seule une poignée d'entre nous a été exposée aux yeux de tous, et le gouvernement ne sait pas quoi faire de nous parce qu'on a placé les bonnes personnes à des postes clés depuis longtemps. Mais il se prépare quelque chose, on le sait. Ceux qui veulent nous faire du mal, qui veulent nous contrôler carrément, donnent de la voix.

— On a infiltré les milieux qui vont gagner en influence sur le gouvernement tandis qu'on suit certaines sectes depuis longtemps, grogna Gideon – l'Alpha s'exprimait toujours en grognant, semblait-il. Mais il y a une chose sur laquelle on doit continuer à travailler. L'image que les humains ont de nous.

Finn inclina la tête sur le côté, perplexe. Quel rapport avec lui ?

— Tu parles de propagande.

La voix de Brynn glissa sur lui, tout comme les accents acérés qui imprégnaient ses mots.

— On parle d'image, dit Kade. Mon neveu Parker parcourt le monde pour discuter avec d'autres meutes et fait son possible pour tous nous mettre en relation afin qu'on soit prêts. Toutes les meutes ne sont pas disposées à s'aligner sur d'autres. Il existe des tensions séculaires et d'autant plus de peurs quand il est question du désir de se soustraire à ce que les humains pourraient nous faire.

Mais, pendant ce temps, on doit s'assurer que les humains ne nous craignent pas.

— Mais ne le devraient-ils pas ? demanda Charlotte, la voix douce. Ne devraient-ils pas nous craindre, juste un peu ?

Kade soupira.

— Oui et non. Pour l'heure, ils ignorent tout de notre nature. Et les humains veulent détruire ce qu'ils ne comprennent pas. On n'est pas le premier peuple à qui cela arrive.

— Tu veux dire que vous voulez nous donner un visage, dit Finn avec lenteur. Vous voulez que les humains nous considèrent comme les leurs, même si ce n'est pas le cas.

La mère de Finn, Mélanie, hocha la tête.

— Oui, mon chéri. On veut que les humains nous voient évoluer dans le monde, pas les tuer sans autre forme de procès. Parce que, zut ! on n'est pas des assassins. Ils doivent savoir ça.

— Et que se passera-t-il quand leur absence de peur se retournera contre nous ? s'enquit Brynn.

Gideon releva le menton.

— Alors on passera à l'étape suivante. On protégera les nôtres coûte que coûte. Mais d'abord, on veut que les humains nous considèrent comme de vraies personnes. Pas des monstres.

— Quel rapport avec ceux que tu as convoqués ici ? demanda Finn.

Kade poussa un soupir.

— On a besoin d'un membre de chaque meute pour nous représenter dans le monde. Plusieurs d'entre nous s'efforcent déjà de se mêler aux humains en faisant comme si tout allait bien. Mais maintenant on a besoin de personnes qui le fassent quotidiennement, qui discutent avec les gens et ne s'effarouchent pas si on les prend en photo en train de sourire. (Il se tourna vers Finn.) Je veux que toi et Brynn continuiez ce que vous faites, mais de façon plus intensive. Montrez aux humains que nous ne sommes pas des monstres. Prouvez-leur qu'on peut vivre dans leur monde et dans le nôtre. Toi et Brynn avez préparé le terrain au cours de cette dernière année. Maintenant, passez à la vitesse supérieure.

Finn jura mentalement. C'était un plan qui lui aurait convenu si ça avait été avec n'importe qui d'autre. Mais devoir être près de Brynn jour après jour jusqu'à ce qu'ils découvrent un moyen de protéger les leurs ? Il n'était pas sûr d'en être capable. Il croisa le regard de Brynn, la colère qui y couvait presque palpable.

Il n'était pas sûr qu'elle n'en soit capable elle non plus.

Parce que plus ils étaient ensemble, plus ils s'embrasaient. Et un jour, ils ne pourraient plus maîtriser ce feu. Lorsque ce jour viendrait, il ignorait qui s'en sortirait en un seul morceau.

À condition que l'un d'eux y parvienne.

Chapitre 4

Brynn écrasa son poing contre le mur et le placoplâtre céda, laissant un trou dans la cloison. Une douleur lui irradia dans le bras, un élancement sourd plutôt que quelque chose de plus intense grâce au sang qui coulait dans ses veines. Elle trembla et s'efforça de ne pas hurler.

Elle avait contenu le feu, la rage à l'intérieur d'elle pendant toute la durée de la réunion avec les Redwood et avait même réussi à rejoindre sa maison avant de craquer. Elle avait de la chance d'avoir tenu aussi longtemps.

Comment son frère, son Alpha, pouvait-il lui faire ça ? Ne voyait-il pas la douleur sur son visage, ne sentait-il pas l'atroce souffrance à travers le lien qu'elle avait avec son Alpha ? Son autre frère, Brandon, l'Omega, qui percevait toutes les émotions de la meute, serait probablement capable de sentir son supplice, mais, bon sang ! pourquoi pas son Alpha de frère ? Pourquoi devait-il lui imposer la souffrance de fréquenter l'homme qui la détestait ? Qui la détestait au point de ne faire aucun cas du lien qu'ils pourraient nouer – à condition qu'il soit seulement capable de le sentir.

Cela n'avait aucun sens.

Elle avait trop bien caché ses sentiments, elle le savait. Mais c'était ce qu'elle avait toujours fait. Quand son père l'avait presque tuée, elle s'était efforcée de ne pas pleurer. Parce que, si elle avait pleuré, il n'en aurait été que plus heureux et elle aurait fait de la peine à ses frères et à ses cousins. Alors elle avait tout gardé en elle, alors même qu'elle mourait à l'intérieur. Et à présent elle recommençait parce qu'elle ne voulait pas que les autres sachent que l'homme qui aurait pu être le sien ne ressentait pas la même chose qu'elle.

Elle avait vécu assez longtemps pour croire ne jamais trouver un compagnon, et quand elle l'avait enfin rencontré, il ne l'avait pas reconnue, n'avait rien laissé transparaître. Le fils de pute ! Elle détestait avoir laissé Finn lui faire ça. Il était l'homme le plus sexy qu'elle avait jamais vu, et après ? Il était assez dominant pour pouvoir coucher avec elle, et après ? Il serait capable de la baiser jusqu'à ce qu'elle s'enfonce dans le matelas et il ne tressaillirait pas quand elle lui planterait les griffes dans le dos. Il la chevaucherait comme un putain de cow-boy et la comblerait.

Elle serra les dents. Ce n'était pas comme si elle avait vraiment besoin qu'un homme la baise. Elle était parfaitement capable de se donner un orgasme. En fait, c'était tout ce qu'elle faisait depuis bien trop longtemps.

La tension sexuelle qui ne la lâchait pas n'arrangeait probablement pas les choses avec les Redwood et les humains, mais, bon sang ! c'était la faute de Finn. Tout était la faute de Finn.

Et, à présent, elle se comportait comme une petite ado pleurnicharde, pas comme une adulte assez forte pour tuer un homme d'une seule main.

Bon sang !

Elle arracha son poing du mur et plia les doigts. Heureusement elle ne pensait pas s'être cassé quoi que ce soit. Elle n'était vraiment pas d'humeur à avoir affaire à Walker, le Guérisseur de la meute et un autre de ses frères, si jamais elle s'était esquinté la main. Il aurait des questions, et cet homme avait le don de lui extorquer des réponses même quand elle aurait préféré garder le silence. Elle ne pouvait rien lui cacher. Zut, pas plus qu'à tous ses autres frères et ses cousins ! Mitchell et Max avaient beau ne pas être ses frères, ils avaient été élevés dans le même enfer qu'elle. Ils les côtoyaient pendant les guerres et les luttes intestines qui les avaient conduits là où ils en étaient aujourd'hui.

Elle plia encore les doigts et ferma les yeux, consciente qu'elle ne devait pas penser au passé ni même au morne avenir. Le moindre pas, la moindre respiration avaient beau la tuer quand elle était aux côtés de Finn sans pouvoir rien faire du désir qui l'embrasait, elle se ferait une raison. Elle le devait. Elle n'avait pas d'autre choix.

On frappa doucement à la porte, l'arrachant à ses apitoiements, et elle renifla, retenant un juron en découvrant à qui appartenait l'odeur.

Bien sûr que c'était Brie qui était à sa porte. Ça ne pouvait être personne d'autre. Il fallait que ce soit la cousine et l'une des meilleures amies de l'homme qui occupait ses pensées. Brie était la compagne de son Alpha, sa femelle Alpha. Et une putain de louve soumise, qui en voyait bien trop avec ses jolis yeux.

Brynn inspira profondément et marcha vers la porte, qu'elle ouvrit en s'efforçant de garder un visage neutre. Montrer sa lutte intérieure n'aiderait personne. Brie ne pouvait pas savoir ce qui se passait dans sa tête, le monde ne pouvait pas le savoir. Parce qu'alors ça deviendrait réel. Finn saurait qu'il l'avait blessée du simple fait de ne pas l'avoir reconnue.

Il n'avait pas le droit de savoir qu'il l'avait blessée.

Un grondement féroce s'échappa de ses lèvres et Brie écarquilla les yeux.

Elle qui voulait avoir l'air neutre et naturelle, c'était mal barré.

— Tout va bien ? demanda Brie, avant de secouer la tête. Bien sûr que tout ne va pas bien. Je suis là parce que je sais sciemment qu'il y a un souci avec toi, Brynn. Gideon m'a dit de te laisser tranquille, mais il ne me connaît pas bien du tout s'il croit que je vais rester sans rien faire quand je sais qu'il y a un problème. (Brie croisa les bras et inclina la tête sur le côté.) Bon, tu vas m'inviter à entrer pour qu'on puisse en discuter ? Ou tu vas me laisser pérorer sur ton perron où n'importe qui peut approcher et entendre ce que je dis ?

Brynn ne put pas s'en empêcher. Elle rit.

— Je le jure, parfois tu ressembles à un vrai louveteau, pas à une louve.

Brie lui décocha un sourire qui se mua en un grondement légèrement menaçant.

— Ne me cherche pas, Brynn. J'ai beau être petite, je mords. Fort. Tu n'as qu'à demander à Gideon.

Brynn recula, le corps tremblant.

— S'il te plaît, ne parle plus de mordre mon frère comme ça. Je vais avoir des cauchemars maintenant, à vous imaginer lui et toi en train de faire des… trucs. (Elle frémit encore.) Non. Je n'irai pas de ce côté. Comme si ça ne suffisait pas de le voir te regarder comme si tu étais un agneau que l'on mène à l'abattoir.

Brie ricana et s'assit sur le canapé de Brynn.

— Je ne trouve pas qu'il me regarde comme si j'étais un agneau. Plutôt comme un bonbon dont il a hâte d'arracher l'emballage pour le sucer.

Brynn leva les mains.

— Non. Pour l'amour de la déesse. S'il te plaît, arrête.

— C'est toi qui as commencé.

— Et tu as très bien terminé, de sorte qu'on n'aura jamais plus à parler de mordre, sucer ou arracher des emballages.

Malgré elle, Brynn éclata de rire. Brie avait le don d'apaiser sa louve par sa seule présence. C'était essentiellement parce que Brie était soumise, mais quelque chose disait à Brynn qu'il en aurait été de même si Brie avait été une louve dominante.

Brynn s'affala sur le canapé près de Brie, consciente de devoir maîtriser ses émotions. Être trop émotive ne l'aiderait pas. Elle mourait à l'intérieur, et après ? Elle avait un boulot à faire. Un boulot qui consistait à travailler côte à côte avec le seul loup capable de lui faire du mal juste en respirant.

Facile.

— Tu vas me dire ce qui ne va pas ? demanda Brie, leur minute de légèreté envolée.

— Je vais bien, mentit-elle.

Brie arqua un sourcil.

— Je ne te crois tellement pas. Ça fait un an maintenant que tu n'es pas dans ton assiette, et aujourd'hui c'était encore pire.

— Tu ne me connais que depuis un an, Brie.

En s'unissant à Brie, Gideon avait fait entrer Finn dans la vie de Brynn. Elle l'avait peut-être aperçu de loin au cours de ces trente dernières années depuis que les Redwood et les Griffes coopéraient, mais elle ne l'avait pas véritablement rencontré avant la cérémonie d'union de Gideon et de Brie. Finn n'avait été qu'un enfant quand la famille de Brynn était intervenue après des années de guerre pour tenter d'aider les Redwood à vaincre les Reyes. Elle ne l'avait pas vu alors, et puisque la déesse de la Lune n'était pas entièrement mauvaise, elle n'aurait pas su qu'il était son compagnon à ce moment-là de toute façon. Ils avaient beau être destinés à être ensemble, la maturité avait son importance. Quinze ans plus tard, quand son ami Quinn s'était uni à la sœur de Finn, Gina – la première union d'un Griffes depuis bien trop longtemps et la première union entre leurs meutes –, elle n'avait vu Finn que de loin. Il avait été adulte alors, mais encore bien trop jeune pour elle.

Puis il était venu à la tanière avec Brie, et elle avait été perdue.

Il ne lui avait pas accordé un regard.

Non, c'était un mensonge. Il l'avait reluquée, et son loup avait flamboyé dans ses yeux comme s'il avait aimé ce qu'il voyait. Mais ça s'était arrêté là. La réaction d'un mâle face à une femelle qu'il voulait baiser.

Il n'avait pas été un homme tombant à genoux de ravissement devant sa compagne.

Ça l'avait mise dans une rage folle qu'il n'ait pas bronché, n'ait pas senti ce qu'elle sentait. Certes, elle ne lui en avait pas parlé directement, mais elle aurait distingué quelque signe de reconnaissance. Elle avait assez vu comment réagissaient les autres en découvrant leur compagnon pour savoir ce que Finn aurait dû faire s'ils avaient été des compagnons et qu'il l'avait senti.

Bien sûr, dans le pire des cas, il se pouvait qu'il perçoive leur lien potentiel, mais choisisse de ne pas y prêter attention. Elle refusait d'y penser. Parce que, si c'était vrai, il l'avait vue – il l'avait sentie – et l'avait rejetée. C'était douloureux de se dire qu'elle préférait que le destin se soit planté et lui ait donné un compagnon qui ne sentait pas ce qu'elle sentait plutôt qu'un qui ne voulait pas d'elle du tout.

Sa louve gémit et elle serra les dents : plutôt se bouffer son propre pied que montrer un tel signe de faiblesse.

Assise près d'elle, Brie scrutait son visage.

— Tu souffres, Brynn. Je le sens, et tu sais très bien que Brandon le sent aussi. Ainsi que Gideon, mais il ne sait déjà plus où donner de la tête si bien qu'il a choisi de ne pas jouer les frères surprotecteurs en essayant de régler tous tes problèmes à ta place. Du moins, c'est le choix qu'il a fait pour l'instant. J'ignore combien de temps encore notre Alpha pourra se retenir quand c'est de toi qu'il est question. Il mettrait le monde à feu et à sang plus qu'il ne l'est déjà pour te protéger.

Brynn sentit les larmes lui monter aux yeux et elle jura. Elle se racla la gorge.

— Je crois que tu nous confonds toutes les deux. Il déclencherait une autre guerre pour toi.

Brie soupira.

— Tu es sa petite sœur. Peu importe que tu aies plus d'un siècle. Il ferait n'importe quoi pour toi. Il ferait n'importe quoi pour chacun de ses frères et cousins, aussi. C'est le genre d'homme qu'il est et ce qui fait de lui un Alpha merveilleux quoique parfois dominateur.

Elle renifla, consciente que le terme « dominateur » était juste.

— Je vais bien. (Elle poussa un soupir.) J'irai bientôt bien. Qu'en dis-tu ?

Parce qu'elle ne laisserait pas son atroce et dévorante souffrance dominer sa vie et mettre sa meute en danger. Celle-ci méritait mieux qu'une louve trop fleur bleue sans compagnon. Beaucoup mieux.

— J'aurais aimé que tu me dises ce qui ne va pas, Brynn. Tu es ma sœur maintenant. Tu sais que je ferais n'importe quoi pour toi.

— Je n'ai jamais eu de sœur, tu sais.

Brie se fendit d'un large sourire.

— Grandir entourée de tous ces garçons a dû être un enfer. J'ignore comment vous vous en êtes sorties, toi et ma tante Cailin. Au moins, je n'ai pas été la seule fille de ma génération.

— Ça ne m'a pas dérangée, à vrai dire. (Elle fronça les sourcils.) Ils ont été là pour moi les jours les plus sombres. Même quand ils étaient dominateurs et se comportaient comme des mâles typiques, ils étaient mon sang. Tu sais ?

Brie soupira, la tristesse lui emplissant les yeux.

— Oui. Gideon m'a raconté ce que votre père vous a fait endurer à vous tous, mais seulement en partie.

Brynn se figea. Non. Elle ne penserait pas à ça, ne penserait pas au passé. Ne s'était-elle pas dit quelques minutes plus tôt seulement qu'elle vivrait dans le présent ? Et pourtant, ne voilà-t-il pas qu'elle songeait aux cris perçants et aux interminables flots de sang et de souvenirs ? Elle avait appris il y avait bien longtemps à ne pas crier, même quand la douleur était insupportable.

Brie tendit les mains, prenant soin de ne pas toucher Brynn. Oh, le plus grand soin !

— Il ne m'a pas révélé tes secrets. Tu sais que ton frère ne ferait jamais ça.

La voix de Brie était tendue, et Brynn se détendit un peu. La jeune femme défendait son compagnon tout en tentant d'apaiser Brynn. Ce qui attestait une force que d'autres ne s'étaient pas donné la peine de voir.

Brynn soupira.

— Oui. Je suis désolée. (Elle se passa la main sur le visage.) Je suis juste un peu à côté de mes pompes. Ça va passer.

— Si tu le dis. (Brie n'avait pas l'air de la croire un seul instant, mais Brynn ne pouvait rien y faire pour le moment.) Je suis en fait venue pour voir quels étaient tes projets avec Finn avant qu'on aille à la maison retrouver le reste de la famille. Je me suis dit que tu préférerais en discuter juste avec moi avant d'être bombardée par la testostérone des hommes Brentwood.

Brynn retint un sourire à la pensée de la famille à écrasante majorité masculine dans laquelle elle vivait, même si elle tressaillit à la seule mention du nom de Finn. Putain, ça ne serait pas facile !

— Finn et moi n'avons pas trop parlé de nos projets, on a juste prévu d'aller boire un café. Encore.

Elle tenta d'oublier l'effet qu'il lui avait fait quand il s'était avancé à pas de loup vers elle dans le café, la façon dont sa louve s'était mise sur le qui-vive, réclamant en suppliant des miettes d'affection qui ne viendraient jamais.

Putain ! Elle n'était pas une damoiselle qui avait besoin d'être sauvée. S'il ne voulait pas d'elle, alors merde ! Elle n'aimait pas la personne qu'elle devenait dès qu'elle pensait à lui. De nouveau, elle chassa de son esprit toute pensée de perte et de liens, rangeant Finn dans une boîte avant d'en tourner la clé.

Qu'il aille se faire voir.

— Je sais que tous les deux vous avez déjà fait votre numéro à la sois-gentil-en-public plusieurs fois au cours de la dernière année, et c'est la raison pour laquelle vous avez été choisis. Mais j'ignore si un café fera l'affaire.

— Je sais. On a déjà fait les magasins. Ou plutôt, j'ai fait semblant de faire les magasins pendant qu'il grognait derrière moi, s'emmerdant apparemment comme un rat mort.

Brie sourit jusqu'aux oreilles.

— C'est parce qu'on avait l'habitude avec Charlotte de l'obliger à nous accompagner quand les choses étaient plus… sûres.

Plus sûres. Parce qu'à présent la plupart des membres de la meute ne quittaient plus la tanière. C'était dangereux. L'armée et le gouvernement pourraient encore avoir une conduite imprévisible, et ils n'étaient pas certains à cent pour cent de leur réaction dans un futur proche, ce qui ne signifiait pas que les choses étaient faciles. Les humains lambda constituaient une menace. En tant que loups, ils ne pouvaient pas se défendre comme ils le devraient si jamais un humain les provoquait. Ils ne pouvaient pas faire couler le sang pour se protéger. Ils devaient être prudents. Tout ne tenait qu'à un fil, et Brynn craignait qu'il rompe à tout instant.

S'ils ne faisaient pas attention, les humains les craindraient plus qu'ils ne les craignaient déjà et la situation dégénérerait vite pour les loups et sa famille.

— Pour l'instant, on va continuer à faire ce qu'on faisait, Finn et moi… on le fera juste plus souvent. On a prévu de se voir demain et je sais qu'on sortira probablement tous les jours. On aura l'air… normaux.

Aussi normale qu'elle pouvait l'être près de lui, mais ce n'était pas la question.

Brie hocha la tête.

— Je sais qu'on vous en demande beaucoup, mais vous ne serez pas les seuls à sortir. On en enverra d'autres. Pas trop d'un coup pour ne pas donner l'impression aux humains de les envahir.

Brynn ricana.

— Si seulement on pouvait juste en finir. Juste leur dire qu'on est là, qu'on a toujours été là et qu'on n'ira nulle part. Au lieu de quoi, on doit faire attention parce que le monde n'est plus comme il était. Un faux pas et tout peut s'écrouler autour de nous.

— Je déteste ça, moi aussi. Je déteste qu'on ne puisse pas être nous-mêmes et qu'on ait toujours peur. Je veux dire, mes parents se sont rencontrés à l'extérieur de la tanière, bon sang ! Ils étaient dehors en public et étaient normaux. Ma mère était humaine et elle s'est unie à mon père parce que les Reyes lui ont forcé la main, mais elle a choisi de devenir l'une d'entre nous, comme ma tante Mélanie. Maintenant c'est presque comme si on était obligés de s'enfermer dans nos propres cages parce qu'on ignore qui parmi nous peut se transformer.

Brynn soupira.

— Louée soit la déesse ! ils ne peuvent pas le savoir avec une prise de sang.

Brie acquiesça. Ils devaient certainement remercier la déesse de la Lune pour ce petit détail parce que Brynn avait été convaincue que des analyses médicales auraient révélé leur nature. Mais leur sang était apparemment humain. Ce qui signifiait que, si jamais le gouvernement tentait de mettre en place des analyses de sang obligatoires, il ferait chou blanc. Il existait d'autres moyens de découvrir leur vraie nature, mais au moins ils n'avaient rien à redouter de ce côté-là.

Pour l'instant.

On n'arrêtait pas les progrès de la science.

— Mêlez-vous juste aux humains et ayez l'air inoffensifs, dit Brie avec un sourire contraint.

— Bien sûr. Parce que ton cousin peut avoir l'air inoffensif, vu qu'il est de la taille d'un camion.

— Il peut sourire et se comporter comme s'il était ton meilleur ami. C'est toi qui m'inquiètes le plus, en toute franchise.

Brynn se redressa sur le canapé.

— Comment ça ? Il est plus dominant que moi ?

Brie secoua la tête.

— Ouais, mais pas de beaucoup. Ses yeux ont beau recéler des ténèbres à cause de ce qui lui est arrivé quand il était petit, il s'efforce de paraître insouciant. Tu as toujours l'air d'être prête à botter des fesses.

— J'ai dû être comme ça, dit-elle entre ses dents.

Brie leva les mains.

— Je sais. Crois-moi, je sais. Ta famille n'a pas grandi comme la mienne, et ça a façonné nos comportements avec les gens aujourd'hui. Sans parler du fait que tu es une femme dominante qui n'a pas de fonction au sein de la meute parce que la déesse de la Lune a fumé du crack le jour où elle a distribué les titres. Tu n'arrêtes pas de te battre dans des luttes pour la domination parce que les autres ne savent pas quelle est ta place. C'est leur problème, je sais, mais, à cause de ça, tu as toujours l'air d'être prête à protéger ce qui t'appartient.

Brynn laissa ses épaules s'affaisser.

— Ce n'est pas ma faute si les autres ne savent pas comment me prendre. Je ne suis pas une garce.

— Et je n'ai pas dit que tu l'étais. J'ai dit que tu étais prête à protéger. En quoi ce serait te traiter de garce ? Tu m'as sauvé la vie, Brynn. Tu as sauvé d'innombrables vies sans jamais demander de remerciements. La seule chose que tu aies faite, c'est me montrer comment être la femelle Alpha d'une meute sans être la plus dominante.

Elles étaient toutes les deux dans un équilibre étrange. Dans n'importe quelle autre meute, Brie aurait été la louve la plus dominante. Non seulement elle s'était unie à Gideon et avait ainsi hérité d'une partie de sa force, mais la déesse de la Lune ne rapprochait pas des loups sans raison. Parce que Brie était soumise, les choses étaient un peu plus compliquées. Elle détenait le pouvoir de l'Alpha et gouvernait avec une grâce prompte dont Brynn n'avait jamais vu la pareille, mais elle n'était pas dominante. Elle ne le serait jamais, ce qui n'était pas plus un problème pour Brie que pour la majorité de la meute.

Les autres devraient juste se faire une raison. Parce que même si Brie n'avait aucune envie de se battre, elle en était parfaitement capable et s'en sortait comme une chef. Brynn assurait ses arrières parce que, bon sang, elle était super forte, elle aussi !

— Les combats pour la domination me tapent sur les nerfs, reconnut Brynn.

Beaucoup de choses lui tapaient sur les nerfs, semblait-il. La meute, Finn, cette mission…

— Katherine joue-t-elle encore les garces ? demanda Brie, les yeux plissés.

Katherine était la première femelle dominante et n'arrêtait pas de tenter de prendre la place de Brynn. Elle avait soutenu Iona quand celle-ci avait tenté de prendre celle de Brie au tout début de son union avec Gideon. Iona était revenue sur sa position et avait même failli mourir en protégeant Brie quand ils avaient été trahis et que Brie avait manqué y laisser la vie. Quant à Katherine, elle avait pris la place d'Iona et cherchait à évincer Brynn.

Ça ne donnerait rien, bien sûr. Brynn était trop forte pour ça, mais les cercles étaient tendus. Elle détestait ne pas occuper de vraie fonction au sein de la meute au-delà du fait d'être la sœur de l'Alpha. À un moment, avant la mort de ses oncles, quand ils détenaient encore les différents pouvoirs de la meute, ses frères avaient pensé qu'elle deviendrait la Beta ou même l'Exécutrice. Mais elle n'était… rien.

Juste elle, pas assez bien aux yeux de la déesse de la Lune.

Les autres disaient que c'était parce qu'elle était promise à un destin plus grand, mais à présent, elle n'en était plus si sûre.

Si Finn avait voulu d'elle, l'avait considérée comme sienne, elle serait devenue la compagne de l'Héritier des Redwood.

Mais il était resté loin d'elle.

Et elle était seule.

Encore.

Le destin n'avait aucun sens et la laissait sur sa faim. Mais elle ne pouvait pas se morfondre. Elle l'avait assez fait. Elle ramasserait les morceaux de son âme et trouverait un moyen d'aller de l'avant. Parce que les humains arrivaient et que le monde changeait. Elle devait protéger sa meute parce que c'était un truc qu'elle pouvait faire.

Le seul.

Chapitre 5

Son satané parfum le tuerait. C'était à la fois une seconde terriblement séduisante. Finn inspira profondément pour se calmer et retint un juron. Prendre une grande bouffée d'air n'était pas la meilleure chose à faire quand c'était le parfum de Brynn qui le mettait à cran. À présent il l'avait dans son organisme, ses notes épicées et florales terriblement alléchantes lui enveloppant la queue jusqu'à ce qu'il bande au point de craindre d'éjaculer. Il rajusta sa tenue avec désinvolture, conscient que si elle n'avait pas été de dos elle aurait suivi son geste des yeux. Alors elle lui aurait probablement donné un coup de pied dans ladite queue.

Elle semblait tant le détester, pourtant il ne pouvait pas s'empêcher de penser à elle. Maudits soient leurs Alphas de les avoir mis dans cette situation. Bien sûr, s'il leur avait avoué qu'elle l'excitait et qu'il ne pouvait pas s'empêcher de penser à elle, ils seraient peut-être revenus sur leur décision.

Ou, très probablement, ils lui auraient dit de grandir un peu et de chercher une solution à son problème au lieu de le fuir comme un ado.

Si seulement elle avait été sa compagne, il aurait alors été libre d'assouvir ses désirs... leurs désirs à tous les deux.

Parce que, qu'il soit damné s'il ne sentait pas son émoi quand le vent lui caressait la peau d'une certaine façon. Cette peau douce qui ne semblait qu'attendre qu'il la morde et la suce, qu'il l'égratigne de ses griffes alors qu'il allait et venait en elle, son membre remplissant si complètement sa douce intimité qu'aucun d'eux ne serait plus capable de marcher pendant des jours après.

Putaiiiin !

D'accord. Il était temps de penser à autre chose. De fait, il n'était pas sûr de pouvoir continuer longtemps, vu que sa queue était si dure qu'il devait presque marcher comme un canard pour ne pas se laisser distancer.

Parce que c'était séduisant et qu'il ne se faisait pas du tout remarquer.

Dire qu'il était censé se mêler aux humains.

Avec une putain d'énorme érection pour une femme qui n'aurait pas pu être plus indifférente à sa présence.

— Tu voulais quel genre de café ? demanda Brynn, sans prendre la peine de regarder derrière elle.

Elle avait le dos droit comme un piquet – comme lorsqu'elle était entrée dans le café et l'avait aperçu. Au moins il avait été en avance cette fois-ci.

Seigneur ! c'était quoi le problème de Brynn ? Ouais, cette mission leur avait été imposée à tous les deux, mais ce n'était pas comme si c'était la pire corvée du monde. Elle le détestait bel et bien, et il n'avait pas la moindre idée de ce qu'il avait bien pu faire pour mériter ça.

Peut-être qu'elle détestait le fait qu'elle le désirait.

Et il avait beau être un enfoiré, pas question de le lui faire remarquer.

Du moins, pas encore.

Il s'avança à côté d'elle, conscient de tenter le diable en se rapprochant autant, mais bon sang, ils étaient censés se comporter normalement ! Marcher derrière elle alors qu'elle se rendait d'un endroit à un autre d'un pas lourd et bruyant n'était pas normal.

Elle se raidit près de lui, mais il ne s'écarta pas. Au contraire, il enroula le bras autour de ses épaules, conscient de tenter plus que le diable cette fois-ci. Il se pencha vers elle, conscient que sa louve était toujours un peu plus près d'émerger à chaque seconde qui passait. Il le voyait à son attitude, à sa façon d'être.

Il avait envahi son espace et la tenait trop étroitement alors même qu'il savait parfaitement qu'elle n'en avait aucune envie, et il était un sacré salopard parce qu'il aimait l'avoir ainsi près de lui.

Si seulement ils avaient été des compagnons.

Si seulement.

— Quelque chose de froid, à vrai dire. Il fait chaud dehors.

C'était le mois de mai dans le Nord-Ouest Pacifique. Les températures n'étaient pas aussi élevées que dans le reste du pays, pourtant il mourait de chaud. Ce qui était probablement plus lié à la femme collée tout contre lui qu'à la température.

Elle tourna la tête vers lui, un sourire plaqué sur les lèvres. Eh bien, zut ! ça finirait mal – comme s'il ne l'avait pas déjà su deux secondes plus tôt.

— Deux *latte* glacés, alors, dit-elle au caissier tout en continuant à le regarder. Il ne faudrait pas que tu t'échauffes.

Ses yeux bleus s'éclairèrent et un mince liseré d'or cercla ses iris, l'informant que sa louve était bien plus près d'émerger qu'il l'avait cru. Merde ! Il n'avait pas voulu ça. Brynn contrôlait incroyablement bien sa louve, et si sa seule présence la mettait en colère au point d'être à deux doigts de craquer, il devait reculer et la laisser respirer. Parce que voir sa louve sortir et lui flanquer un coup de griffes sur le torse pour avoir osé la toucher aurait été normal au sein d'une tanière. Sincèrement, il ne lui en aurait pas voulu. Mais, en dehors d'une tanière et dans un monde où leurs moindres faits et gestes étaient scrutés et étudiés, il savait qu'il avait merdé.

Avec précaution, il retira son bras et esquissa un pas sur la gauche.

— Merci, dit-il, la voix bourrue.

Elle suivit son mouvement des yeux et il vit ses épaules se détendre. Juste cinq petits centimètres de plus entre eux et elle avait l'air d'être de nouveau capable de respirer. Il se sentait comme un putain d'imbécile pour l'avoir poussée à bout comme ça. Il n'était pas le genre d'homme à s'imposer quand on ne voulait pas de lui, pourtant c'était ce qu'il venait juste de faire. Il n'avait pas d'excuse, sinon qu'il n'avait pas réfléchi. Il avait mis en colère la femme avec laquelle il savait devoir entretenir des rapports amicaux et rien d'autre.

Il sortit son portefeuille et paya avant qu'elle ait pu s'en charger. Il entendit le grognement qu'elle laissa échapper, mais il savait qu'il avait été trop bas pour que quelqu'un d'autre que lui ait pu l'entendre. Il se pencha près de son oreille, mais prit soin de ne pas la toucher.

— Désolé de t'avoir touchée. Tu pourras payer la prochaine fois.

Voilà. Il s'était excusé. Il recommencerait plus tard et de façon plus circonstanciée parce qu'il n'aimait pas lui avoir fait du mal. Cette colère ne pouvait pas être sortie de nulle part, et il savait qu'il n'était pas parfait. Il l'avait peut-être blessée sans s'en rendre compte, mais il avait beau se creuser la cervelle, il ne voyait pas du tout ce qu'il pouvait bien avoir fait. Il réglerait le problème, cependant. Parce que jamais ils ne pourraient continuer comme ça et coopérer pour leurs meutes si elle ne pouvait même pas le regarder sans avoir l'air de vouloir l'estropier.

— Merci, chuchota-t-elle.

Juste un mot, pourtant il sentit son corps se détendre. Son loup resta silencieux tout au long de leur échange. Ce qui ne sortait pas vraiment de l'ordinaire, vu que son loup était en général silencieux quand il était avec Brynn.

C'était bizarre, mais il ne se posait pas trop de questions. Pas alors qu'il savait que les choses avec son loup ne ressemblaient pas à ce qu'elles étaient avec les autres et leurs loups. C'était ainsi, et il avait appris à faire avec.

Ils attendirent leurs *latte* glacés en silence, leurs corps proches l'un de l'autre en raison du manque de place, mais ne se touchant pas. Il percevait la chaleur qui émanait d'elle et sentait encore chacune des senteurs qu'elle exhalait, mais il ne se rapprocha pas. Il avait déjà franchi cette ligne et refusait de recommencer.

Il découvrirait ce qui la branchait cependant parce que, bon sang, il l'appréciait vraiment ! C'était une louve forte, qui protégeait les siens. Dans n'importe quel autre monde, ils auraient pu être amis, amants, peut-être même plus.

À présent cependant, il voulait juste entrer dans une pièce avec elle sans qu'elle plisse les yeux et se contracte.

Il demandait peut-être l'impossible, mais bon sang, il essaierait !

On appela leurs noms et Brynn s'avança la première, prenant leurs deux boissons. Il la laissa faire, ne souhaitant pas envahir son espace plus qu'il ne l'avait déjà fait.

Elle lui tendit son gobelet, lui effleurant les doigts par accident au passage. Elle retint son souffle, son regard écarquillé croisant le sien. Il haleta légèrement et déglutit bruyamment, ne comprenant pas ce qui venait de se produire.

— Merci, grogna-t-il doucement.

Elle s'écarta, pas rapidement, mais pas lentement non plus. Comme si elle faisait de son mieux pour ne pas montrer ses vraies émotions. Finn se demanda ce qui avait fait de Brynn Brentwood la personne qu'elle était.

Il fit un pas sur le côté et lui offrit son bras, sachant qu'elle ne le prendrait pas, mais faisant comme s'il lui indiquait la porte. Ils ne resteraient pas assis dans le café ce jour-là, à s'efforcer de bavarder pendant que les gens les dévisageaient. Ils iraient faire un tour et visiteraient un musée. Même après tous ces mois passés à des activités semblables, il ne la connaissait toujours pas très bien. On les avait choisis pour effectuer cette mission pour commencer parce qu'ils allaient bien ensemble. Ils étaient tous deux séduisants et mettaient en général les gens à l'aise s'ils s'en donnaient la peine – malgré leur nature dominante.

À présent ils devaient convaincre le monde qu'ils étaient inoffensifs. Du moins, pour l'instant. Franchement, Finn ne pensait pas que cette méthode ferait long feu. La tension était telle que ça finirait forcément par craquer à un endroit ou à un autre. Les meutes joueraient les loups gentils et inoffensifs pour que les humains ne les craignent pas. Mais quelque chose lui disait qu'un jour les humains auraient véritablement besoin de les craindre. Son père avait le même pressentiment, mais ils n'en étaient pas encore là. Ils devaient avancer lentement, s'intégrer le plus possible.

Parce que ses frères, sa sœur, ses cousins et ses futurs neveux méritaient de vivre dans un monde où ils seraient en sécurité et ne seraient pas jugés à cause du sang qui coulait dans leurs veines. Il ferait tout ce qui était en son pouvoir pour protéger sa meute de ceux qui avaient peur de ce qu'ils ne comprenaient pas.

Même apprendre à fréquenter une femme qui semblait le détester alors même qu'il la désirait comme aucune autre. Si son loup l'avait poussé ne serait-ce qu'un tout petit peu, Finn aurait pensé que Brynn était sa compagne. En l'occurrence, il ne s'était jamais senti autant attiré par une femme, mais son loup n'avait pas prononcé un seul mot. Ce maudit animal gardait juste le silence, comme si Brynn n'était qu'une louve parmi des milliers.

Elle le conduisit jusqu'à la terrasse et s'arrêta sur le trottoir, prenant une petite gorgée de sa boisson. Il suivit des yeux sa bouche qui aspirait avec la paille, ses lèvres paraissant si délicieuses qu'il dut vérifier qu'il n'avait pas la trique, putain !

Encore.

Cette femme pourrait bien juste le tuer de plus d'une façon avant la fin de la journée.

— Alors, le musée ? demanda-t-elle, la voix rauque.

Certainement à cause de sa boisson, aucun rapport avec lui.

Elle le détestait, se répéta-t-il.

— Ouais. C'est à deux pas d'ici, comme ça on n'aura pas à reprendre la voiture.

Il n'était pas sûr d'être capable de supporter d'être enfermé dans une petite voiture avec elle pendant très longtemps. Il craquerait et ferait un truc stupide, comme l'embrasser.

Alors, elle le châtrerait.

Pas la façon la plus agréable de terminer son après-midi.

Il se racla la gorge.

— Euh, alors ouais, encore désolé pour t'avoir un peu trop collé à l'intérieur. J'essaie juste de trouver un moyen pour que ça fonctionne. Tu sais ? Rester derrière toi sans parler, ça n'était pas suffisant, mais mettre mon bras autour de tes épaules sans avoir demandé si ça te dérangeait a probablement dû mettre ta louve en rogne. Ce pour quoi je suis désolé. J'essaierai de ne plus envahir ton espace.

Voilà. C'était parfaitement courtois.

Elle écarquilla les yeux, et l'espace d'une seconde, son visage sembla traversé par un éclair de douleur, mais il disparut si vite qu'il doutait de ce qu'il avait vu. Pourquoi serait-elle blessée ? Franchement, il ne la comprenait pas, même s'il ne demandait que ça.

— Je ne suis pas une petite louve effrayée par le grand méchant loup, dit-elle avec lenteur comme si elle choisissait ses mots avec beaucoup de soin.

— Ce n'est pas ce que j'ai dit. Mais je suis un loup dominant tout comme toi. J'aurais dû éviter de t'approcher par-derrière et de te toucher sans ton autorisation. Je n'ai pas voulu tout faire foirer.

Elle cligna des yeux une fois, deux, puis secoua la tête avant de regarder autour d'eux. Il n'y avait personne, il aurait senti leur odeur s'il y avait eu des gens aux alentours, ce qui expliquait qu'il s'était permis de lui parler aussi franchement, mais on n'était jamais trop prudent.

— Ça va. Ce ne sera pas la dernière fois qu'on aura à faire ça alors… (elle prit une profonde inspiration, comme pour s'armer de courage pour énoncer les mots suivants) alors on doit s'assurer qu'on est capables de se comporter comme des gens parfaitement normaux sans se casser les pieds. Alors ne me touche pas et ça devrait aller.

Il recula d'un pas, les yeux écarquillés.

— On est des loups, Brynn. C'est dans notre nature de rechercher les contacts physiques.

Elle se pinça les lèvres.

— Non, ça n'est pas dans « notre » nature. (Elle les désigna chacun leur tour du doigt.) Je n'ai pas besoin que tu me touches pour me rappeler que tu es un loup, Finn. Je n'ai pas non plus besoin que tu me touches pour me rappeler que tu es l'Héritier. Alors, garde juste tes distances et on va être sages devant les gens et leur montrer qu'on ne s'entretue pas quand on prend la mouche.

— C'est quoi ton problème, putain ? lâcha-t-il, excédé.

Elle releva le menton, croisant son regard. Cette fois-ci, son loup réagit bel et bien. À ce signe de défi, il émergea comme un ouragan. Finn serra les dents, se maîtrisant.

Elle détourna légèrement le regard. Son loup ne se calma pas cependant. Il avait été défié, que ça lui plaise ou non. Sa louve avait beau faire partie des loups les plus dominants qu'il avait jamais rencontrés, elle était loin de l'être autant que lui.

Il serra les poings, les griffes prêtes à jaillir. L'homme en lui était bien plus fort que le loup, en dépit de ce que les autres pensaient. Sa louve était aussi près d'affleurer à en juger par l'expression de ses yeux. Se sauter ainsi à la gorge était tout le contraire de ce qu'ils devraient faire.

Il manquait à ses devoirs envers son Alpha, sa famille et sa meute en se comportant comme un enfoiré, mais bon sang, elle lui tapait parfois sur les nerfs comme personne !

— Mon problème, c'est un petit garçon qui s'imagine être le don de la déesse au monde. Écarte-toi de mon chemin. À notre retour, on trouvera un autre couple pour nous remplacer. Ça n'a pas à être nous, parce que je n'en suis juste pas capable. Je ne peux pas faire comme si tout allait bien quand tu es dans les parages.

Elle referma brusquement la bouche et écarquilla les yeux. Ah ! elle n'avait pas voulu dire cette dernière phrase.

Eh bien, putain !

Qu'est-ce qui lui posait un problème chez lui ? C'était ce qu'il comptait découvrir. Qu'avait-il fait pour susciter cette expression dans ses yeux ? Ce ton de voix ?

— Regarde ce qu'on a là. Deux loups au même endroit. Ne devriez-vous pas retourner au zoo ? ricana un homme en surgissant d'une ruelle sombre, un autre homme sur les talons.

Brynn fit volte-face au son de la voix de l'homme. Elle ne sortit pas les griffes d'après ce qu'en vit Finn, et il en fit autant. Il se tenait derrière elle, surveillant les alentours. Les deux hommes devant eux n'étaient peut-être pas seuls. Il avait beau ignorer ce qui pouvait bien se jouer entre lui et Brynn, il ne doutait pas un seul instant qu'elle était parfaitement capable de les protéger tous les deux dans un combat.

Juste une raison de plus pour laquelle cette femme le déroutait.

Ce n'était pas la première fois qu'il entendait cette remarque sur le zoo. Sans blague, ce n'était même pas original, mais il méprisait les humains qui le détestaient sans raison. Ce n'était pas comme si Finn et sa famille se mettaient en chasse la nuit et transformaient les humains en gloussant comme dans l'image que donnaient d'eux les films hollywoodiens. Ils ne se métamorphosaient pas en fonction des phases de la lune. Ils ne transformaient personne à part leurs compagnes ou alors dans des circonstances extrêmes. Ils n'étaient pas des monstres déchaînés qui se tenaient sur deux jambes.

Ils étaient des familles, des enfants et des soldats qui protégeaient les leurs.

Et l'humain devant lui tout comme d'autres ne le comprenait pas.

Finn craignait qu'ils ne comprennent jamais.

— Pourquoi ne disparaissez-vous pas maintenant vous deux ? dit Brynn d'un ton mielleux.

Il connaissait ce ton. Plus sa voix se faisait douceâtre dans ce genre de contexte, plus elle était dangereuse.

Le deuxième homme attrapa sa queue et remua les sourcils.

— Pourquoi ne te mets-tu pas à genoux pour me dire ça ?

Finn poussa un grondement sourd, conscient de ne pas pouvoir tuer ce salopard sur-le-champ. Pas alors que d'autres humains se rassemblaient, se demandant ce que feraient les loups. Tout avait son importance. Chaque choix, chaque décision. Étriper l'imbécile qui avait osé menacer Brynn n'aiderait pas sa meute, même si ça pourrait aider son loup.

— Tu es un imbécile, dit-il entre ses dents. Écartez-vous juste de notre chemin. On profite de cette belle journée et on ne veut pas d'ennuis.

Les épaules de Brynn s'étaient raidies si imperceptiblement au sarcasme de l'homme que Finn était certain d'avoir été le seul à le remarquer. Lorsque Finn prit la parole cependant, elle se détendit, se glissant dans sa pose à la je-suis-prête-à-me-battre. Brynn était terriblement sexy, mais hors de question qu'il se déconcentre.

— Je ne vais pas relever le fait que tu viens juste de me menacer, répliqua Brynn. On ne fait rien de mal et je ne suis pas d'humeur à me prendre la tête avec un type qui s'imagine être un gros dur parce qu'il croit pouvoir impunément demander à des femmes qu'il ne connaît pas de se mettre à genoux.

— Tu n'es pas une femme. Mais une chienne, répliqua le type d'un ton brusque.

Finn inclina la tête sur le côté.

— Alors, si je suis ton raisonnement, tu veux fourrer ta queue dans une chienne. Tu m'as tout l'air d'être celui qui a un problème.

Il esquissa un pas vers lui, regardant l'homme écarquiller les yeux. Il entendait le cœur de chacun des salopards battre la chamade, mais il s'efforça de ne pas avoir l'air menaçant.

Normal.

C'était le mot-clé.

Sauf que Finn ne croyait pas à la normalité. N'y croyait plus. Non que rien n'ait jamais été normal.

— Enfoiré !

Finn avança encore d'un pas, se plaçant juste à côté de Brynn. Des gens les entouraient, mais il ne sentait que l'odeur de leur peur et de leur curiosité. Seuls les deux hommes devant eux représentaient une menace. Brynn le surprit en lui prenant la main.

Elle avait la paume douce, plus douce qu'il ne l'aurait cru possible. Son pouls s'accéléra à son contact, même si son attention était tournée vers les hommes devant eux.

— Au revoir.

Sur ce, elle lui serra la main et il s'éloigna avec elle sur le côté pour que les hommes ne sachent pas quoi faire. Ceux-ci rassemblèrent leurs forces, mais Finn et Brynn les dépassèrent, la main dans la main et sans rien faire pour les menacer. Quelque chose lui disait que dans ce monde de la technologie et de la communication instantanée l'altercation avait dû être filmée ; ils ne pouvaient pas y couper. Mais tout ce que les humains verraient, c'était un homme et une femme qui tentaient d'échapper à deux hommes qui s'en étaient pris à eux. Ils n'avaient absolument rien fait de mal et avaient gardé leur calme.

Il priait pour que ce soit assez. Parce que sinon ? Alors se comporter comme des gens normaux ne suffirait pas. Ils devraient passer à l'étape suivante, et Finn n'était pas sûr que le monde y soit prêt.

Brynn lui lâcha la main dès qu'ils tournèrent au coin de la rue et son contact lui manqua aussitôt.

— Les enfoirés, grommela-t-elle.

Il ricana, même si l'adrénaline qui avait afflué dans ses veines ne s'était pas dissipée. Son loup voulait se battre et n'en avait pas eu l'occasion. Il devrait se faire une raison cependant, parce qu'il s'était déjà suffisamment battu avec Brynn comme ça. Il n'avait pas manqué de remarquer qu'ils n'avaient pas terminé leur précédente prise de bec, mais il n'était pas d'humeur à remettre ça. Pas après ce qui venait juste d'arriver. Lutter contre son instinct en s'interdisant de passer à tabac le type qui avait osé ne serait-ce que penser à faire du mal à Brynn avait été incroyablement difficile. Il n'avait pas l'énergie de se retenir de faire un truc stupide, comme attirer Brynn tout contre lui pour l'embrasser jusqu'à ce qu'ils soient tous deux hors d'haleine et que leurs noms respectifs s'échappent de leurs lèvres alors qu'ils atteignaient le septième ciel.

— Prête pour le musée ? demanda-t-il, dans un grognement criard.

Elle se tourna vers lui, les sourcils arqués.

— Tu veux toujours faire ça ?

— Il le faut, lâcha-t-il. Peu importe si on se dispute, on est là pour nos meutes. Elles passent avant toutes ces conneries.

Elle soupira.

— Je comprends. Et pour ce que ça vaut, merci de ne pas avoir tué ces enfoirés.

Il ricana.

— Ça aurait été facile de les tuer, grommela-t-il, conscient qu'ils ne devraient pas parler de meurtre dans la rue. Ils t'ont menacée. Ils méritaient pire.

Elle déglutit péniblement avant de se détourner.

— J'aurais pu m'occuper d'eux seule.

— Je sais. (C'était l'un des nombreux trucs qu'il admirait chez elle.) Mais tu n'as pas eu à le faire et, pour être franc, je suis content qu'aucun de nous n'ait été seul alors. C'est une bonne chose qu'on ait été ensemble. Sinon, on aurait pu oublier de se maîtriser et faire une connerie comme effacer ce putain de petit sourire narquois du visage de ce salopard d'un coup de griffes.

Elle lui décocha un regard en coin qu'il ne parvint pas à interpréter.

— C'est vrai.

Elle secoua son *latte* presque chaud désormais. Les glaçons ne faisaient pas long feu dans cette chaleur.

— J'en ai fini avec ça. Toi ?

Il acquiesça d'un signe de tête, n'ayant aucune envie d'autre douceur que la femme devant lui. *Dangereux.*

— Très bien, alors. Allons jeter un coup d'œil à des œuvres d'art en faisant comme si je n'étais pas plus vieille que la moitié des pièces exposées.

Elle tordit les lèvres en un semblant de sourire.

Il rejeta la tête en arrière et éclata de rire.

— Tu n'es pas si âgée, Brynn.

— Je suis plus vieille que toi, louveteau.

Louveteau. Ça devait expliquer en partie la haine qu'elle lui vouait, mais il n'en avait rien à faire, là tout de suite. Elle le déroutait comme aucune autre, mais puisqu'elle ne le repoussait pas physiquement, pour l'heure il prendrait ce qu'il pourrait obtenir.

— Si tu le dis. Tu pourras me parler des tableaux. Mon oncle Reed a essayé de m'initier au monde de l'art et j'ai été distrait par des frivolités, du genre courir et crier à pleins poumons pour effrayer Brie.

Il se fendit d'un large sourire et elle roula des yeux. On progressait.

— Je n'y connais pas grand-chose, dit-elle avec un haussement d'épaules. Contrairement aux Redwood, nous autres les Griffes ne sortions pas beaucoup.

Son visage se rembrunit et il eut envie de se maudire d'avoir fait allusion à ces moments heureux de son enfance. Elle avait eu une enfance horrible. Même si « horrible » n'était pas un terme assez fort. Cependant, il n'approfondirait pas le sujet. Pas pour l'instant.

— Alors je suppose que ce sera instructif pour tous les deux, dit-il doucement.

Elle croisa son regard, cligna des yeux.

— Je suppose, oui.

Il déglutit bruyamment, ignorant pourquoi il se comportait ainsi. Il avait trouvé d'autres femmes séduisantes avant, bien sûr. Il avait déjà eu des femmes. Ce n'était pas comme s'il était un puceau trentenaire. Mais il n'avait jamais éprouvé ce genre d'attirance pour une femme. Et si son loup avait ressenti ne serait-ce qu'un chouïa de ce qu'il ressentait en ce moment même, il aurait dit que Brynn était sa compagne.

Et s'il avait été un autre homme, si elle avait été une autre femme, il aurait envoyé chier le destin et l'aurait prise. Au diable leurs futurs compagnons ! Mais il n'était pas cet homme et elle n'était pas cette femme. Il irait au musée avec elle et ferait de son mieux pour tenter d'être son… quoi ? Ami ? Allié ? Il l'ignorait, mais se battre avec elle le tuait et il n'était pas sûr de pouvoir continuer sans commettre une erreur.

— On devrait vous tuer et vous tirer dessus à vue, putain ! Putain d'animaux !

Finn fit volte-face au son de la voix de l'homme qu'ils venaient de quitter. Il semblait que lui et son ami aient finalement eu le cran de les suivre jusqu'aux marches du musée. Bon sang ! Ce n'était pas censé se passer ainsi. Comment feraient-ils pour donner l'impression que tout allait bien et prouver que les loups pouvaient faire partie de la société comme cela avait été le cas depuis des générations – quoiqu'en secret – si des humains au cœur et à l'âme débordant de haine n'arrêtaient pas de s'en prendre à eux ?

Ce volet du plan des Alphas se terminerait promptement si Finn et Brynn ne trouvaient pas une autre façon de gérer la situation.

— Partez, grogna Finn, empoignant la main de Brynn.

Elle se raidit et il eut envie de se donner un coup de pied. Il avait agi instinctivement, recherchant son contact pour s'assurer qu'elle était près de lui au cas où les choses tourneraient mal. Mais il l'avait touchée alors qu'elle lui avait demandé de ne pas le faire, alors qu'il lui avait promis de n'en rien faire. Peu importait qu'elle lui ait pris la main moins de dix minutes plus tôt. Cette femme le déchirait à l'intérieur et il ignorait comment arranger ça.

L'homme qui s'était touché l'entrejambe tira sur le bras de son ami.

— Allons-y, mec.

Il semblait que le petit enfoiré n'était pas très chaud pour se faire botter les fesses par deux loups bien plus forts que lui. Intelligent.

Les deux humains reniflèrent puis s'éloignèrent, laissant Finn et Brynn de nouveau seuls.

Brynn poussa un soupir, la main toujours dans la sienne.

— Je crois qu'on devrait juste partir. Ça a été un peu trop pour juste une journée, tu ne penses pas ?

Finn inspira par le nez, humant son parfum une fois de plus. Au lieu de lui répondre, il l'entraîna vers la ruelle sur le côté à quelques mètres et la plaqua contre le mur. Des spectateurs n'avaient pas eu le temps de se rassembler comme la première fois et personne ne l'avait vu l'attirer tout contre lui, heureusement.

— Tu fais quoi, putain ? demanda-t-elle d'un ton brusque.

Sa louve flamboyait dans ses yeux, mais il humait son émoi, en goûtait la saveur sur sa langue. Elle le désirait bel et bien.

— Ce qu'on aurait dû faire il y a un an, grogna-t-il.

Alors il fit un truc à la fois extraordinairement génial et stupide.

Il l'embrassa.

Il lui couvrait les mains des siennes, la clouant contre le mur. Les briques devaient s'enfoncer dans son dos, mais il savait qu'elle s'en remettrait. Peut-être lui rendrait-elle la pareille plus tard, pour qu'il goûte cette douleur, lui aussi. Elle poussa un petit cri contre sa bouche puis s'abandonna, suivant de la langue la jointure de ses lèvres. Il gémit, unissant sa langue à la sienne, sa saveur douce et exotique explosant sur ses papilles. Il se balança contre elle, son érection appuyant avec force contre son ventre plat. Elle enroula une jambe autour de sa cuisse, l'attirant plus près, lui donnant envie de la supplier d'aller plus loin. Quand elle se cambra contre lui, ses tétons appuyant contre son torse, il gémit dans sa bouche. Il avait envie d'entortiller les doigts dans ses cheveux, de faire glisser ses mains le long de son corps, de prendre ses seins dans ses paumes, de déboutonner son pantalon pour sentir sa chaleur moite.

Mais il ne fit rien de tout cela.

Pas à ce moment-là.

Il l'embrassa plus passionnément, la voulant tout entière.

Avant qu'il ait pu reprendre son souffle, elle lui taillada les mains des griffes et il tressaillit, reculant presque imperceptiblement. Elle appuya sur son torse et il recula encore.

Putain !

Elle lui avait rendu son baiser, s'était collée contre son corps, mais elle l'avait repoussé à la fin. Il avait reculé parce qu'elle l'avait poussé, mais il avait merdé. Il ouvrit la bouche pour s'excuser, ignorant ce qui pouvait bien s'être passé, mais avant qu'il ait pu prononcer un mot, elle le gifla.

Fort.

Avec les griffes et tout.

La senteur métallique du sang lui satura les narines et il sut qu'elle l'avait coupé au visage et pas seulement aux mains.

— Pourquoi ? souffla-t-elle, les yeux écarquillés. Bon sang ! Pourquoi ?

Chapitre 6

— Pourquoi ? implora Brynn, le cœur dans la gorge. Bon sang ! Pourquoi ?

Elle s'écarta du mur en titubant, veillant à ne pas le toucher. Elle n'avait eu qu'à goûter à lui, à ses caresses, une fois et elle était accro. Il tendit la main vers elle, puis dut se raviser, car il la laissa retomber. Sa louve le réclamait en suppliant alors que la femme voulait fulminer en guise de doux exutoire à son atroce souffrance.

Il l'avait embrassée.

Il l'avait embrassée, putain !

Il n'était pas censé l'embrasser. Il était censé garder ses distances et lui faciliter la vie pour qu'elle puisse mourir à l'intérieur à petit feu. Il ne voulait pas d'elle ; il l'avait démontré au cours de la dernière année en ne voyant en elle rien d'autre qu'une femme, une louve, une battante – pas une compagne potentielle.

Pourtant il l'avait plaquée contre le mur et embrassée avec passion, comme s'il désirait plus qu'un simple baiser. Même si ça n'avait rien eu d'un simple baiser. Ça avait été… tout, putain !

Elle avait toujours su que quand Finn voulait quelque chose, il se donnait à fond – comme s'il ne pouvait pas s'empêcher de tout donner, son corps entier, son loup, sa langue putain. Elle en avait assez entendu de la bouche des femmes qui avaient été dans son lit. Non seulement elle ne leur avait pas arraché les yeux pour avoir osé toucher ce qui aurait dû lui appartenir, mais elle les avait écoutées raconter ses prouesses. Finn n'était pas un amant doux, mais il était affectueux. Il baisait avec passion et s'assurait que chaque femme dans son lit prenait son pied au point d'avoir du mal à le quitter. Parce que c'était toujours Finn qui les quittait – apparemment pour se mettre en chasse d'une compagne.

Dommage que dans sa quête il n'ait pas vu ce qu'il avait sous les yeux.

Vu comment il l'avait embrassée à l'instant cependant, elle soupçonnait qu'il s'était tenu à l'écart de ces femmes. Certes, il n'avait pas été doux, n'avait pas été placide, mais il y avait eu quelque chose de plus, bon sang, dans la façon dont il l'avait plaquée avec force contre le mur. Elle savait qu'elle aurait des ecchymoses là où il l'avait étreinte et où son dos avait appuyé contre les briques, et elle s'en délectait d'avance, putain ! Elle voulait qu'il la marque au niveau des hanches, du cou. Elle voulait montrer au monde entier qu'elle appartenait à Finn, puis elle le marquerait aussi pour montrer à toutes ces femmes qu'il lui appartenait.

Sauf que ça n'arriverait pas.

Un sanglot resta coincé dans sa gorge et elle s'obligea à grogner pour le cacher. À en juger par l'expression qu'elle lut dans ses yeux, elle ne s'en était pas très bien sortie.

Bon sang !

Ce n'était pas censé être ainsi. Les unions prédestinées n'étaient pas censées être aussi compliquées. Bien sûr, elle savait que c'étaient des conneries étant donné la façon dont ses amis et son frère s'étaient unis. Rien de ce qui comptait vraiment n'était jamais facile, mais bon sang, aucun d'eux n'avait jamais ressenti cette… cette souffrance… cette absence de quoi que ce soit de tangible.

— Pourquoi ? répéta-t-elle, obligeant son cœur à ralentir.

Heureusement, sa voix ne se brisa pas et elle retint ses larmes.

— Parce que j'en ai eu envie. J'en ai eu besoin. J'ai cru que tu étais sur la même longueur d'onde.

Finn paraissait sincèrement déconcerté. Même avec sa poitrine qui se soulevait comme s'il devait reprendre son souffle, il avait l'air si terriblement sexy.

Elle ne devrait pas le trouver sexy. Elle devrait le détester parce qu'il lui donnait le sentiment de n'être rien, parce qu'il lui faisait croire en un avenir rempli de la souffrance de le voir chaque jour sans pouvoir l'avoir.

— Tu ne sais rien. (Elle déglutit bruyamment.) Tu m'as embrassée parce que tu en avais envie ? Ou parce que tu t'emmerdais ? Parce que tu n'as jamais rien fait de tel avant alors qu'on a été ensemble, seuls, d'innombrables fois par le passé.

Et chaque fois, sans exception, elle n'avait plus été qu'une version d'elle-même tortueuse et au bord de la crise de nerfs. Pour ça, elle le détesterait à jamais si elle le pouvait. Elle avait passé sa vie à tenter de comprendre comment être la personne qu'elle devait être pour sa meute. Elle ne voulait jamais plus redevenir la loque qu'elle avait été aux mains de son père. Ses frères et ses cousins avaient beau lui avoir dit qu'elle avait été forte, elle ne les avait pas crus.

Pas alors qu'elle avait pleuré la plupart du temps. Même si elle s'était efforcée de ravaler ses larmes et de cacher celles qu'elle n'avait pas réussi à retenir pour que les autres – et elle – ne soient pas encore plus maltraités, cela n'avait jamais été suffisant.

L'homme devant elle avait grignoté peu à peu la femme qu'elle était devenue et elle ne le lui pardonnerait jamais. Elle devait se concentrer sur la tâche qui l'occupait présentement, et pas sur ce qui aurait pu être ou même avait été. L'avenir de sa meute, de toutes les meutes, reposait sur ses épaules. Elle ne pouvait pas flancher parce que sa louve désirait un loup qui ne savait pas quoi faire d'elle.

— Je ne m'emmerdais pas, grogna Finn. Putain. Je sens le parfum de ton émoi chaque fois que je suis dans les parages. Ne me dis pas que tu ne sais pas que je bande comme un malade quand je suis près de toi.

Elle eut le souffle coupé et son visage la brûla. Bon sang. Elle n'était pas une vierge rougissante, mais Finn faisait ressortir le pire en elle. Elle savait parfaitement qu'il l'excitait quand il était près d'elle, mais elle s'était efforcée de le cacher. Personne d'autre ne s'en était aperçu, elle était au moins sûre de ça, alors pourquoi l'avait-il senti ? Et non, elle n'avait pas remarqué qu'il bandait. En fait, elle avait fait de son mieux pour détourner les yeux de sa queue. Un regard et elle aurait été perdue. Étant donné la bosse qu'elle avait sentie contre son ventre quand il l'avait plaquée contre le mur, elle serait probablement tombée à genoux d'admiration si jamais elle avait osé poser les yeux dessus.

Maudit Finn Jamenson et sa queue.

— Je t'emmerde, Finn. J'étais peut-être excitée, mais pour ce que tu en sais, c'est parce que je pensais à l'homme qui était dans mon lit cette nuit. Ne sois pas aussi égocentrique et cesse de croire que tout tourne autour de toi.

Des mensonges, mais bon sang, s'il ne reconnaissait pas qu'il désirait une compagne potentielle, elle ne le laisserait pas être plus proche d'elle qu'il ne l'était déjà. Jamais elle ne pourrait respirer sinon.

Finn plissa les yeux.

— Tu as eu un homme dans ton lit cette nuit et tu as enroulé la jambe autour de ma cuisse à l'instant?

Elle ricana.

— Et après? Ce n'est pas comme si tu étais un saint. Je ne suis pas unie. (Douleur. Voler en éclats. Atroce souffrance.) Je peux faire tout ce qui me chante, putain! Fais-toi unc raison, Finn. Ça ne se reproduira plus jamais.

C'était hors de question. Pas si elle voulait rester saine d'esprit. Sa louve savait parfaitement que le loup de Finn ne ressentait pas la même chose qu'elle. Ce n'était pas en raison d'un manque de communication ou parce qu'elle était une femme trop émotive. Pas une seule fois le loup de Finn n'avait approché sa louve. L'appel de l'union l'avait submergée, mais pas Finn. C'était clair comme de l'eau de roche.

Le destin avait merdé et lui avait donné un compagnon qui ne sentait pas leur lien potentiel.

Peut-être que les tortures qu'elle avait endurées aux mains de son père et de ses oncles l'avaient tellement détraquée qu'elle ne savait plus ce qu'elle ressentait. À moins que le destin la punisse pour le rôle qu'elle avait joué dans leur mort. Gideon avait beau avoir assené le coup fatal, elle avait du sang sur les mains, elle aussi.

Le destin avait autrefois puni la meute entière pour les agissements de son père en empêchant toute union pendant plus de quinze ans. Il avait fallu l'amour d'une princesse Redwood et un loup des Griffes brisé pour renouer avec les liens de l'union au sein de la meute.

Peut-être n'en avaient-ils pas entièrement fini avec ce châtiment.

Peut-être que Brynn devait éprouver la souffrance de la perte pour servir d'exemple éternel de ce qui arrivait quand on contrecarrait les chemins du destin.

Quoi que ce soit, elle le supporterait. Elle l'avait fait par le passé et continuerait. Mais ce ne serait pas possible si elle devait avoir Finn à ses côtés sans jamais pouvoir le toucher. Ou pire, si elle le touchait en sachant que ça n'irait jamais plus loin.

Un contact.

Une caresse.

Jamais rien de plus.

Il esquissa un pas vers elle et elle se figea. Que faisait-il ? Il tendit la main et lui coinça une mèche de cheveux derrière l'oreille. Elle sentait son odeur ; ces effluves épicés qui lui évoquaient des choses sombres et exotiques auxquelles elle ne devrait pas penser.

— Je suis désolé, chuchota-t-il.

Elle cligna des yeux, une déchirure la parcourant de nouveau.

Il était « désolé » ?

« Désolé » ?

Bien sûr qu'il était désolé, putain ! Que pourrait-il être d'autre ?

— Désolé ? dit-elle d'une voix enrouée.

Elle se racla la gorge et releva le menton. Elle valait mieux que ça, mieux qu'une coquille de femme cassée incapable de garder sa souffrance en elle.

— Désolé de quoi ? De m'avoir embrassée ? Ou d'avoir pensé que je n'aurais jamais pu te désirer ?

Mensonge.

Rien que des mensonges.

Mais quel autre choix avait-elle ?

Les mots lui brûlèrent la langue, et la stupéfaction qu'elle lut dans les yeux de Finn au ton qu'elle avait employé – à moins que ce soient ses mots – lui dit qu'elle avait été trop loin. Mais cela lui était égal désormais. Cela faisait un an qu'il la faisait souffrir.

Il ne pouvait pas l'embrasser et lui donner envie d'aller plus loin alors qu'elle savait qu'ils n'en seraient jamais capables. Elle refusait de vivre sa vie à moitié alors que sa louve aspirait à autre chose.

Ce n'était juste pour aucun d'eux.

Et, par la déesse, s'il ne trouvait jamais sa vraie compagne ?

Un goût amer lui monta dans la gorge.

Non, elle ne penserait pas à ça.

Jamais.

— Tu sais sacrément bien manier les piques quand tu es acculée.

Elle ricana encore.

— Alors ne me pousse pas à bout. Ne me touche pas. Ça ne se reproduira plus jamais. (C'était hors de question.)

Bon, on est tout seuls au beau milieu d'une ruelle au lieu de faire notre boulot. Je dirais que c'est le point sur lequel on a véritablement merdé, là. Alors retournons dans la rue et faisons comme si tout allait bien et que je n'avais pas envie de te flanquer un coup de pied dans les couilles parce que tu me fais royalement chier.

C'était la vérité, même si elle avait vraiment envie de faire un autre truc avec ses couilles d'abord.

Bon sang.

Esprit mal tourné. Mauvais.

Les narines de Finn se dilatèrent et il releva le menton.

— Très bien. On va reprendre ce qui était prévu, mais je te préviens, Brynn Brentwood… on n'en a pas fini. Loin de là.

Et c'était ce qui l'effrayait. Parce qu'elle ignorait pourquoi il l'avait embrassée. Certes, il avait dit que c'était parce qu'il en avait eu envie. Mais ça voulait dire quoi ? Elle ne pouvait pas être avec un homme avec lequel elle voulait passer toute sa vie en sachant qu'il ne voulait d'elle que pour une partie de jambes en l'air. Elle ne se détestait pas à ce point. Alors, même s'il souhaitait poursuivre cette conversation, elle savait qu'elle en était incapable. Pas quand elle avait envie de plonger les mains dans ses cheveux et de les lui tirer. Elle regrettait le temps où ils étaient plus longs, ce qui lui aurait permis de les saisir à pleines mains, mais ils devraient faire l'affaire comme ça. Enfin, à condition, bien sûr, qu'elle s'autorise à fantasmer. Ce qu'elle ne ferait pas. Certainement pas.

— Pousse-toi de mon chemin si tu ne veux pas que je te pousse.

Finn arqua un sourcil. Pourquoi fallait-il que cet homme ait l'air sexy en faisant ça ?

— Je ne parlerais pas de coopération entre nos meutes, là.

— Tu viens juste de me plaquer contre un mur et de fourrer ta langue au fond de ma gorge. Je crois qu'on peut tirer un trait sur la coopération.

— À vrai dire, ça m'a tout l'air d'être l'image même de la coopération. Recommençons.

Brynn avait les mains qui tremblaient. Elle avait entendu parler de ce Finn – le sarcastique qui faisait sourire les gens en étant juste lui-même. Mais elle ne l'avait encore jamais vu. Ou peut-être que si, mais elle avait été si préoccupée par sa propre souffrance et ses soucis qu'elle n'y avait pas prêté attention. Cependant, elle ne pouvait pas gérer ça pour l'instant. En fait, elle ne pourrait jamais le gérer. Peut-être que si elle n'avait pas saigné à l'intérieur elle aurait apprécié l'homme devant elle et son humour. Mais tout ce qu'elle voyait, c'était une erreur.

Ce qui la tuait d'une exquise douleur centimètre par centimètre.

Assez. Sérieux. Elle avait un boulot à accomplir et elle divaguait.

— Tu as fini de te comporter comme un petit louveteau qui n'a pas eu sa gâterie ?

Autant mettre en avant leur différence d'âge. Ce serait plus facile de le repousser.

Il secoua la tête, ses cheveux lui tombant dans les yeux avant qu'il les écarte. Il avait beau les avoir coupés, il avait gardé une certaine longueur. Ce maudit homme avait l'air séduisant quoi qu'il fasse.

— Allons-y.

— Ça marche pour moi.

Elle le dépassa, veillant à ne pas le frôler, mais faisant de son mieux pour ne pas avoir l'air d'y prêter attention. Gideon devrait se trouver un nouveau loup pour se mêler aux humains parce que faire ça avec Finn l'avait transformée en une maudite adolescente qui ne songeait qu'à passer des petits mots sur les garçons pendant l'étude. Elle n'était pas sûre de pouvoir en supporter beaucoup plus. Elle deviendrait une vraie boule d'angoisse, au lieu de la loque qu'elle était à présent.

Dès qu'elle sortit de la ruelle, elle inspira profondément, tentant d'effacer Finn de ses sens. Pas facile, vu qu'il était juste derrière elle, occupant trop d'espace. Elle avait été stupide de s'imaginer pouvoir aider sa meute, son peuple, en faisant comme si tout était normal. Elle était à des lieues de la normalité, si bien qu'elle ne savait même pas si elle se rappelait encore ce que c'était.

— On retourne à nos tanières, alors ? dit-il derrière elle.

— Ouais. On fera mieux la prochaine fois. (Elle s'interrompit.) Avec d'autres personnes. Les gens doivent connaître d'autres loups que juste nous deux.

Le bruit d'un obturateur d'appareil photo parvint à ses oreilles et elle releva le menton dans cette direction, faisant de son mieux pour avoir l'air calme.

— Je l'ai entendu, moi aussi, chuchota-t-il, avant de s'interrompre. Et ouais, la prochaine fois on sortira avec d'autres personnes. Peut-être que Max voudra traîner avec moi.

Son cousin Max était le loup le plus facile à vivre qu'elle connaissait. Il était sorti de leur version de l'enfer un homme meilleur qu'elle n'aurait cru possible.

— Vous avez travaillé avec le conseil par le passé, toi et Max.

Pas une question, mais il répondit quand même.

— Ouais. Ça fait bien trente ans maintenant que nos meutes coopèrent, dit-il doucement.

Ça lui foutait les boules qu'ils en soient incapables tous les deux, mais elle savait qu'elle ne pouvait pas s'en soucier beaucoup plus longtemps.

— Où va aller cette photo à ton avis ? demanda-t-elle, sans relever sa dernière phrase. À un humain curieux ? Aux médias ? Au gouvernement ? Je déteste ne pas savoir. Mais je déteste aussi qu'on doive subir ça pour que les gens apprennent à ne pas nous craindre.

Elle adressa un doux sourire à une petite fille qui leur faisait bonjour de la main. La mère de l'enfant croisa le regard de Brynn et blêmit avant de tirer sa fille à elle.

Ça faisait mal, cette douleur familière qui lui disait que, encore une fois, elle n'était pas assez bien. Qu'elle devait être redoutée, ou pire, qu'on devait la plaindre.

— Elle ne comprend juste pas, dit Finn doucement, se rapprochant d'elle pour que personne d'autre ne puisse l'entendre. Mais ça va changer, cependant. Ce que nous faisons est important. Nous ne sommes pas des monstres. Ils finiront par le voir.

Elle ferma les yeux avant de respirer profondément. Quand elle les rouvrit, l'éclat du soleil ne s'était pas terni, il n'avait pas explosé en un millier de flammes. Le temps avait juste avancé comme il l'avait toujours fait – lentement vers une absolution qui ne viendrait jamais.

— Je suis désolé, encore une fois, chuchota-t-il.

Elle eut envie de lui flanquer un coup de pied. Encore.

— Ne le sois pas, répliqua-t-elle d'un ton brusque. C'était une erreur qui ne se reproduira jamais plus. On n'en reparlera même pas. C'est comme s'il ne s'était jamais rien passé.

— Mais ça s'est passé, Brynn. On devrait en parler.

— Je ne pense vraiment pas. Alors ressaisis-toi, Finn, et laisse-moi tranquille. Pigé ?

Il ne la toucha pas – il lui avait dit qu'il ne le ferait pas –, mais il était si près qu'elle sentait presque chaque centimètre carré de son corps.

— J'ai parfaitement pigé, princesse.

— Merci, « prince ».

Il appartenait tout autant qu'elle à la famille royale – même plus puisqu'il portait un titre alors qu'elle n'en avait pas.

Il ricana puis se raidit avant de se déplacer plus vite qu'elle ne l'avait jamais vu faire. Brynn se mit sur le qui-vive, le suivant d'instinct avant d'analyser la situation.

Brynn cria alors que Finn attrapait la fillette et essuyait le plus gros du choc. La voiture qui lui était rentrée dedans dérapa alors que Finn roulait par-dessus, retombant sur ses pieds, l'enfant en sécurité dans ses bras.

La voiture s'éloigna sur les chapeaux de roue, laissant un attroupement d'humains hurlants et en état de choc.

Finn ne s'était pas transformé en loup, mais s'était déplacé avec une rapidité surnaturelle pour sauver une petite fille humaine. Il avait été percuté par une voiture, mais était retombé sur ses pieds avec quelques coupures pour toute blessure.

Dire qu'ils étaient censés se fondre au milieu des humains.

— Tu as vu ça ?

— Il a sauvé cette petite fille !

— Que vient-il juste de se passer ?

— Je n'ai jamais vu personne se déplacer comme ça !

— Je pensais que les loups l'auraient juste laissée mourir.

— Quel héros !

Les effluves de caoutchouc brûlé se mêlèrent à la senteur piquante du sang versé. Une odeur qui révolta sa louve, mais Brynn la repoussa, consciente qu'elle ne pouvait pas se transformer en public sous le regard de tant de monde. Cet homme, ce loup, avait failli mourir en protégeant une petite fille qui avait couru sur la chaussée quand elle ne l'aurait pas dû. En l'occurrence, tout le corps de Brynn menaçait de trembler sous l'effet de l'adrénaline.

Elle avait presque perdu Finn à l'instant.

L'avait presque perdu sans jamais l'avoir eu.

Le bruit d'un obturateur retentit encore et elle avança, s'efforçant de ne pas prêter attention aux gens qui lui demandaient son nom, qui lui demandaient ce qui s'était passé juste sous ses yeux. Elle s'occuperait des humains et de leur besoin de connaître tout jusque dans les moindres détails dans un instant. D'abord, elle devait poser les mains sur Finn pour vérifier qu'il était bien vivant. Peu importait qu'il bouge et soit en train de parler avec lenteur à la petite fille dans ses bras. Tout ce qui importait, c'était qu'il était blessé, et sa louve avait besoin de le protéger avant tout. Elle était une putain de métamorphe dominante et elle connaissait son rôle, ses devoirs. Protéger. Servir son Alpha.

Et pour l'heure, s'assurer que Finn ne risquait rien.

Bon sang.

Elle ne voulait pas de lui, mais il semblait que sa louve ne la laisserait pas se défiler.

— Finn.

Il leva un instant les yeux vers elle, son loup dans les yeux avant qu'il le chasse en les clignant.

— Je vais bien. (Il garda un ton enjoué, et elle sut que c'était à cause de la fillette.) Tout comme Lacey. Pas vrai, ma puce ?

Lacey hocha la tête, complètement sous le charme du spécimen masculin parfait qu'était Finn. Brynn ne blâmait pas la gamine. Elle ne doutait pas que son propre visage avait eu une expression similaire une ou deux fois – les yeux écarquillés et la bouche bée, même avec une légère rougeur sur les joues.

— Lacey ! (La même mère qui avait eu l'air d'avoir si peur de Brynn auparavant courut vers leur groupe, les joues ruisselantes de larmes.) Ma chérie !

— Elle va bien, m'dame, dit Finn doucement, la voix bourrue. La voiture ne l'a jamais touchée. Je vous le promets.

— Je n'ai pas mal, maman. C'était comme un câlin.

La mère attira sa fille dans ses bras, jetant des regards nerveux par-dessus son petit corps.

— Je… je…

Une sirène retentit dans le lointain.

— Je crois que c'est une ambulance qui arrive, fit remarquer Brynn. Elle pourra être examinée, juste au cas où.

La mère posa rapidement les yeux sur elle, avant de les tourner de nouveau sur sa fille. Brynn comprenait que la femme ne veuille plus quitter Lacey des yeux. Il s'en était fallu de peu.

— Merci, chuchota la mère. Merci d'avoir sauvé mon bébé. Elle a juste couru dans la rue et cette voiture a surgi de nulle part.

Brynn croisa le regard de Finn. La voiture qui lui était rentrée dedans et s'était enfuie n'avait pas été là par hasard. Elle avait vu le conducteur et son passager. Les visages familiers des hommes qui les avaient accostés un peu plus tôt étaient vivants dans son esprit. Lacey avait failli mourir parce qu'elle avait été au mauvais endroit au mauvais moment. Si elle ne s'était pas précipitée sur la chaussée au moment où elle l'avait fait, la voiture aurait continué à rouler et les aurait percutés, elle et Finn. Bien sûr, ils se seraient écartés d'un bond, et grâce à leurs réflexes de métamorphes s'en seraient probablement sortis indemnes, mais ça n'en restait pas moins flippant.

Et de mauvais augure.

Ces hommes avaient tenté de les tuer, et elle savait juste qu'ils les détestaient elle et Finn parce qu'ils étaient des loups. Ce genre de racisme n'avait rien de nouveau, mais ça devenait de plus en plus dangereux de s'aventurer en dehors de la tanière.

Ça craignait pour ce qu'elle et Finn tentaient d'accomplir en sortant à visage découvert comme ils le faisaient.

Brynn se rapprocha de Finn, lui tendant la main. Il posa sa paume contre la sienne et se releva d'un seul mouvement prompt. Elle savait qu'il aurait pu se lever seul, mais il l'avait laissée l'aider. Ce n'était pas rien pour un loup aussi dominant. Ce qui ne faisait que lui montrer qu'elle ne connaissait pas du tout Finn. Il avait quelques entailles au visage et une partie de sa jambe et de son bras droits était déchiquetée, mais il guérissait déjà. Elle croisa son regard et il hocha la tête. Ils devaient se tirer de là avant que les gens le voient se remettre complètement. Certes, les humains connaissaient partiellement le mystère des loups, mais ils n'avaient aucun besoin tous les deux de se donner en spectacle. Enfin, plus qu'ils ne l'avaient déjà fait.

On avait filmé l'accident, elle en était certaine, ayant senti les caméras sur eux alors qu'ils ne faisaient que se tenir à l'entrée de la ruelle. C'était tellement plus intéressant d'observer des animaux échappés du zoo que se mettre en chasse de tanières fuies autrefois par les humains.

— Merci, dit la mère doucement, le regard rivé sur Finn.

D'autres se dirigèrent vers eux alors que les ambulanciers examinaient Lacey. La police inspectait les lieux et ne tarderait pas à poser des questions. Brynn reconnut deux des agents, des pro-métamorphes, et elle sut qu'ils ne seraient pas détenus. Finn et elle avaient beau ne pas avoir été au volant, que l'on cherche à leur mettre l'accident sur le dos n'était pas une impossibilité. Après tout, les humains qui conduisaient la voiture en avaient après elle et Finn, elle en était sûre.

— Merci d'avoir sauvé ma fille, dit encore la mère, des larmes dans la voix.

Finn lui adressa un signe de tête, le visage grave.

— Je suis heureux d'avoir pu aider.

Un ambulancier regarda du côté de Finn et arqua un sourcil.

— Vous avez besoin d'un bandage ? demanda l'homme, la voix empreinte de curiosité.

Brynn s'avança, la main tendue.

— Ce serait super. Je vais l'aider pour que vous puissiez vous occuper de la petite fille.

Elle croisa le regard de l'homme puis regarda à dessein autour d'eux. Une foule s'était rassemblée, et même si la meute avait voulu qu'ils se mêlent aux humains, ce n'était pas la meilleure façon de procéder.

— Bien sûr. Pas de problème.

L'ambulancier lui tendit quelques bandages et haussa les épaules. Elle n'était pas sûre que ce soit autorisé, mais elle s'en foutait. Finn continuait à saigner et elle devait les faire partir tous deux de là. Tout de suite.

— Merci. (Elle se tourna vers Finn.) Prêt ? (L'un des flics lui adressa un signe de tête et elle soupira.) Finissons-en.

Finn inclina la tête sur le côté et elle sut qu'il était déconcerté. Elle ne pouvait pas se comporter normalement parce qu'elle ignorait tout simplement comment se comporter près de lui. Il était blessé et elle devait prendre soin de lui. Mais elle ne pouvait pas non plus montrer qu'elle avait besoin de le faire. C'était le bordel, et à présent elle devait bien se tenir pour les humains.

Les choses étaient parties en couille et ça ne faisait que commencer.

Et pour une raison ou une autre, elle avait l'impression qu'elles n'étaient pas près d'en avoir fini de commencer. Du moins jusqu'à ce qu'il se produise un événement qui ferait couler le sang de plus d'un loup.

Et quand ce jour viendrait, elle ignorait ce qu'elle ferait.

Chapitre 7

Finn se passa la main sur le visage, et grimaça quand son flanc l'élança. Le temps que Brynn et lui aient quitté les policiers et les badauds curieux et retournent dans leur tanière respective, il avait presque entièrement guéri. Il ne lui restait que quelques ecchymoses qui mettraient un jour ou deux à disparaître. La guérison commençait par les blessures les plus sérieuses, puis à celles plus mineures – l'un des avantages qu'il y avait à être un loup.

— Tu as besoin de voir Hannah ou Mark ? demanda Maddox.

Maddox était son oncle et l'ancien Omega. Ou plutôt, son Omega tout court puisque la meute était encore en plein changement. Hannah, sa tante, était l'ancienne Guérisseuse et son frère Mark apprenait ses nouveaux pouvoirs à ses côtés. Son autre frère, Drake, était assis près de Maddox, les sourcils froncés. Drake était le nouvel Omega et il avait beau avoir la vingtaine, il était bien trop jeune de l'avis de Finn pour porter le poids du monde.

Finn secoua la tête.

— Je vais bien. Inutile qu'ils dépensent leur énergie pour quelques bleus.

Il se passa la main sur le flanc, mais ne grimaça pas cette fois-ci. Ce devait être encourageant.

Maddox arqua un sourcil. Il ne parlait pas autant que ses autres oncles, mais quand il l'ouvrait, ce n'était pas pour rien. Son oncle Maddox avait vécu l'enfer et en était sorti grâce à l'amour d'une femme qui l'avait aidé à s'ancrer dans ce monde. Sans Ellie, Finn pensait que Maddox aurait succombé sous le poids de la souffrance et des émotions accablantes qui étaient le lot de l'Omega d'une grande meute aux prises avec la guerre. Le lien d'union qu'il avait avec Ellie lui avait sauvé la vie.

Une raison de plus pour laquelle Finn était heureux que Maddox conserve encore certains liens avec la meute en tant qu'Omega. Drake ne serait pas capable de supporter chaque émotion – positive ou négative – seul. Finn ignorait comment Maddox s'était débrouillé toutes ces années, mais à présent Drake pouvait au moins s'appuyer sur quelqu'un quand les choses devenaient délicates. Et à une époque où personne ne savait ce que leur réserverait l'avenir et où la vie de tous était en danger parce que les humains étaient imprévisibles, Finn était soulagé comme pas possible que Maddox soit là pour prendre la relève.

Du fait du changement de hiérarchie, toute la nouvelle génération pouvait compter sur un ancien homologue. Il ignorait combien de temps l'ancienne génération conserverait ses pouvoirs et ses liens, mais son appui était bienvenu. La déesse de la Lune avait bien compris que leur meute avait besoin de ce coup de pouce pour affronter les événements qui se préparaient. Les Griffes ne bénéficiaient pas du même avantage, mais leurs loups avaient aussi plus d'un siècle d'existence à leur actif. La génération de Finn ne pouvait pas encore en dire autant. En fait, lui et son père étaient les seuls de la meute Redwood à ne pas avoir d'homologue. Quoi de plus logique, puisqu'il n'y avait qu'un seul Alpha. Dont la parole faisait loi. Finn n'avait pas d'enfants, pas d'autres parents avec qui partager ses liens. Il était donc l'Héritier.

Comme il l'avait été depuis l'âge de trois ans.

Maddox posa la main sur l'épaule de Finn, l'arrachant à ses souvenirs de feu et de hurlements.

— Tu exhales une telle affliction, là tout de suite, que même sans être un Omega on saurait que tu souffres. (Maddox soupira.) Et je ne parle pas de tes bleus.

Finn haussa les épaules.

— Je vais bien.

— Tu mens.

Maddox n'avait pas toujours été d'une franchise aussi brutale. En fait, si Finn n'avait pas su à quoi s'en tenir, il aurait juré que c'était son oncle Adam qui parlait. L'Exécuteur de la meute avait longtemps été un enfoiré grognon. À présent, il était un enfoiré grognon qui souriait quand il était avec sa compagne et ses enfants.

— Ça va aller, dit Finn, avec sincérité. Ça te va ?

Drake ricana.

— Il le faudra bien, non ?

Finn donna une tape à Drake puis se rassit dans son fauteuil. Quand ils en avaient eu fini avec les flics, il était rentré chez lui avec l'intention de se mettre au lit, histoire d'oublier ce qui s'était passé avec Brynn. Bien sûr, il aurait dû se douter qu'il ne s'en tirerait pas à si bon compte. Maddox l'attendait sur le pas de sa porte, flanqué de Drake. En temps normal, ces deux-là seraient juste entrés pour attendre Finn à l'intérieur. Mais comme Charlotte habitait avec Finn et qu'elle était la fille de Maddox, Finn supposait que ce dernier devait s'être fixé des limites. Charlotte n'était pas à la maison et Maddox avait attendu que Finn arrive.

Et dès qu'il les avait laissés entrer tous les deux, Finn avait été obligé de leur raconter tout ce qui était arrivé avec les humains, ainsi que l'accident qui n'en était pas vraiment un. Finn avait passé sous silence l'épisode où il avait plaqué Brynn contre le mur pour l'embrasser comme il n'avait jamais embrassé aucune femme avant. Cet épisode-là relevait de la vie privée.

Même s'il pressentait que Maddox était venu pour cet épisode-là justement. N'importe quel autre membre de sa famille aurait pu faire un saut chez lui pour entendre de sa bouche ce qui s'était passé. Finn en parlerait bientôt à son père de toute façon.

Mais les deux Omegas de la meute s'étaient pointés sur le pas de sa porte avec des visages graves qui reflétaient la gravité du sujet qui les occupait.

— Dis-moi ce qui s'est passé avec Brynn.

Finn se carra dans son fauteuil et regarda son oncle, les yeux plissés.

— En plus de l'accident et des enfoirés d'humains qui nous ont suivis ?

Maddox poussa un soupir alors que Drake changeait de position, mal à l'aise, dans son fauteuil. Finn se débrouillait particulièrement mal pour dissimuler ses émotions s'il provoquait cette réaction chez son frère, mais bon sang, il ne pouvait pas se maîtriser vingt-quatre heures sur vingt-quatre, sept jours sur sept. Il n'avait pas été foutu de se contrôler près de Brynn un peu plus tôt et il ne lui en voudrait pas si elle refusait de ne jamais plus lui parler.

Sauf qu'il voulait la revoir. Lui reparler. L'embrasser encore.

Ce qui était dangereux, putain !

— Finn.

Au ton entendu de Maddox, Finn grinça des dents. Il n'avait pas envie d'en parler. D'y penser. Mais avec qui d'autre en discuter ? Son père ? Non. Ça ne ferait qu'embrouiller les choses, Brynn étant la princesse des Griffes. Kade avait beau s'efforcer de n'être qu'un père, il lui arrivait de devoir n'être que l'Alpha. Finn ne lui en voulait jamais, mais ça ne facilitait pas les choses.

— Je ne veux pas en parler, grogna-t-il tout bas.

En tant qu'Héritier, il était peut-être de rang plus élevé que les deux autres, mais là tout de suite, ils étaient ses Omegas, sa famille. Il ne serait pas capable de leur cacher la vérité bien longtemps. Et franchement, il n'était pas sûr que ce soit une bonne idée.

Maddox soupira puis s'enfonça dans son fauteuil.

— Tu sais, quand tu étais plus jeune, j'avais cru que tu aurais été le prochain Omega.

Finn se redressa, interloqué.

— Hein ? Je suis l'Héritier. Le premier-né. La déesse de la Lune aurait pu attribuer n'importe quel titre aux autres, mais ma voie a toujours été la même que celle de mon père.

Maddox arqua un sourcil.

— Vu ta façon de présenter les choses, j'ai l'impression que c'est d'autre chose qu'on devrait discuter.

Drake marmonna son assentiment et Finn voulut ramper dans un trou pour s'y cacher. Oh certes ! il se battait comme personne et était l'un des loups les plus dominants au monde, mais qu'on le mette dans une pièce où il était obligé de parler longuement de ses sentiments et il n'avait plus qu'une envie, se cacher.

— Qu'as-tu voulu dire en disant que j'aurais pu être l'Omega ? demanda-t-il, tentant de ne pas s'éloigner du sujet.

Ou du moins, d'un des nombreux qui flottaient dans la pièce. Son oncle Maddox était comme ça, mettant différentes idées sur le tapis jusqu'à ce qu'une fasse mouche et que Finn soit enfin capable de partager quelque chose. Peut-être pas tout, peut-être pas le truc le plus important, mais c'était toujours ça.

— Tu as toujours été si intuitif, répondit Maddox, abandonnant le sujet le plus difficile.

Ou peut-être pas vraiment dans le fond, étant donné ce dont ils discutaient.

— Tu étais trop petit pour t'en souvenir, mais j'ai été le premier à te garder seul pendant que Mélanie et Kade prenaient du temps pour eux.

Finn ricana.

— Je ne me rappelle pas exactement, mais maman et papa ont mentionné que ton expérience avait été particulièrement horrible.

Drake pouffa de rire.

— Horrible est bien le terme. Devoir s'occuper des couches de Finn ? Non merci.

Finn donna une tape à son petit frère.

— Je n'étais pas trop jeune pour m'occuper de tes couches, petit Omega. L'horreur, ça me connaît.

Maddox éclata de rire, puis se passa la main sur la mâchoire.

— Ça en faisait partie. Mais je crois que l'horreur était due au fait que tu étais tout poisseux. Je ne sais pas du tout comment tu te débrouillais pour te salir autant aussi vite, mais tu adorais te mettre de la confiture sur les mains et les essuyer sur ma chemise… et mon visage.

Finn sourit de toutes ses dents.

— Je m'excuserais bien, mais je crois que j'étais absolument adorable.

Maddox roula des yeux.

— Oh, tu l'étais ! On n'avait pas encore adopté Gina et Mark, ni même Parker et Charlotte au sein de la famille, alors tu étais le premier petit-fils. Tout le monde était fou de toi et voulait te garder quand Kade emmenait Mel pour une escapade dont ils avaient si désespérément besoin. Je ne sais même plus pourquoi je me suis proposé, je crois que presque tout le monde avait été accaparé par des devoirs qui ne pouvaient pas attendre. (Il s'interrompit et ses yeux s'assombrirent.) Ce n'était pas la grande forme, à l'époque. Je n'avais pas Ellie et je me disputais avec North.

Le jumeau de Maddox.

— Mais je suis venu chez tes parents pour te surveiller. Tu as détruit pratiquement toute la maison puisque j'avais apparemment oublié ce que c'était que de s'occuper d'un bébé. Vu que j'ai aidé à élever Cailin, je ne comprends pas comment j'ai pu oublier. Elle était une plus grande terreur encore.

Finn et Drake s'esclaffèrent tout en jetant un regard par-dessus leur épaule. Cailin était bien plus jeune que ses six frères et pourrait bien être une terreur, mais elle leur botterait les fesses si elle les entendait dire ça.

— Alors on a passé du temps ensemble et tu m'as mis de la confiture et qui sait quoi d'autre sur tout le corps. Mais quand j'ai voulu disparaître dans les ténèbres, tu m'en as empêché. (Maddox serra les dents.) Tu as posé la main sur ma joue et croisé mon regard. En cet instant, je n'ai pas pu me cacher qui j'étais, ce que je devenais. Si tu n'avais pas été placé sur la voie dont tu as parlé, j'aurais cru que tu étais destiné à travailler à mes côtés. (Il croisa le regard de Finn.) La déesse nous a déjà surpris par le passé.

C'était le moins qu'on puisse dire.

Finn poussa un soupir tremblant.

— Pourquoi tu me racontes ça ?

— Parce que, malgré ce que t'a donné la déesse de la Lune quand tu avais trois ans, tu n'es pas seulement l'Héritier. Tu es aussi un homme, si intuitif que tu aurais pu être l'Omega ou avoir n'importe quel autre titre au sein de la meute. Zut ! tu aurais fait un soldat génial si tu n'avais pas reçu de pouvoir grâce à ton aptitude à percer si facilement les autres à jour.

— C'est vrai, dit Drake doucement. Je le sens dans les liens. (Son petit frère grimaça.) J'essaie de ne pas trop y fourrer le nez parce que certaines choses sont personnelles et que si je m'y plonge trop profondément, je pourrais ne jamais en revenir. Mais quand je vois les tiens, je vois la force dont nous avons besoin pour notre chef, mais aussi la compassion indispensable pour prétendre à un autre titre.

Finn se racla la gorge, ne sachant pas quoi dire.

— Et parfois j'ai l'impression que ton lien est moins fort que celui des autres, dit Drake, avant de refermer brusquement la bouche.

Finn cligna des yeux.

— Qu'est-ce que ça veut dire ?

Maddox croisa le regard de Drake et secoua la tête.

— Quoi ? Qu'est-ce que vous me cachez ?

Maddox soupira.

— Quand tu as frôlé la mort, tu nous as dit une fois que ton loup était différent.

Finn se figea.

— C'est ce qu'on ressent parfois le long des liens. Ou, du moins, on croit que c'est ça. Ce n'est peut-être rien. C'est peut-être qu'on travaille trop sur un lien en même temps, Drake et moi. C'est peut-être que tu es doué pour dissimuler ce que tu ressens, ce qui n'est pas un souci, aussi. Ce n'est peut-être rien, Finn.

Il déglutit bruyamment. Il avait toujours su qu'il était cassé. Ou l'avait un jour été avant qu'on ressoude tous ses morceaux. Mais, et si Hannah en avait oublié un quand elle l'avait guéri ? Et si elle avait oublié un morceau essentiel ?

Et si tous ses morceaux cassés volaient en éclats au contact d'une femme qu'il ne comprenait pas – la force d'une âme si vive qu'il pouvait la goûter dans le vent ?

— Je ne peux pas en parler, chuchota Finn. Pas pour l'instant.

Il se passa la main sur le visage, conscient d'éluder ce qui était important. Mais il était incapable de mettre des mots dessus. Il manquait quelque chose, et il ne savait pas du tout si c'était lié à l'intensité qu'il éprouvait en présence de Brynn, mais il ne voulait pas formuler ses pensées et tout gâcher avant que ça ait commencé. Il allait peut-être trop loin, mais il ne savait plus rien.

Maddox le regarda en fronçant les sourcils, puis tapota le genou de Drake quand celui-ci ouvrit la bouche pour parler.

— On ne va pas insister. Pas encore. J'ai acculé mes frères à des moments qui le justifiaient, mais je les ai peut-être blessés au passage. Je ne recommencerai pas avec toi.

— Mais je pourrais bien le faire, dit Drake doucement. Pour te sauver ? Pour que tu te sentes entier ? Je ferais n'importe quoi, Finn. Tu es mon frère. Ne l'oublie pas.

Finn déglutit bruyamment, conscient qu'il ne serait pas capable de tout cacher encore bien longtemps. Il leur parlerait de Brynn, de son loup, de sa voie… de tout. Quand il le pourrait. Il n'y avait plus de « si » qui vaillent. Il ne pourrait plus tout garder pour lui.

— Je n'oublierai pas, chuchota-t-il avant de se racler la gorge. Tant que vous êtes ici, dit-il, changeant de sujet, je vais vous dire ce dont je vais discuter avec papa.

— En plus des derniers incidents ? demanda Maddox.

Finn hocha la tête.

— Ouais. Le monde extérieur est un problème. Mais au sein de la meute ? On a nos propres problèmes. Je sais qu'en tant que Betas, Nick et Jasper travaillent avec la meute pour s'assurer qu'elle fonctionne pour ce qui est du quotidien. Mais avec tout ce qui s'est passé au cours de la dernière année, j'ai le sentiment qu'on est au bord de quelque chose que je ne parviens pas à définir. Nos loups sont inquiets et tentent de trouver comment vivre sans devenir fous alors qu'ils sont coincés à l'intérieur de la tanière.

Maddox fronça les sourcils.

— J'ai perçu ce… malaise, moi aussi. Je sais qu'il en est de même pour Jasper puisqu'on en a parlé. Les cercles et les autres événements organisés dans l'enceinte de la tanière ne peuvent pas tout résoudre.

— On va devoir faire en sorte que la santé de la meute soit notre priorité – en plus de sa sécurité.

Maddox tordit la bouche en un sourire.

— Je jurerais entendre ton père.

Finn releva le menton, le compliment lui glissant sur la peau.

— Une réunion de famille est prévue demain matin. On trouvera une solution.

La porte d'entrée s'ouvrit et Finn se tourna pour regarder entrer Charlotte, les sourcils froncés, avec Bram, un loup de rang moyen, sur les talons. Il serrait les poings avec force le long du corps, sa peau sombre luisante de sueur.

Charlotte se figea le pied en l'air dès qu'elle leva les yeux. Bram ne lui rentra pas dedans, ayant dès le début tourné son attention vers les trois hommes présents dans la pièce.

— Papa ? Qu'est-ce que tu fais ici ?

Maddox se leva, les sourcils arqués. Il croisa les bras et Finn retint un gémissement. Il ignorait ce qui se passait entre Bram et Charlotte, mais un père furieux n'arrangerait probablement rien.

— J'avais à parler avec Finn. (Il posa le regard sur Bram.) Bram.

— Monsieur.

Le grognement sourd de Bram ne donnait pas l'impression qu'il avait peur du pouvoir réuni dans la pièce. En fait, sa voix laissait entendre qu'il était à cran.

Ça se terminerait mal et il n'était pas d'humeur à embêter Charlotte. Elle avait droit à une vie privée – même si Maddox ne le comprenait pas toujours. Sans compter que Finn avait besoin d'être seul, là tout de suite. Il devait concevoir un plan et décompresser après qu'une putain de voiture lui était rentrée dedans.

— Merci d'être passés, Maddox et Drake. Je vous verrai tous les deux à la réunion.

Maddox ne détourna pas les yeux de Bram alors même que Charlotte se tenait toujours devant lui. Finn ignorait ce qui se tramait, mais c'étaient leurs affaires tant que Charlotte ne souffrait pas.

Alors, ça devenait leurs affaires à tous.

— Maddox, grogna Finn.

Maddox se pencha et embrassa sa fille sur la joue.

— Nous t'appellerons ce soir, ta mère et moi.

— Je t'aime, papa.

— Je t'aime aussi, trésor.

Sur ce, Maddox et Drake partirent et la tension dans la pièce baissa, mais pas autant qu'elle l'aurait dû.

Finn croisa le regard de Bram. Le loup ne pouvait pas soutenir son regard longtemps étant donné qu'il n'était pas aussi dominant, mais il essaya juste assez, sans le défier tout en gardant bonne contenance.

— Je te parlerai plus tard, Charlotte, dit enfin Bram.

— Je ne suis pas sûre qu'on ait grand-chose à se dire, dit Charlotte d'un ton catégorique.

Bram arqua un sourcil.

— Continue à te raconter ça, ma chérie.

Finn cligna des yeux. Intéressant.

Bram pivota sur ses talons et partit. Finn renifla profondément et ne discerna pas l'odeur de Maddox ou Drake à proximité. C'était déjà ça.

Charlotte referma énergiquement la porte derrière Bram qui s'éloignait, mais ne se tourna pas vers Finn.

— Tu veux me dire ce qui vient juste de se passer ? demanda Finn d'un ton doucereux.

— Tu veux me dire ce qui se passe entre toi et Brynn ? demanda-t-elle d'un ton plein de sous-entendus.

Finn ricana.

— C'est de bonne guerre.

Elle se retourna alors, jouant avec sa queue-de-cheval.

— Ça va ? J'ai entendu pour le prétendu accident, mais tout le monde a dit que tu allais bien.

Finn tendit les bras.

— Juste quelques élancements qui devraient avoir disparu dans deux ou trois jours, si ce n'est demain.

Elle se blottit contre lui et inspira profondément avant de se détendre. Elle était sa famille, l'une des personnes qui lui permettaient de s'ancrer. Il la serra fort dans ses bras, ayant besoin de ce contact autant qu'elle.

— Ne meurs pas, Finn. Je ne sais pas si je le supporterai.

Il l'embrassa sur le sommet de la tête.

— N'y compte pas, chuchota-t-il. Je suis trop têtu.

Elle renifla, l'embrassa sur le torse, puis s'écarta.

— Veilles-y. Bon, je vais aller prendre un bain chaud. Si jamais tu es prêt à parler de Brynn, tu peux toujours venir me voir.

Finn croisa le regard de sa cousine.

— Pareil pour Bram.

Elle acquiesça d'un signe de tête puis se dirigea vers sa partie de la maison. Finn se détendit dès qu'elle eut disparu, conscient qu'il ne pourrait pas se cacher beaucoup plus longtemps. Il avait tout gâché avec Brynn en l'embrassant. À présent, il brûlait de la serrer encore dans ses bras et il ne savait pas ce que cela signifiait. Il devrait le découvrir cependant, parce qu'il devait la revoir. Pas question de se défiler – de choisir d'autres partenaires. Brynn et lui étaient bien trop en vue, ils formaient un tandem.

Il espérait juste ne pas avoir tout perdu dans un moment de passion. Parce qu'il ne savait pas ce qu'il ferait dans ce cas. Il avait goûté à Brynn et n'en avait pas eu assez.

Il espérait juste qu'elle serait capable de le rassasier.

Le hurlement la réveilla.

Brynn bondit hors du lit, serrant le drap sur sa poitrine alors qu'elle tentait de calmer son cœur qui battait la chamade. Elle avait la gorge douloureuse et elle savait que c'était elle qui avait poussé le hurlement.

Elle essuya ses paumes sur le lit, la peau moite, puis laissa le drap lui tomber jusqu'à la taille pour pouvoir essuyer son autre paume. L'air froid de la pièce lui caressa la peau et sa poitrine nue, mais n'apaisa pas les battements de son cœur.

Elle avait rêvé de son père. Des tortures qu'il lui faisait endurer. Il avait toujours aimé la regarder saigner, l'entendre hurler. Elle avait peut-être cessé de pleurer jeune pour ne pas lui donner ce plaisir, mais il lui était arrivé parfois de ne pas pouvoir retenir ses cris.

Elle ravala la bile qui lui était montée dans la gorge et arracha entièrement le drap qui lui couvrait le corps. Elle dormait toujours nue. Elle adorait la sensation de la soie ou du coton sur sa peau quand elle dormait. Ses anciens amants avaient apprécié, eux aussi. Même si désormais elle ne pouvait plus que penser à Finn partageant ses nuits, nu et appréciant également son corps.

Elle frissonna, et cette fois-ci ce n'était pas à cause de son rêve. Elle se rappelait encore la sensation de son corps collé contre le sien, la sensation de la ligne dure de sa queue contre son ventre.

Et… assez avec ça.

Le soleil venait juste de commencer à s'élever au-dessus de la crête des montagnes et il n'était donc pas trop tôt pour démarrer sa journée. Finn passerait ce jour-là pour faire le point. Comme c'était aussi la nouvelle lune, il était question qu'il aille courir avec Gideon et Brie, ainsi qu'avec les autres frères de Brynn s'ils le souhaitaient. Les métamorphes n'avaient pas besoin de se métamorphoser en fonction des phases de la lune, même s'ils aimaient le faire. À la pleine lune, elle sentait l'attraction sur sa louve et avait toujours la peau plus sensible. Avant d'avoir posé les yeux sur Finn pour la première fois, elle se mettait avec un loup célibataire pour affronter le reste de la nuit avec lui et évacuer une partie de sa tension. Désormais, elle affrontait sa tension seule, alors même qu'elle ne parvenait plus à se détendre complètement.

Cela n'avait pas d'importance, cependant. Plus à présent. Au lieu de ressasser le passé comme elle en avait eu tendance ces derniers temps, elle se doucha en vitesse et enfila un treillis ajusté et deux débardeurs. Elle avait quelques trucs à faire sous sa forme humaine et n'était pas d'humeur à se pomponner pour Finn – non qu'elle se soit jamais vraiment pomponnée pour lui pour commencer.

Les membres fatigués à cause de son sommeil léger, elle s'étira en sortant de chez elle pour rejoindre le centre de la tanière. Elle voulait parler à Ryder et lui chiper un peu de café. Comme les Redwood, les Griffes avaient un espace communautaire qui comportait des boutiques, des écoles et tout ce dont un loup pourrait avoir besoin s'il ne souhaitait pas quitter l'enceinte de la tanière. Les habitations des Griffes étaient un peu plus regroupées, cependant. Certains habitaient encore dans des casernes et d'autres partageaient une maison avec une autre famille plutôt que de vivre dans des logements indépendants. Toute sa famille était disséminée au milieu de la population plutôt qu'installée à part. Les Jamenson vivaient dans une partie de la tanière qui leur était réservée en raison de la taille de leur famille qui s'agrandissait à chaque génération. C'était compréhensible dans leur cas, c'était un moyen de se sentir en sécurité tout en préservant leur intimité. Pour les Brentwood, c'était une tout autre histoire. Lorsque Gideon était devenu l'Alpha, ils partaient pour ainsi dire de zéro tandis que des cicatrices sombres marquaient un peu partout la population. D'où le fait que les Brentwood vivaient aux quatre coins de la tanière. Ils n'étaient pas une famille aussi unie que les Jamenson – leur passé, pavé de sang, ne le leur permettant pas –, mais ils s'en approchaient.

Enfin.

— Brynn.

Elle s'arrêta net et ferma les yeux au son de la voix derrière elle. Elle ne laissa pas ses épaules s'affaisser ni ne soupira.

Katherine le prendrait comme un signe de faiblesse – pas comme un avertissement que Brynn était à deux doigts de lui botter les fesses.

Avec lenteur Brynn tourna sur ses talons.

— Oui ? Je peux faire quelque chose pour toi ?

Katherine croisa son regard et ne se démonta pas.

Un défi manifeste.

Putain. Et Brynn n'avait même pas encore eu son café. Elle n'était vraiment pas d'humeur.

L'autre femme continua à la fixer du regard, même si la tension qu'elle lisait autour de ses yeux lui indiquait qu'elle finirait par les baisser. Ou par faire un truc stupide comme tenter de la griffer. Alors que Katherine voulait désespérément être la femelle Alpha, elle n'était juste pas assez dominante.

Ce n'était pas la faute de Brynn si elle était née avec ce genre de force. Ce n'était pas non plus sa faute si elle n'avait pas de place définie au sein de la hiérarchie. Mais à force d'en vouloir à la déesse de la Lune, elle deviendrait aussi minable que la louve devant elle.

— Je ne suis pas d'humeur, là, Katherine, dit Brynn avec lenteur, le ton d'une monotonie trompeuse. Tu as essayé il n'y a pas longtemps et tu as fini par mordre la poussière. Qu'espères-tu obtenir comme ça ?

— Tu es là où tu es à cause de ton frère, mais tu ne le mérites pas, cracha Katherine. Tu ne fais rien pour cette meute. Tu ne fais que te pavaner partout avec ce prince Redwood comme si tu comptais pour lui. Je ne sens pas son odeur sur toi, tu n'es même pas foutue de te faire monter par un loup d'une autre meute. Tu n'es rien.

Cette pique la blessa plus qu'elle ne l'aurait dû. Tout ce qu'avait dit Katherine était vrai en un sens, mais Brynn était plus intelligente que ça. Du moins, après un café et une bonne nuit de sommeil.

Brynn poussa un grondement sourd. Un avertissement.

— Katherine, dit Iona, une autre louve dominante, sur le côté. Laisse tomber.

Iona était plus dominante que Katherine, mais était de rang inférieur parce qu'elle avait emmerdé Gideon quand il s'était uni à Brie. Iona ne constituait plus une menace, mais son intervention n'était pas du goût de Brynn.

— Rentre chez toi, Iona, cracha Katherine. Ce ne sont pas tes affaires.

— Assez, grogna Brynn.

— Non, répliqua Katherine avec hargne.

Brynn bondit. Avant que Katherine sache ce qui lui arrivait, Brynn lui avait plaqué le visage contre le sol, les bras pliés dans le dos à un angle bizarre. Katherine laissa échapper un gémissement et la louve de Brynn s'en enorgueillit.

— Rentre chez toi, Katherine. J'en ai fini avec toi.

Brynn n'avait même pas l'air essoufflée. Elle était dominante à ce point-là.

Elle poussa Katherine contre le sol avant de la lâcher et de s'éloigner. Elle lui tourna le dos, un signe manifeste qu'elle ne pensait pas utile de se méfier de la louve. Oh ! elle pouvait se déplacer plus vite que cette dernière et rester sur le qui-vive au cas où la garce tenterait quelque chose, mais elle en avait fini, bon sang.

C'était juste un nouveau défi qui venait s'ajouter aux innombrables qu'elle avait relevés depuis la mort de son père. Elle était passée d'une forme de torture à une autre.

— Brynn.

Elle ferma les yeux. *Bien sûr.*

Bien sûr que Finn avait été là pour la voir alors qu'on la défiait, pour voir une partie de sa honte.

— Qu'est-ce que tu veux, Finn ? Tu es en avance.

Elle lui jeta un coup d'œil par-dessus son épaule alors qu'il courait tranquillement vers elle. Brynn constata avec plaisir qu'Iona était partie en traînant Katherine avec elle.

— Je n'arrivais pas à dormir.

Ils étaient deux, alors.

— Qu'est-ce que tu veux ? demanda-t-elle encore.

— Je suis venu voir si tu voulais prendre le petit déjeuner. Mais d'abord, est-ce que ça va ?

Elle ricana.

— Je vais bien. Je ne vais pas tomber dans les pommes ou me mettre à pleurer parce qu'une louve pense être meilleure que moi. Si je suis là où je suis, c'est bien parce que je peux relever quelques défis.

Il leva les mains comme pour se rendre.

— Je t'ai posé la question parce que je déteste les défis. J'en ai mon lot, moi aussi.

Elle arqua les sourcils.

— J'ai beau être l'Héritier, je dois moi aussi prouver à la meute que je suis fort. Le simple fait de détenir ce titre ne signifie pas que je suis dominant. Certes, c'est le cas la plupart du temps, mais la meute a besoin de le voir, aussi.

Elle se détendit un peu.

— J'ai tendance à l'oublier. Je suppose que les autres doivent faire face à leurs propres formes de défis. (Elle haussa les épaules.) Je crois que j'en ai juste un peu plus qu'eux.

Il acquiesça d'un signe de tête, scrutant son visage du regard.

— C'est ce que je vois, comme tu n'as pas de titre défini, mais que tu pourrais détenir n'importe lequel, vu comme tu es forte. J'ignore où la déesse de la Lune avait la tête en ce qui te concerne.

C'était peu de le dire.

Quelque chose qu'il avait dit lui revint à l'esprit.

— Attends. Tu es venu m'inviter à prendre le petit déjeuner ? On a des téléphones, tu sais. En plus, je croyais qu'on en avait fini avec toutes ces sorties en public ensemble.

Finn arqua un sourcil. C'était mal, mais elle trouvait toujours qu'il était sexy quand il faisait ça.

— J'aurais pu appeler, mais j'avais besoin de prendre l'air. Et tu sais aussi bien que moi qu'on est trop connus pour changer nos plans maintenant. Tu es coincée avec moi, Brynn. Que ça te plaise ou non.

Ce n'était pas le problème. Ça lui plaisait. Un peu trop.

Alors elle dit la seule chose qu'elle pouvait dire.

— D'accord.

Chapitre 8

« D'accord » était plus que Finn aurait pu espérer, en toute franchise. Au moins, elle ne lui avait pas griffé le visage en le voyant. Il n'avait pas réussi à dormir, c'était vrai. Mais c'était parce qu'il n'avait pas arrêté de penser à Brynn sous lui. Puis ça ne lui avait plus allé parce qu'il l'avait voulue au-dessus de lui, prenant le contrôle, lui montrant qu'elle pouvait le chevaucher tout aussi éperdument que lui.

D'où le manque de sommeil.

Brynn avait accepté de prendre le petit déjeuner avec lui, ce qui devait être encourageant. Un encouragement à quoi, il l'ignorait, mais au moins elle ne le regardait pas comme si elle voulait le tuer.

Elle était assise en face de lui à l'extérieur du café, les mains refermées autour de son gobelet de café. Elle ne lui avait pas dit grand-chose, mais comme ils étaient en public, elle ne l'avait pas rembarré ni ne lui avait crié dessus non plus.

— Je te ressers ? demanda-t-il, indiquant son gobelet d'un signe de tête.

Elle leva les yeux vers lui, jetant des coups d'œil furtifs autour d'eux.

L'atmosphère avait été tendue depuis leur arrivée – encore plus que d'habitude. Ce n'était même pas à cause d'eux à ce stade, même s'il savait que leur problème était toujours là, tapi à l'affût, prêt à éclater à tout moment et à les menacer tous les deux. Mais ce fut l'impression que quelque chose se préparait, quelque chose qui continuait à lui échapper, qui l'avait poussé à s'asseoir avec un peu plus de raideur que d'habitude.

— Ça va. Merci. (Elle soupira.) C'est bizarre. Pas vrai ?

Il ricana et elle roula des yeux. Bon sang, il ne pensait pas voir une expression aussi simple chez elle – pas en sa présence. Ça lui plut. Ça lui plut de savoir qu'elle n'avait pas que des sarcasmes en réserve pour lui.

— Je veux dire, d'être assis là, ensemble, à la vue de tous. L'accident est passé aux infos, alors même si on n'est pas dans une petite ville, les gens nous ont probablement reconnus maintenant. Mais ce n'est même pas ça…

Il fronça les sourcils.

— Je sais ce que tu veux dire. Il y a quelque chose dans l'air, quelque chose qui se prépare.

Elle frissonna et il réprima l'envie d'en faire autant.

— Je n'aime pas ce pressentiment.

— Pareil pour moi.

Elle poussa un soupir puis se leva, posant son gobelet de café sur la table.

— Je dois passer aux toilettes. Reste sur tes gardes parce que je sais qu'on n'est pas en sécurité. Et si on est à cran tous les deux à cause d'un pressentiment ? Mieux vaut prévenir que guérir.

Il acquiesça d'un signe de tête, se passant la main sur le menton. Il avait besoin de se raser, mais il n'avait pas été assez dans son assiette ce matin-là pour s'en occuper.

— Sois vigilante. On a essayé de nous attaquer hier.

Il entendait encore le hurlement de la mère et doutait de pouvoir se le sortir de la tête de sitôt.

Elle croisa son regard, et, l'espace d'une seconde seulement, une émotion qu'il ne parvint pas à déchiffrer brilla dans ses yeux.

— Je sais. (Elle baissa la voix.) Je me souviens, Finn. Je me souviens de ce que tu as fait pour sauver cette petite fille hier. Et je suis bien certaine que les humains qui nous regardent maintenant s'en souviennent, eux aussi. Ce n'est pas le genre de truc qu'on oublie. (Elle roula les épaules en arrière.) Tâche de ne pas te faire rentrer dedans par une voiture en mon absence.

Au ton qu'elle employa, il arqua un sourcil.

— Je ferai de mon mieux, dit-il d'un ton pince-sans-rire.

Il la regarda s'éloigner parce que, comment aurait-il pu s'en abstenir ? Elle remplissait joliment son treillis, le tissu épousant ses formes à la perfection. Il avait beau être sur le qui-vive et concentré sur ce qui les entourait, il n'en était pas moins un homme, un loup.

Il désirait Brynn Brentwood et ne savait toujours pas quoi faire à ce sujet.

Une petite fille à une table en face le regarda, les yeux écarquillés. Son père tira sur sa natte, fusillant Finn du regard, et la petite fille s'intéressa de nouveau à son repas.

Au moins, ils ne s'étaient pas levés pour partir en découvrant qu'ils mangeaient à côté de loups. Ce devait être encourageant.

Mais ce n'était pas assez. Ils n'étaient qu'un petit rouage dans le processus qui mènerait à leur liberté de sortir sans se cacher.

Son téléphone vibra et il le sortit, répondant en voyant le nom de son cousin Parker s'afficher sur l'écran. Parker était le fils de North et de Lexi, même s'il n'était pas un Jamenson de naissance, ayant été adopté au sein de la famille des années plus tôt. Son aîné était la Voix des Loups, un loup capable de se déplacer facilement de meute en meute pour tenter de négocier des traités. Quand le frère de l'ancien Alpha des Griffes avait révélé au public l'existence des loups, ce n'étaient pas juste les Griffes et les Redwood qui avaient été propulsés sous le feu des projecteurs. Le monde entier avait été ébranlé, ce qui avait déterré de vieux secrets.

Le gouvernement avait été au courant de l'existence de nombreuses meutes avant le Dévoilement. Il ne pouvait pas en être autrement, pas à l'ère technologique où ils vivaient. Mais seules des personnes triées sur le volet en avaient été informées dans un premier temps, tandis que les loups avaient occupé secrètement des postes de pouvoir. Les humains ignoraient toujours la présence de ces loups, qui avaient profondément enfoui leur moitié.

Mais tout le monde n'avait pas eu la possibilité de choisir de révéler ou non sa vraie nature.

Et depuis plus de dix ans à présent, Parker travaillait avec le conseil des Griffes et des Redwood et se rendait en personne dans d'autres meutes pour s'assurer que tous les loups étaient sur la même longueur d'onde. Une tâche impossible avec tant de loups dominants et de personnalités, mais Parker avait un truc qui faisait que ça fonctionnait.

Les traités et les projets d'avenir pouvaient être décidés par téléphone ou par écrans interposés, mais nombre d'Alphas étant bien plus âgés que le monde dans lequel ils vivaient, il leur fallait impérativement en passer par les rencontres en personne. Parker s'était mis au service de sa meute et de toutes les autres, et Finn trouvait que son cousin s'en tirait sacrément bien.

— Parker, dit-il en répondant, continuant à surveiller les alentours.

Son loup avait émergé et était à cran, mais cela n'avait rien de nouveau ces derniers temps.

— Salut, Finn, dit Parker, sa voix grave ayant des accents rieurs.

Parker avait vécu l'horreur ses premières années, mais il avait toujours le sourire et la joie de vivre avec ses proches.

— Quoi de neuf ? Tu appelles juste pour taper la discute ?

Il l'espérait. Il espérait que la mission de Parker se passait bien et qu'il avait du temps pour bavarder un peu avec sa famille. Parce que Finn n'avait franchement pas envie d'avoir à gérer de nouveaux problèmes, là tout de suite. Il avait assez à faire avec la meute, les humains et, bien sûr, Brynn. Non pas qu'il ne laisserait pas tout tomber pour aider Parker. Parce que c'était ce qu'il ferait. Cet homme faisait partie de sa famille, peut-être pas de sang, mais de sa famille.

— Je viens juste aux nouvelles, répondit Parker. Ça fait un moment que je n'ai pas appelé et je voulais savoir comment ça allait. Brynn t'a déjà arraché les couilles ?

Finn ne voulait pas penser à Brynn et à ses testicules, pas alors qu'il devait faire comme si tout allait bien et continuer à bavarder avec Parker. Son loup resta silencieux, lui donnant envie de hurler. Pourquoi son loup ne pouvait-il pas la désirer ? Pourquoi son loup ne pouvait-il pas se comporter comme un métamorphe normal et le pousser quand c'était important ?

— Mes couilles vont très bien, merci de t'en soucier, dit-il d'un ton pince-sans-rire.

Il chassa de son esprit toutes pensées de son loup et de ce qu'il refusait de faire.

— Content de le savoir. (Parker soupira.) Je suis au courant pour la voiture qui vous a foncé dessus. Je suis heureux que tu aies sauvé la gamine, au fait. Seigneur, à quoi pensent ces humains ? Ils ont failli tuer l'un des leurs dans leur haine aveugle contre nous.

— Tu l'as dit toi-même, Park. Ils ne pensent pas. Ils sont aveugles à tout ce qui n'est pas leur but. En quoi consiste exactement ce but ? Je l'ignore. S'en sont-ils pris à Brynn et à moi parce qu'on est des métamorphes ? Nous ont-ils trouvés par hasard ? Ou est-ce parce que Brynn et moi sortons plus que les autres en public et que nous attaquer aurait constitué un symbole plus fort ?

Il réprima un grognement à la pensée de Brynn blessée. Elle avait beau être super forte et parfaitement capable de se débrouiller, mais bon sang, il ne supporterait pas de la voir blessée.

Parker grogna, lui aussi.

— Je n'en ai pas la moindre foutue idée et c'est ce qui rend toute cette affaire si dangereuse. On ignore à quoi il faut s'attendre. Et j'ai bien peur qu'on ne se doutera de rien jusqu'à ce que quelque chose de grave nous tombe dessus et qu'on ait des blessés.

C'était ce que craignait Finn, aussi. Parce qu'ils n'étaient pas dans la tête des autres. Peu importait qu'ils aient fait de leur mieux pour protéger leurs tanières des inéluctables répercussions du Dévoilement. Peu importait qu'ils aient placé des personnes dans des positions clés au cas où le pire arriverait.

Ils ne pouvaient pas entrer dans la tête des humains qui les détestaient – ou se méfiaient simplement d'eux. Leurs vies dépendaient des principes d'un groupe d'humains qu'il ne pouvait pas comprendre, ce qui n'était pas pour lui plaire. Le loup en lui voulait hurler, voulait protéger tous ceux qui dépendaient de lui. Ce qui fit plaisir à Finn, parce que cela signifiait que son loup écoutait bel et bien.

Ce n'était pas rien, par les temps qui couraient.

— Je déteste qu'on se cache, pour la plupart d'entre nous, marmonna Parker.

— Ça craint là-bas ? demanda Finn.

Pour être franc, il ne savait pas grand-chose sur les autres meutes. Ce n'était pas pour rien si la plupart des métamorphes restaient secrets.

— Ça ne va pas fort, dit Parker, se dérobant.

Son cousin savait quand garder les choses pour lui, d'autant plus qu'il n'était jamais sûr pour un loup d'être exposé aux yeux de tous comme il l'était au sein de tant de meutes.

— Écoute, je dois y aller. J'ai juste voulu t'appeler pour m'assurer que tu allais bien, vraiment. Je ferai bientôt un saut à la maison. Maman et papa ont hâte de me revoir.

À ces mots, Finn sourit de toutes ses dents.

— Comme nous tous, cher cousin. Fais attention à toi.

— J'y compte bien. Et surveille tes arrières, Finn. J'ai un mauvais pressentiment.

Finn se redressa sur son siège à ces mots qui faisaient écho à la conversation qu'il venait juste d'avoir avec Brynn. Il y avait quelque chose dans l'air, quelque chose que voulait leur dire la déesse de la Lune. Celle-ci ne s'adressait pas directement à eux. En fait, Finn ne connaissait que deux personnes qui l'avaient entendue de son vivant : sa tante Lexi, la mère de Parker, et le frère de Lexi, Logan. Mais même si la déesse de la Lune ne leur parlait pas directement, il leur arrivait d'avoir des pressentiments. Ils étaient si nombreux à avoir le même que Finn savait que ce n'était pas un hasard.

Il se préparait quelque chose.

Sauf que Finn craignait qu'ils ne découvrent ce que c'était que trop tard.

Il bavarda avec Parker encore quelques minutes avant de raccrocher. Aussitôt, Brynn marcha vers la table et s'assit. Il arqua un sourcil.

— Tu attendais que je termine mon appel ?

Elle haussa les épaules, concentrée sur ce qui les entourait.

— J'en ai entendu la plus grande partie, vu que, allô, je suis une louve, mais j'ai essayé de te donner un semblant d'intimité.

Il se passa la main sur le visage.

— Merci. Parker fait des percées, ou du moins je crois. Il n'en parle pas beaucoup.

Brynn croisa son regard, le visage grave.

— Je ne sais pas grand-chose sur ce qu'il fait parce qu'il n'est pas de ma meute. Mais je sais qu'il le fait pour toutes les meutes, pas juste les Redwood. Pour cette raison, il pourra toujours compter sur moi.

Les paroles de Brynn le remplirent de fierté. Elle était tellement forte, putain ! – et intelligente. Et loyale. Une louve extraordinaire, quoi.

Non qu'il puisse le lui dire.

Brynn regarda derrière lui, les sourcils froncés, et il se retourna pour voir ce qui avait attiré son attention.

— Ce n'est pas Franklin ? Et Seth ? C'est ça ? C'est un des tiens, si je ne me trompe.

Les yeux plissés, Finn observa les deux loups qui marchaient dans la rue en parlant et en riant comme s'ils n'avaient pas le moindre souci au monde. Une vision qui lui donna du baume au cœur. Deux loups de différentes meutes, qui avaient bel et bien l'air de passer du bon temps. Et à certains détails subtils, il soupçonnait que la saison des amours était déjà bien avancée pour eux.

— Ouais, c'est l'un des miens. Franklin est des tiens, pas vrai ?

— Ouais, répondit-elle, la voix tendue. J'ignorais qu'ils sortiraient de la tanière aujourd'hui.

Il se retourna vers Brynn.

— Ils ne sont pas enfermés, Brynn. Ils ont besoin d'un semblant de liberté quand c'est possible.

Elle poussa un soupir audible.

— Je sais, mais…

Elle bondit de sa chaise avant d'avoir fini sa phrase, Finn sur les talons. Il n'avait pas vu ce qu'elle avait vu, mais il la suivit, se fiant entièrement aux instincts de la louve.

Une voiture fonçait sur Franklin et Seth, et sa vitre se baissa quand elle approcha des deux hommes. Le reflet du soleil sur le métal attira son attention et il grogna. Finn baissa la tête et se déplaça à la vitesse de son loup, essayant de rattraper les deux hommes avant qu'une tragédie se produise.

— Franklin ! Seth ! Couchez-vous ! cria Brynn en courant.

Mais il était trop tard.

Les deux loups tentèrent de s'écarter, mais les balles jaillirent, les frappant sans relâche jusqu'à ce qu'ils tombent à genoux, une flaque de sang se formant autour d'eux. La voiture s'éloigna sur les chapeaux de roue, le crissement de ses pneus résonnant aux oreilles de Finn. Il hurla à la mort et s'élança à sa poursuite, essayant d'en apercevoir les occupants, mais elle disparut au loin, bien trop rapide pour lui.

Son loup voulait quand même la suivre. L'animal avait soif de sang. Soif de vengeance.

— Finn ! J'ai besoin de toi.

Il se figea en entendant la voix tremblante de Brynn.

J'ai besoin de toi.

Finn retourna en courant auprès d'elle, conscient des gens qui hurlaient, réclamaient des ambulances, absolument terrifiés.

Brynn était agenouillée entre les deux hommes, sa louve dans les yeux, les épaules tendues. Elle avait une main sur la poitrine de Franklin, l'autre sur le ventre de Seth.

— J'ai besoin de toi, Finn.

Il s'agenouilla devant elle.

— Je suis là. Qu'est-ce que tu veux que je fasse ?

Elle croisa son regard, les dents serrées.

— Aide ton loup, je vais aider le mien. Les liens que tu as avec lui devraient le garder en vie.

Sa voix se brisa, mais elle ne pleura pas. Tellement forte, putain !

— Je n'ai pas les mêmes liens que toi, mais je vais faire de mon mieux.

Les deux hommes étaient inconscients, la main tendue l'un vers l'autre comme s'ils étaient tombés en tentant de se prendre la main, sans y parvenir.

Son cœur se brisa, mais il ne pouvait pas penser à ça. Pas quand son loup et celui de Brynn étaient en train de mourir au coin d'une rue parce que les gens ne comprenaient pas l'amour de deux hommes, de deux loups, de deux personnes si différentes des vrais monstres qui avaient fait ça.

Il acquiesça d'un rapide signe de tête, sortant son téléphone pour appeler son Alpha tout en plaçant sa main sur celle de Brynn. Elle trembla à son contact avant de retirer sa main glissante de sang de sous la sienne pour la poser sur le membre de sa meute à terre. Il coinça son téléphone sur son épaule pendant qu'il sonnait, les deux mains sur la plaie de Seth.

Il n'était pas un Guérisseur, mais bon sang, ça ne lui disait rien qui vaille. Les loups pouvaient guérir rapidement et se relever de nombreuses blessures, mais se prendre autant de balles dans un laps de temps aussi court était limite, même pour un loup aussi fort que Finn.

Seth et Franklin n'étaient pas aussi forts que lui.

— Finn. (La voix de son Alpha apaisa légèrement son loup.) J'ai perçu la douleur à travers les liens. J'envoie Hannah, Mark et Josh. Ne laisse pas les humains les emmener dans leur hôpital. Les nôtres seront là dans deux minutes. Maintiens-les en vie, Finn. Sers-toi des liens.

— Et les Griffes ? demanda-t-il entre ses dents, déployant son pouvoir vers Seth. Brynn n'a pas les mêmes liens.

La chaleur émise par son loup irradia à travers son lien jusque dans le cœur de Seth. Le Redwood blessé prit une inspiration et Finn eut envie de crier de joie. Louée soit la déesse.

Kade jura.

— Jasper appelle Walker en ce moment même pour qu'il rejoigne notre tanière. Tout le monde sera plus vite à l'abri des yeux humains en venant ici. Fais de ton mieux pour maintenir ce loup en vie. Tu m'entends ? Tu as beau ne pas être son Héritier, tu es fort, putain ! Maintiens les nôtres en vie, Finn.

Finn laissa le téléphone tomber sur le trottoir quand Kade raccrocha.

— Brynn ?

— J'ai entendu, dit-elle entre ses dents. Je ferai ce que je pourrai. Mais Finn ?

— Je sais.

Il gronda tout bas et les humains qui s'étaient rapprochés reculèrent avec lenteur. Dire qu'ils étaient censés avoir l'air calmes et inoffensifs. Mais il ne pouvait pas non plus tout endurer éternellement sans que la digue cède et que le besoin de protéger ce qui lui appartenait prenne le dessus sur tout le reste.

Un autre véhicule s'arrêta devant eux, dans un nouveau crissement de pneus. Finn leva les yeux en grognant, prêt à tuer tous ceux qui oseraient l'attaquer. Il sentit les odeurs d'Hannah et de Josh alors qu'ils sortaient de la camionnette d'un bond et il se détendit un peu. Mark les suivit, son grand frère et le nouveau Guérisseur se tenant la tête haute.

— Installez-les dans la camionnette, aboya Josh.

Il n'était pas un loup, mais s'était uni au sein de la meute, pourtant Finn obtempéra sans hésiter.

Finn souleva Seth, le tenant délicatement contre son torse. Heureusement, l'homme était inconscient, parce que le déplacer ainsi allait faire un mal de chien. Mais il en allait de la santé et de la sécurité des leurs et ils n'avaient pas le choix. Leur comportement paraîtrait étrange aux humains, mais ils s'en occuperaient plus tard. Les bras tendus, Hannah guérissait Seth tout en marchant près de Finn. Elle murmurait, les mains tremblantes.

Mark rejoignit Brynn alors qu'elle soulevait Franklin. Une opération qui paraissait délicate, mais elle avait la force d'une louve. Finn posa Seth à l'arrière de la camionnette et grimpa à son tour derrière Hannah.

Mark monta avec Franklin, les yeux plissés.

— Je ne peux pas le guérir directement, mais je vais faire mon possible. Aussi, j'ai été formé par North et Noah.

Ce qui signifiait qu'en plus de pouvoir recourir à son lien avec la déesse de la Lune, Mark était aussi toubib.

Brynn sembla comprendre que Franklin serait entre les meilleures mains possibles et recula.

— Je vais m'asseoir à l'avant avec Josh et appeler mes contacts. (Elle croisa le regard de Finn.) Ce n'est pas terminé.

Il secoua la tête et elle claqua les portes de la camionnette.

C'était loin d'être terminé. Mais avec le sang de sa meute sur les mains, il ignorait ce qu'ils feraient ensuite.

Le sang avait coulé.

Il priait pour que ce ne soit pas le début d'une vraie guerre.

Brynn lava ses mains ensanglantées, sachant qu'elle se rappellerait à jamais l'odeur du sang de Franklin sur sa peau. Le fait qu'il avait été mélangé à celui de Seth ne faisait qu'intensifier sa souffrance.

Franklin était mort parce qu'elle n'était pas assez forte.

Elle n'était pas reliée à la meute comme l'étaient ceux qui détenaient de vrais pouvoirs. Si elle avait été juste n'importe quel autre membre de sa famille, Franklin aurait eu une chance de s'en sortir. Mais ce n'était pas le cas. Franklin était mort alors qu'elle avait les mains sur son cœur, s'efforçant d'utiliser sa louve pour le sauver.

Ce qui n'avait pas fonctionné.

Elle avait été trop loin de la tanière, trop loin de son Guérisseur.

Mark et Hannah avaient fait tout ce qu'ils avaient pu pour sauver Franklin, mais son loup était mort avant qu'ils aient rejoint la tanière des Redwood que Walker avait gagnée à la hâte pour venir à leur rencontre.

Son loup était mort sans qu'elle ait rien pu faire.

Rien.

Seth ne vivrait que parce que Finn avait utilisé presque toute son énergie pour insuffler la vie en lui. Sans Finn, Seth serait mort, lui aussi.

Un corps ne pouvait encaisser qu'un certain nombre de balles avant de rendre l'âme.

Personne ne l'avait blâmée pour ce qui était arrivé, mais elle ne pouvait pas s'empêcher de se le reprocher. Seth reviendrait à lui en sachant que l'homme auquel il avait eu l'intention de s'unir ne se réveillerait jamais avec lui. Seth n'aurait jamais d'avenir avec l'homme dont il était tombé amoureux. Les deux hommes avaient apparemment attendu pour sceller leur union de s'entretenir avec leurs deux Alphas. Ils avaient voulu leur autorisation, même s'ils n'en avaient jamais eu besoin. Ils auraient constitué l'une des nombreuses nouvelles unions intermeutes qui auraient renforcé les liens entre leurs meutes. Peut-être que s'ils avaient été unis, ils auraient pu se servir l'un de l'autre pour vivre. Peut-être que s'ils avaient été unis, Finn aurait pu les sauver tous les deux.

Mais personne ne saurait ce qu'il en aurait été.

Un avenir aussi radieux que le leur n'adviendrait jamais parce qu'on les avait fauchés d'une pluie de balles, détruisant leur lien potentiel et leur existence avant qu'ils aient même pu y goûter.

Elle s'appuya contre le lavabo de sa salle de bains, consciente qu'elle devait se ressaisir. Elle ne pouvait pas être qui elle était et avoir l'air d'avoir envie de sangloter dans un coin à cause de l'injustice de tout cela.

Finn et elle avaient survécu. Mais pas Franklin. Et Seth ne serait pas entièrement rétabli avant des mois.

Brynn croisa son regard dans le miroir de la salle de bains, agacée que sa louve soit encore si près d'émerger. Elle ne devrait pas tarder à aller courir parce que jamais elle ne parviendrait à garder le contrôle à ce rythme. Sa louve avait soif de sang, pourtant elle ne serait pas exaucée. Pas avec tant d'incertitudes.

Elle soupira et retourna dans son salon, où elle découvrit sans surprise Ryder assis sur le canapé, les bras posés sur les genoux. Son frère était le taiseux de la bande. Toute sa famille avait vécu l'enfer, et Ryder était aux prises avec son propre passé. Ce qui expliquait qu'il resterait assis à écouter tout ce qu'elle aurait à dire sans la juger. C'était vraiment un frère génial.

Et elle n'avait franchement aucune envie de lui parler, là tout de suite.

— Brynn, dit-il doucement. Ce n'était pas ta faute.

Pourquoi fallait-il que son maudit frère sache exactement quoi dire ? Il n'était même pas l'Omega, pourtant il savait quel était le fond du problème. Brandon, le véritable Omega et l'un des triplés Brentwood, était encore meilleur à ce jeu-là, mais il s'efforçait de ne pas trop fourrer le nez dans les émotions de Brynn. Il l'aimait assez pour savoir qu'il suffirait de tirer de manière inappropriée sur les liens pour qu'elle craque.

Brandon devait savoir qu'elle mourait à l'intérieur.

Et à en croire l'expression qu'elle lisait sur le visage de Ryder, il le savait lui aussi.

Elle ne lui répondit pas. Elle savait rationnellement que ce n'était pas sa faute, mais depuis quand les loups s'en référaient-ils à la raison pure ?

— Je sais que tu souffres à cause de Franklin, mais, Brynn, c'est plus que ça. Ça fait plus d'un an que tu n'es pas dans ton assiette.

Elle détourna le regard, n'ayant pas envie de lui faire face tout en sachant qu'elle ne pouvait plus se cacher.

— Nous avons tous des raisons de souffrir, dit-elle, se dérobant.

Ryder grogna doucement.

— Ne te défile pas. Tu crois que je supporte de regarder sans rien faire mon unique sœur se voiler la face dans le déni d'une nouvelle souffrance ? Ce n'est pas la même qu'avant. Si tu ne faisais que guérir après ce que papa nous a fait il y a toutes ces années, je ne serais pas intervenu parce que nous avons tous eu besoin de temps après ça. Nous avons toujours besoin de temps. Si la tension qui me parvient à travers nos liens était due aux troubles qui secouent notre monde, je me serais tenu à tes côtés pour affronter nos ennemis. Mais c'est différent et nous le savons tous les deux.

Il lui prit la main, ce qui la surprit. Les Brentwood se serraient dans les bras et se touchaient quand il le fallait parce que, après tout, ils étaient des loups. Mais Ryder ne dérogea pas à ses habitudes pour se montrer affectueux. Il avait ses raisons – qu'elle ne chercha pas à connaître parce que, comme il l'avait dit, ils avaient le droit de guérir à leur façon.

— Brynn.

Elle croisa son regard, le cœur dans la gorge.

— Finn est mon compagnon, lâcha-t-elle.

Ryder écarquilla les yeux, la mâchoire tombante.

— Bordel de merde ! souffla-t-il.

Les larmes lui montèrent aux yeux, la prenant au dépourvu. Elle ne pleura pas. Hors de question. Ryder la regarda et se rapprocha d'elle, l'attirant rapidement dans ses bras. Elle appuya la tête sur son épaule, le corps tremblant.

— Dis-moi ce qui s'est passé pour que je ne le tue pas, chuchota-t-il. Ou peut-être que je le tuerai quand même. Rien à foutre du traité.

Son Ryder calme et à la voix si douce.

— Je l'ai su la première fois que j'ai vu son visage de face. (Elle reprit son souffle.) Enfin, je l'avais vu de loin quand il était plus jeune, et je l'ai même aperçu quelquefois il y a quelques années. Mais ce n'est que lors de la cérémonie d'union de Gideon et de Brie que j'ai vraiment su. Finn était à moi. Ma louve l'a voulu, m'a tant tannée que j'ai failli me transformer sur-le-champ.

Elle s'essuya le visage, irritée d'avoir laissé couler ses larmes pour commencer.

— Et il est juste parti ? demanda Ryder.

Il ne hurla pas, ne grogna pas ni se déplaça rapidement au point de la faire sursauter. Il resta juste assis et la laissa parler.

Elle lui raconta tout ce qui s'était passé depuis la cérémonie d'union où elle avait posé les yeux sur le visage de Finn et avait su avec certitude qu'il ne savait pas, que la déesse de la Lune s'était trompée avec elle.

Elle n'était rien qu'une erreur.

Ryder la serra plus fort alors qu'elle terminait son récit, lui parlant même de la ruelle et de ce qu'avait dit Finn. Elle rougit ce faisant, mais elle s'en foutait. Tout lui raconter lui faisait du bien, voilà. Elle se serait confiée à Brie, sa seule amie ces derniers temps, vu que les autres femmes n'arrêtaient pas de la défier, mais c'était bien le sujet dont elle ne pouvait pas s'ouvrir à elle. Pas alors que Brie et Finn étaient si proches.

— Oh ! Brynn.

Elle renifla, et ses sinus l'élancèrent après sa grosse crise de larmes.

— Je sais.

— Qu'est-ce que tu vas faire, sœurette ?

Elle sourit à ces mots, malgré l'atroce souffrance dans son cœur. Elle n'était plus une petite fille, mais Ryder était son frère aîné et certaines choses ne changeraient jamais.

— Je ne sais pas. Je déteste être assise là à pleurer et à me lamenter sur mon sort alors que notre meute est en deuil. Seth ne va pas tarder à se réveiller, si ce n'est déjà fait, et découvrir qu'il n'aura pas l'avenir auquel il aspirait. Faut-il que je sois égoïste pour ne pas juste pouvoir passer à autre chose ?

— Tu n'es pas censée passer à autre chose. Et je crois que tu craques d'autant plus à cause justement de ce qui s'est passé ce matin. Tu as le droit d'éprouver des émotions contradictoires. Tu as le droit de souffrir à cause de quelque chose qui te pèse depuis bien trop longtemps. Cela n'affecte pas l'opinion que j'ai de toi et tu peux être sacrément sûre qu'il en sera de même pour les autres.

Elle ne dit rien, revenant encore en pensée sur tout ce qui s'était passé, ne serait-ce qu'au cours de la dernière semaine.

— Je sais que ce n'est pas ce que tu veux entendre, mais Brynn, tu dois le lui dire.

Elle secoua la tête.

— Non. Si je lui en parle, je serai faible. Il connaîtra cette faiblesse et je ne peux pas le permettre.

Il soupira.

— Tu ne seras jamais faible, quoi que tu en penses. Ta louve a besoin que tu le lui dises, tout comme toi. Et Finn en a besoin aussi, sœurette. Il a besoin de savoir à côté de quoi il passe. Si tu ne lui en parles pas, je pourrais être obligé de lui botter les fesses parce que ça me met tellement en rogne qu'il te fasse du mal en l'ignorant, Brynn. Il doit y avoir une raison, et se voiler la face n'aide personne.

Elle s'humecta les lèvres.

— Que se passera-t-il quand je lui aurai dit ? Quoi ? On saura tous les deux qu'on passe à côté de quelque chose.

— À moins que vous trouviez une solution. Ne jamais méjuger de la déesse de la Lune.

Brynn avait été méjugée toute sa vie grâce à la déesse de la Lune et à ses grands projets. Il faudrait plus que les exhortations de son frère pour que Brynn se mette à nu et révèle la vérité. Elle avait passé bien trop de temps à prouver qu'elle pouvait tout gérer. Elle n'était pas sûre d'être prête – si elle ne pourrait jamais l'être – à ce que Finn la rejette sciemment.

Parce que s'il faisait ça, pour être franche, elle serait anéantie.

Et on ne se remettait pas de ça.

Persuasion

L'équilibre délicat entre la guerre et la paix n'était pas à prendre à la légère. Lorsque l'on cherchait à avancer sans à-coups des éléments clés pour rompre ledit équilibre à un instant précis, alors plus rien n'avait d'importance.

Le sénateur Charles McMaster savait mieux que quiconque que l'art de la guerre ne se jouait pas en une soirée. Placer ses pions prenait des années. Avec l'aide du général Keith Montag, son plan serait bientôt mis en place.

Ce n'était qu'une question de persuasion.

Persuader les humains qui comptaient de rentrer dans le rang.

Persuader les suprémacistes qui comptaient d'agir à sa demande.

Persuader les médecins qui comptaient de le suivre dans les abîmes de la recherche sur les métamorphes.

Charles rajusta le nœud de sa cravate pour qu'elle soit parfaitement disposée sur sa poitrine. Il devait impérativement avoir l'air impeccable. Les gens avaient besoin de voir un activiste bienveillant et compatissant d'un côté et qui se battrait pour défendre leurs droits de l'autre.

Les loups ne devaient jamais savoir qui contrôlait réellement leur avenir.

Parce qu'un jour ils connaîtraient la véritable souffrance de leur existence.

— Êtes-vous prêt à voir le sujet ? s'enquit Montag d'une voix qui ressemblait presque à un grognement.

Cet homme était si fruste, presque comme les loups qu'ils chassaient. Mais Charles avait besoin de Montag pour faire fonctionner son plan.

Charles se tourna vers le général et arqua un sourcil.

— Bien sûr. Y a-t-il eu des progrès depuis la dernière phase de la lune ?

Montag secoua la tête.

— Non. Cette maudite bête refuse de se transformer. Mais on va l'y pousser. Sinon, il finira avec les autres et nous trouverons un nouveau sujet. (Montag haussa les épaules.) Ce n'est pas comme si nous ignorions où sont les autres.

Charles esquissa un signe de tête presque imperceptible.

— Exact, bien sûr.

Ils le savaient depuis bien plus longtemps que ne l'imaginaient les loups, mais cela dit, Charles s'efforçait d'avoir toujours une longueur d'avance.

Il suivit Montag vers le sous-sol inférieur où avait commencé leur aventure et où se dérouleraient beaucoup des phases suivantes. Des cages bordaient les murs tandis qu'une porte à l'autre bout de la longue salle ouvrait sur des… perspectives plus décourageantes.

Il ne s'agissait que de la première phase, bien sûr. Les humains devaient continuer à craindre ce qu'ils ne connaissaient pas. Les loups jouaient les gentils jusque-là et faisaient preuve de la plus grande vigilance. Ça ne durerait pas, et

Charles ferait tout son possible avec Montag pour tirer le meilleur parti de cette trêve.

Bientôt il… convaincrait le prochain groupe d'humains de se battre dans son camp. Sauf qu'ils ignoreraient être entrés en guerre jusqu'à ce qu'il soit trop tard.

Charles observa sans la moindre émotion le loup sous forme humaine, recroquevillé nu dans la cage. Si l'animal ne se transformait pas bientôt, il mourrait. Peut-être pas de mort naturelle, mais par la main de ceux que Charles employait. Hors de question pour lui de s'en charger. Il ne faisait pas le sale boulot. C'était à ça que servait Montag.

Le général n'ouvrit pas la cage, mais glissa un aiguillon à travers les barreaux. La bête hurla, mais encore une fois, ne se transforma pas.

Quel gâchis.

Peu importait, cependant. Bientôt, ils mettraient en œuvre la prochaine phase de son plan et les humains continueraient à craindre les loups qu'ils ne connaissaient pas. Il était regrettable que l'Héritier ait sauvé cette jeune enfant. Et encore plus regrettable qu'il ait semblé que l'Héritier et la femme des Griffes aient fait tout leur possible pour sauver les deux loups que Charles avait eus à l'œil. Les humains voyaient ces deux-là faire preuve de courage bien trop souvent au goût de Charles.

Il voulait que les masses craignent les loups, pas qu'elles prennent le temps de réfléchir aux actes de ces deux-là.

Il semblait qu'il ait besoin d'ajouter un élément à son plan.

Quelques incitations, un peu de persuasion, et les extrémistes qui l'avaient aidé à leur insu continueraient.

La bête hurla encore, et cette fois-ci Charles releva un coin de la bouche en un sourire qui lui découvrait les dents.

Il était libre de jouer avec cet équilibre délicat, de le manipuler. C'était ce pour quoi il était né. C'était ce pour quoi d'autres perdraient leur sang.

Chapitre 9

Finn se frotta la bouche de la main, adressant un signe de tête aux sentinelles qui gardaient le poste de contrôle des Griffes. Il se glissa à travers les barrières magiques, sans prêter attention aux picotements qui lui dansèrent sur la peau. Quand il franchissait celles des Redwood, c'était comme s'il rentrait chez lui, la magie l'accueillant. Là, c'était plus comme si on acceptait de le laisser entrer, à condition qu'il ne s'éternise pas. La magie savait qu'il n'appartenait pas à la meute des Griffes et voulait que Finn en ait bien conscience, lui aussi.

Les barrières magiques constituaient l'ultime couche de protections pour les leurs, alors il ne leur en tiendrait pas rigueur. Sans elles, rien ne les séparerait des humains. Et tant que les loups ne sauraient pas très exactement ce que comptaient faire ces derniers, ils auraient besoin des barrières. La magie empêchait les humains de passer ; pas les animaux ni le beau ou le mauvais temps. Elle laissait même les arbres pousser et leurs semences germer de part et d'autre. Elle repoussait juste ceux qui leur feraient – ou pourraient leur faire – du mal.

Brandon, Mitchell et Kameron se tenaient près du poste de contrôle, chacun fusillant Finn du regard. Rien de nouveau étant donné qu'ils ne voyaient pas d'un très bon œil que leur sœur ou cousine passe tant de temps avec un loup rival. Brandon et Kameron étaient deux des triplés, mais étaient faciles à distinguer, car l'un était l'Omega et l'autre l'Exécuteur. Brandon respirait un sentiment de calme parce que c'était son devoir et la nature de son loup. Kameron était l'Exécuteur et avait le physique qui allait avec. Le travail de l'Exécuteur consistait à protéger la meute des forces extérieures. Il était plus fort que la plupart des loups et pouvait sentir le danger à travers les murs de la tanière. Les liens qui le reliaient à la meute agissaient comme un dispositif d'alarme qui lui permettait de faire ce qu'il pouvait pour éviter à sa meute d'avoir à prendre part à un combat avant même le début des hostilités. Finn doutait d'avoir jamais vu cet homme sourire. En fait, il doutait même de l'avoir jamais vu exprimer la moindre émotion. Il était glacial, sévère et froid, mais excellait à son travail. Rien à voir avec son triplé émotif, l'Omega. Brandon ayant besoin de percevoir absolument chaque émotion de la meute, c'était logique que, même s'ils se ressemblaient comme deux gouttes d'eau avec leurs cheveux et leurs yeux sombres et leur mâchoire bien dessinée, leurs attitudes étaient à l'opposé. Walker, le troisième triplé qui se trouvait alors dans une autre partie de la tanière, était le Guérisseur et se situait quelque part entre les deux en matière de glace versus chaleur.

Mitchell était juste un enfoiré.

Le Beta de la meute était le cousin des Brentwood et le frère de Max. Finn adorait Max. Tout ce que faisait Max, il le faisait avec le sourire. Il était gentil et aimait tout particulièrement prendre soin des siens. Finn ne savait pas du tout comment Mitchell réussissait à s'occuper des besoins quotidiens de la meute alors qu'il ne souriait pas, mais ne faisait que ricaner. Bien sûr, peut-être qu'il réservait ses sarcasmes à Finn parce que, comme il l'avait dit, Mitchell était un enfoiré.

Ce qui ne devait probablement rien arranger, c'était que Finn pensait que Brynn aurait dû être la Beta quand la déesse de la Lune avait choisi la nouvelle génération après le meurtre de l'Alpha et des détenteurs de pouvoirs précédents. Brynn connaissait sa meute comme sa poche et se donnait corps et âme à la satisfaction de ses besoins et à sa protection. Pourtant elle avait été écartée des liens qui lui auraient permis d'en faire tellement plus. Le fait que la position de Beta avait été attribuée à un cousin plutôt qu'aux frères et à la sœur de Gideon constituait juste une claque de plus. Finn savait que Brynn aimait toute sa famille, mais ne pas avoir les liens que possédaient la plupart de ses membres devait la faire souffrir.

Il réprima un juron en se rappelant l'expression de Brynn quand ils avaient perdu Franklin. Elle s'en était voulu, même s'il avait tenté de lui dire que ce n'était pas sa faute. Elle avait refusé de les écouter, lui et Walker. Elle s'était repliée sur elle-même et était partie avant qu'il ait rien pu faire pour l'aider.

Il ignorait ce qu'il aurait fait si elle lui en avait laissé l'occasion, mais il aurait fait quelque chose, bon sang. Il ne pouvait pas la voir souffrir sans tenter d'adoucir sa peine.

— Tu as une raison d'être ici, Jamenson ? demanda Mitchell, un sourcil arqué.

Kameron le fusillait du regard.

Brandon scrutait son visage.

Finn ne baissa pas les yeux. Son loup était plus fort que chacun de leurs trois loups. Peut-être pas s'il devait les affronter tous les trois à la fois, mais le loup de Finn était le plus dominant.

— Je suis venu voir Brynn. Merci pour le comité d'accueil.

— Tu as une sacrée grande gueule, louveteau, grogna Mitchell.

Finn arqua un sourcil.

— En effet. Elle est naturelle. Bon, vous allez me laisser passer ? Ou va-t-on avoir un problème ?

Un attroupement avait commencé à se former autour d'eux, l'incertitude et la souffrance en émanant par vagues. Bon sang. Ils venaient juste de perdre l'un des leurs et avaient besoin d'un bouc émissaire. Il n'avait pas envie de se battre, mais il savait aussi que les Griffes avaient besoin de panser leurs blessures. Finn laissa retomber ses épaules.

— Je voudrais m'assurer qu'elle va bien après ce qui s'est passé, dit-il doucement. Aussi, on doit discuter de la prochaine phase de notre plan.

— Et tu n'aurais pas pu le faire par téléphone ? demanda Brandon, non sans une certaine gentillesse.

C'était comme si le loup tentait de mettre le doigt sur quelque chose sans y parvenir tout à fait. Finn ne comprenait pas non plus.

Il secoua la tête.

— Certains trucs doivent se faire en personne.

Kameron plissa les yeux, mais s'écarta.

— Fais attention, Finn. Elle souffre.

Finn en resta stupéfait. Kameron n'était pas le triplé émotif, loin de là, et la finesse de sa remarque le surprit.

Il semblerait qu'il doive réserver son jugement en ce qui concernait ces Brentwood.

— Je ne veux pas être une nouvelle cause de souffrance, dit-il en dépassant les trois hommes.

Il savait qu'il lui en avait déjà causé beaucoup, mais cela n'avait pas été intentionnel. Ils se tapaient juste réciproquement sur les nerfs, et avec l'attirance sexuelle qui couvait entre eux, leurs relations ne pouvaient qu'être explosives.

Le temps qu'il rejoigne la maison de Brynn, il s'était fait reluquer, mais personne ne s'était approché de lui. Rien de plus normal vu qu'il ne faisait pas partie des Griffes, mais son loup n'appréciait pas les défis que chaque personne qu'il avait croisée représentait. Ce n'était pas sa meute et il ne pouvait pas s'attendre à ce que chaque loup qu'il fixait du regard baisse les yeux en signe de soumission comme le faisaient les Redwood. Même s'il n'était pas du genre à faire ça avec sa propre meute, vivant en symbiose avec elle.

Alors qu'il levait la main pour frapper, la porte s'ouvrit et Ryder sortit. Finn recula pour permettre à l'autre Héritier de s'avancer sur le perron.

— Finn, dit Ryder en grognant.

Voilà qui était surprenant. Ryder ne lui grognait jamais après. Ils occupaient la même position au sein de leur meute tous les deux et se respectaient mutuellement. Que s'était-il passé depuis leur dernière rencontre ?

Finn inclina la tête sur le côté et examina le visage de Ryder, découvrant une expression entendue dans son regard.

Eh bien, putain ! que lui avait dit Brynn ?

— Ryder, rentre chez toi, dit doucement Brynn depuis le seuil. Je n'ai pas besoin d'aide.

— Fais gaffe, loup, lui dit Ryder d'un ton brusque.

Il s'éloigna en bondissant, mettant Finn sur le cul.

— Qu'est-ce qui vient juste de se passer, putain ? demanda-t-il en se tournant vers Brynn.

Elle avait les cheveux détachés et ils lui frôlaient le haut des seins. Elle portait un minuscule short et un débardeur sans soutien-gorge. Sous son regard ses tétons se contractèrent derrière l'étoffe et il dut déglutir bruyamment pour pouvoir continuer à respirer.

— Tu vas entrer ? Ou tu vas dévorer mes nichons des yeux toute la soirée ?

Il arracha le regard à sa poitrine, même s'il aurait aimé la contempler toute la soirée. Ce n'était pas la raison pour laquelle il était venu, cependant.

Elle ne s'écarta pas, mais se contenta de le regarder fixement.

— Tu vas me laisser entrer ? demanda-t-il, conscient qu'il était possible qu'elle refuse.

Elle l'avait déjà invité à entrer, mais n'avait pas bougé.

Elle s'écarta enfin et il entra, lui frôlant la peau au passage. Ils eurent tous deux le souffle coupé à ce contact. Il était tellement à cran qu'il pouvait à peine à réfléchir. Il devait se rappeler que ce n'était pas pour cette raison qu'il était venu chez elle. Il ne s'agissait pas de lui, mais d'elle.

Il le fallait.

— Je te demanderais bien comment tu vas, mais maintenant que j'y pense, c'est une question trop nulle, putain !

Il se passa la main dans les cheveux et se retourna pour la regarder. Elle avait fermé la porte et se tenait devant, les mains dans le dos. Elle écarquillait tant les yeux qu'elle paraissait rajeunie de plusieurs années. Cependant, l'anneau doré qui cerclait ses iris lui apprenait que sa louve était bien trop près d'émerger. Elle ne devrait pas tarder à aller courir si elle voulait garder toute sa tête.

L'équilibre délicat entre l'humain et le loup ne cesserait jamais d'être une lutte pour les leurs. Ils vivaient avec, ce qui ne rendait pas la chose plus facile.

— Il est mort parce que je ne suis pas reliée à la meute comme je devrais l'être, Finn. Alors, non, je ne vais pas bien ou quoi que ce soit parce que ça ne va pas fort du tout, là tout de suite.

Finn esquissa un pas vers elle et elle tendit le bras.

— Brynn, laisse-moi t'aider.

Elle ricana.

— Comment peux-tu m'aider, Finn ? Hein ? Comment ? Je n'étais pas censée te revoir. Tu n'étais pas censé être avec moi pour commencer. On avait décidé d'arrêter. Avant de revenir sur notre décision pour le bien de nos meutes. Quel bien avons-nous fait ? Quel bien aurions-nous pu faire quand ma meute se meurt toujours malgré tout ce que j'essaie de faire pour elle ?

Il esquissa un pas de plus vers elle et elle ne bougea pas son bras. Il continua à avancer jusqu'à ce que sa main lui appuie contre le torse. À ce contact une décharge électrique les transperça tous deux, mais il ne recula pas.

— Brynn. Laisse-moi t'aider.

— Comment ? demanda-t-elle, sa voix se brisant.

Elle écarquilla encore plus les yeux et secoua la tête.

— Je ne peux pas pleurer devant toi. Je ne peux pas craquer. Tu fais ressortir ce qu'il y a de pire en moi et j'ignore pourquoi. (Elle émit un reniflement larmoyant.) Non, en fait je sais parfaitement pourquoi, mais je ne peux rien y faire, pas vrai ?

Il ne comprenait pas sa remarque sibylline, mais, zut ! il ne comprenait pas la plupart de ses humeurs de toute façon. Tout ce qu'il savait, c'était qu'elle souffrait et que sa louve avait besoin de courir. Et c'était un point sur lequel il pouvait l'aider.

Finn leva la main et fit glisser avec douceur les doigts sur son poignet. Elle replia les doigts contre son torse et ses griffes pointèrent, lui éraflant la peau. Il ne tressaillit pas alors qu'elle faisait perler son sang. Sa senteur cuivrée satura l'air et Brynn laissa échapper un sanglot.

Elle était si tendue depuis si longtemps, s'efforçant de rester forte pour sa meute, obligée d'avoir affaire à lui alors qu'il savait qu'elle n'en avait vraiment pas envie, ne pouvait pas en avoir envie, qu'elle était sur le point de craquer.

— Cours avec moi.

Elle secoua la tête.

— Je ne peux pas, Finn. Si je me transforme maintenant, la louve aura le contrôle. (Elle reprit son souffle.) Je dois être plus forte que ça.

Il leva son autre main avec lenteur. Elle se figea, mais ne s'écarta pas alors qu'il la posait sur sa joue.

— Laisse-moi t'aider. Tu as peur que ta meute te voie perdre le contrôle. Je comprends. Je suis passé par là. Mais je ne fais pas partie de ta meute. Tu peux fondre en larmes si tu en ressens le besoin, te transformer et laisser ta louve errer librement. Je serai là pour m'assurer que tu ne vas pas trop loin. Je ne pourrai pas te faire revenir, mais je pourrai t'atteindre. Tu sais que j'en suis capable, alors je ferai en sorte que tu retournes bien auprès de ta meute. Laisse-moi t'aider, Brynn. On ne devrait jamais avoir à perdre un membre de sa meute. Pas avec notre mode de vie, mais quand cela se produit, nous ressentons tous la douleur d'un millier de pertes. Laisse-moi t'aider.

Brynn serra les dents, un air de défi sur le visage. Il continua à lui envelopper la joue de la main et la laissa planter plus profondément les griffes dans son torse. La douleur l'aidait à garder son sang-froid. Il ne la laisserait pas se faire du mal parce qu'elle ne se sentait pas à la hauteur. Le monde s'écroulait autour d'eux, pourtant il ne pouvait rien faire d'autre que se concentrer sur la femme devant lui.

Il réfléchirait aux implications de cette pensée plus tard.

Brynn prit une inspiration puis baissa la tête.

— Je… j'ai besoin de courir.

Elle parla si bas que Finn eut du mal à l'entendre, mais il ne lui laissa pas le temps de changer d'avis.

Il recula d'un pas, les griffes de Brynn lui laissant de petites marques sur la peau.

— Alors, allons-y. Montre-moi où tu veux courir. Je ne connais pas ta tanière. (Il inclina la tête sur le côté.) Je t'aurais proposé de venir dans la mienne pour que ta meute ne te voie pas, mais c'est trop loin. En plus, je ne pense pas que tu aurais été très à l'aise au milieu de tant d'inconnus.

Elle avait le regard rivé sur le sang sur son torse et il eut envie de jurer.

— Tu ne m'as pas fait mal, Brynn. Ça m'a plu. Bon, allons-y.

Elle secoua la tête puis inspira profondément.

— Merci. J'ai besoin de me changer les idées et je serai de nouveau moi-même.

— Je sais. On a parfois besoin de se lâcher. Je comprends.

Sur ce, il tendit le bras derrière elle et ouvrit la porte. Elle s'écarta et le suivit sur le perron. Il sentit les regards des loups dominants sur lui alors qu'il marchait avec Brynn vers l'une des zones boisées de la tanière où elle voulait courir.

Brynn jura dès qu'ils atteignirent l'orée de la forêt.

— Je crois que tu ne devrais plus venir dans ma tanière.

À ces mots, il faillit trébucher contre une pierre.

— Je te demande pardon ? Je croyais que nos meutes avaient signé un traité.

Il laissa l'Héritier s'insinuer dans sa voix, conscient qu'il allait probablement la mettre en rogne. Encore.

Brynn lui tira la langue alors qu'ils continuaient à avancer d'un bon pas.

— Il ne s'agit pas d'opposer les meutes entre elles, Finn. Pas vraiment. Tu es juste tellement dominant que les autres loups ne savent plus se tenir. C'est l'une des raisons pour lesquelles Gideon n'accompagne pas toujours Brie quand elle rend visite à sa famille et que Kade ne passe pas prendre le café. Ils sont juste trop dominants pour pouvoir s'approcher de nombre de loups qui ne peuvent pas s'empêcher de vouloir les défier, ignorant leur rang au sein de la meute. Et vu qu'il s'agit de deux meutes différentes, ça pose un problème. À ma connaissance, on est les seules meutes à avoir conclu un traité permettant à autant de loups de circuler de l'une à l'autre.

Finn releva la lèvre en un ricanement.

— Je sais qu'ils veulent me défier sans pouvoir le faire, mais les Alphas ne se rendent pas dans l'autre tanière pour s'y abriter ou en signe de respect.

— Ça en fait partie, certes, mais tous les loups dominants doivent avoir conscience de l'effet qu'ils ont sur ceux qui les entourent.

— Tu me parles comme à un louveteau, Brynn. Je sais l'effet qu'induit ma présence. Je ne peux pas contrôler leur réaction, mais je ne réponds pas à leurs provocations. Je les laisse essayer de me défier du regard. Je ne grogne ni ne mords. Je sais que je suis sur leur territoire et je m'efforce de ne pas laisser sortir mon loup. Je ne viens dans cette tanière que pour te voir, tu sais. Je ne viens même pas chez les Griffes pour voir Brie.

Il ne s'en était même pas rendu compte avant de le dire. Bizarre.

Brynn soupira puis s'arrêta dans un petit cercle d'arbres où un tronc faisait office de banc.

— Je sais tout ça. Mais c'est quand même beaucoup pour eux. Surtout en ce moment.

Finn secoua la tête.

— Dans ce cas, tu viendras chez les Redwood ? Parce que si je ne peux pas venir ici, tu devras venir là-bas.

— Qui a dit que je devais te voir dans une tanière ? On peut s'appeler, s'envoyer des textos ou juste se rencontrer à l'extérieur. Quels que soient nos plans, on n'a aucun besoin de se voir en dehors de ça.

— Tu sais que ce n'est pas le cas. Plus maintenant.

Il ignorait ce qu'il disait ou pourquoi il le disait, mais il savait que c'était la vérité, là tout de suite.

— Je ne peux pas m'occuper de ça pour le moment. J'ai besoin de courir.

Brynn aspira ses lèvres et secoua la tête avant d'ôter son débardeur.

Finn détourna les yeux avant de faire un truc stupide, comme écraser sa bouche contre la sienne. Les loups avaient l'habitude de la nudité. Lorsqu'ils se transformaient, leurs vêtements ne disparaissaient pas comme par magie. S'ils ne se déshabillaient pas avant, ils se retrouveraient avec leurs vêtements entortillés autour d'eux. Que Brynn soit nue n'aurait pas dû le perturber. Il aurait dû être capable de la regarder se dévêtir devant lui avant de se métamorphoser en louve. Ils étaient des loups. C'était ainsi que ça se passait. Les loups ne se reluquaient pas entre eux sauf entre compagnons ou s'ils avaient des prérogatives, ce qui n'était pas le cas avec Brynn. Ils n'étaient pas frustes au point de prendre leur pied en voyant un autre loup faire ce qu'il avait à faire pour se transformer.

Pourtant Finn ne parvenait pas à réprimer l'envie de la prendre. Il fit passer sa chemise par-dessus sa tête et déboutonna son jean. Il l'entendit enlever son short et se baisser près du tronc. Il ne penserait pas à ses rondeurs ou au fait qu'elle était terriblement sexy en ce moment. Il devait être plus fort que ça. Il s'empressa d'ôter ses chaussures sans les mains et laissa son jean retomber à ses pieds avant de s'agenouiller.

— Je vais te suivre, dit Finn. Quand on sera des loups, j'irai où tu voudras aller. Si je sens que tu en as besoin, je te ramènerai, mais lâche-toi, Brynn.

— Merci, chuchota-t-elle.

Il ne la regardait toujours pas, doutant de sa propre maîtrise de lui-même. Quel loup dominant il faisait ! Au lieu de s'appesantir sur le sujet, il tira sur le lien qui le rattachait à son loup. Le lien l'élança comme un membre douloureux et palpita jusqu'à ce qu'enfin son loup l'écoute et s'avance. Il se rappelait tout juste un temps où son lien avec son loup ne l'avait pas fait souffrir. Les deux ou trois premières fois où il s'était transformé quand il était petit. C'était avant que le démon ne lui prenne tout.

Quand les loups étaient enfants, la déesse de la Lune leur épargnait les douleurs de la métamorphose. Les métamorphes ne se transformaient pas avant l'âge de deux ou trois ans. Jusqu'à la puberté, et parfois quelques années après, ils ne ressentaient pas la même chose que les adultes.

Du moins, c'était le cas pour la plupart des enfants.

Depuis que le démon l'avait attaqué, Finn sentait chacune de ses métamorphoses, chacun des arcs de la douleur inhérente à la transformation d'un homme en loup. Exactement comme c'était le cas à présent.

Même si la déesse de la Lune avait gratifié le premier chasseur du pouvoir de se transformer, il ne s'était pas agi d'une bénédiction au départ. Le chasseur ayant tué un animal dans la forêt sans autre raison que son plaisir, la déesse de la Lune était venue dans le monde terrestre et avait introduit de force l'âme du loup dans le corps de l'humain. L'humain avait été obligé de partager son corps avec l'âme d'un loup et avait dû apprendre à maîtriser sa nature double, ainsi qu'à devenir l'animal qu'il avait tué pour se divertir. À vrai dire, son cousin Parker descendait de ce premier chasseur d'après ce qui se racontait.

Et parce que leurs métamorphoses n'étaient pas censées être une bénédiction, elles faisaient un mal de chien. Les tendons se déchiraient pour permettre aux os de se briser en deux ou en plusieurs morceaux, modifiant leur forme pour laisser place à celle d'un loup. Quand un métamorphe l'était devenu à l'âge adulte, il n'avait jamais eu la possibilité d'apprendre à se transformer sans être accablé de douleurs. La plupart vomissaient la première fois, leur corps les lâchant à cause de la façon contre nature dont celui-ci se mutilait afin de se changer en leur moitié.

Les muscles de Finn se déchirèrent tout comme ses tendons et son visage s'allongea en un museau. Sa peau se couvrit de fourrure, avant que celle-ci disparaisse. Chacun des pores de son épiderme le brûla quand les poils surgirent de nouveau, pour de bon cette fois. Ses jambes devinrent son arrière-train, ses pieds des pattes. Ses bras se tordirent à un angle bizarre pour former ses pattes de devant, puissantes et capables d'encaisser le choc d'un saut ou d'un combat. Alors que la plupart des loups de sa famille et de celle des Brentwood pouvaient se métamorphoser partiellement en ne laissant sortir que leurs griffes et leurs crocs, la majorité des loups en était incapable. C'était tout ou rien. Pour l'heure, c'était la forme de son loup qu'il avait choisie, son corps tremblant alors que la métamorphose s'achevait.

Il rejeta la tête en arrière et hurla à la lune. Il n'était pas dans sa tanière et personne ne lui répondit, mais son loup avait besoin de liberté. Celui-ci étant le plus souvent silencieux, c'était sous cette forme que Finn se sentait le plus relié à lui.

Il se retourna au son d'un gémissement se muant en hurlement. Brynn s'était presque entièrement changée et il se tint au-dessus d'elle, pour s'assurer qu'elle s'en sortait bien. C'était une réaction étrange, comme elle était bien plus âgée que lui et avait vécu d'innombrables métamorphoses avant même que ses parents se soient unis. Elle n'était pas sienne, pourtant il savait qu'il se comportait comme si elle l'était, là tout de suite.

Le temps qu'elle ait fini de se transformer, elle tremblait, mais elle se tenait sur ses quatre pattes, la tête haute. Elle était sacrément forte pour se transformer aussi vite, vu qu'il n'avait pas été beaucoup plus rapide qu'elle.

Alors qu'il était entièrement sombre, la fourrure noire de Brynn était parsemée de taches et de rayures brun roux. Elle n'était pas aussi grande que lui, mais il émanait de son attitude un air d'autorité. Il lui mordilla le cou, les surprenant tous deux. C'était une forme de jeu, mais seulement entre amants et compagnons d'habitude.

Elle le mordilla aussi avant de s'élancer sur le côté. Elle se baissa sur ses pattes avant et frétilla de la queue. Si un loup avait pu sourire, c'était ce que Finn aurait fait en voyant son expression. Elle en avait eu besoin, avait eu besoin de se relier à sa louve.

Il glapit et elle partit, courant à toute vitesse. Il la suivit, les coussinets de ses pattes s'enfonçant dans la terre meuble alors qu'ils entraient dans les bois et en sortaient en coup de vent. Ils bondirent par-dessus des troncs couchés et de gros rochers, courant aussi vite qu'ils le pouvaient. Le vent lui ébouriffa la fourrure et il baissa la tête, chassant sans s'intéresser à une proie en particulier.

Ils continuèrent pendant près d'une heure avant que Brynn s'arrête enfin dans une autre clairière proche de l'endroit d'où ils étaient partis. Ils avaient décrit un large cercle et auraient pu courir un peu plus longtemps pour retourner là où ils avaient laissé leurs vêtements. Qu'elle ne le fasse pas le déconcerta, mais il s'arrêta avec elle, reprenant forme humaine quand il sentit le pouvoir de la métamorphose de Brynn exercer une attraction sur son loup.

Se transformer en humain était atrocement douloureux, aussi. Une nouvelle métamorphose si rapprochée consommait beaucoup d'énergie et il ne devrait pas tarder à s'alimenter pour reconstituer ses forces. Heureusement, Brynn et lui étaient tous deux assez forts. Il savait que, si besoin, ils pourraient de nouveau se transformer pour aller chercher leurs vêtements, ou pire, se battre si nécessaire.

Dès qu'il eut repris forme humaine, la poitrine se soulevant et la peau luisante de sueur et sensible, il se tint sur ses deux jambes et baissa les yeux sur Brynn, les sourcils froncés. Sa course l'avait rendu euphorique et il avait la queue dure comme la pierre non seulement à cause de l'adrénaline, mais aussi à cause de la femme très sexy et toute nue à côté de lui. Mais il ignorait pourquoi ils s'étaient arrêtés là et voulait en avoir le cœur net avant de décider quoi faire du désir qui couvait entre eux.

Brynn termina de se transformer, la peau rosée alors qu'elle se levait sur des jambes tremblantes. Elle repoussa ses cheveux de son visage et releva le menton. Elle avait les yeux brillants, mais ils n'étaient plus ceux d'une louve comme avant. Courir lui avait fait du bien, mais il avait toujours le sentiment que quelque chose lui échappait.

— Pourquoi on s'est arrêtés ici ? demanda-t-il.

Ils étaient tous deux dans le plus simple appareil, en sueur et excités, mais il ne tenta rien. Pas encore. Pas tant qu'il ne savait pas ce qu'elle pensait.

— J'ai quelque chose à te dire et je ne veux pas que tu me hurles dessus.

Il cligna des yeux.

— Pourquoi je te hurlerais dessus ? Quand m'as-tu jamais vu hurler ?

Elle souffla.

— Bon. Ne grogne pas, ne hurle pas et ne crie pas. Désolée, je me suis mal exprimée.

Un sinistre pressentiment l'envahit et il fronça les sourcils.

— Je ne peux pas te le promettre… mais je ferai de mon mieux.

Elle ricana.

— Je suppose que je vais devoir m'en contenter. (Elle soupira puis croisa son regard.) Si je ne suis pas dans mon assiette, si j'ai envie de te crier dessus tout en ayant envie d'autre chose en même temps, c'est pour une raison. (Elle s'interrompit.) Je suis ta compagne.

Un silence assourdissant.

Quoi ?

Comment ?

Non. Ça ne pouvait pas être vrai.

Elle se trompait. Ce devait être la seule explication parce qu'il ne comprenait pas ses propos. Elle devait plaisanter. C'était juste une raillerie cruelle pour le repousser parce qu'elle ne le supportait pas. C'était tout ce qu'il savait. Elle le détestait, vraiment. Détestait être avec lui. Elle le rejetait, grognait et ne voulait rien avoir à faire avec lui. Elle l'avait giflé quand il l'avait embrassée. Elle avait nié l'attirance qu'elle éprouvait pour lui parce qu'elle n'avait pas de temps à perdre avec lui. C'était la seule explication. Il garderait ses distances et n'insisterait pas parce qu'elle n'était pas sienne. Son loup ne le lui avait pas dit. Son loup n'avait rien fait, putain ! Il n'avait pas voulu rencontrer un jour sa compagne, mais avoir des sentiments pour Brynn. Tout ce qu'il avait fait, c'était parce qu'il n'avait pas senti d'union potentielle.

Ce devait être un cauchemar.

Toutes ces pensées l'assaillirent en un instant, toutes à la fois, le frappant de plein fouet. Il lutta pour respirer, pour réfléchir, pour se rappeler qu'il était l'Héritier et devait conserver un certain sang-froid.

Il avait les membres engourdis, des picotements dans les doigts, comme si le sang circulait mal.

Il ne dit rien, mais elle poursuivit.

— Ou plutôt, tu es mon compagnon. Je sens un lien potentiel avec toi. Je l'ai senti avant l'union de Gideon et de Brie. Ma louve te veut, te désire. Et la femme ? Elle te veut, elle aussi. J'ai vu ta force, ta compassion. Mais je sais que tu ne ressens pas la même chose. Je sais que tu me désires parce que tu es un homme et que je t'attire. Mais je sais. Je sais que la déesse de la Lune a merdé. Soit ton loup ne veut pas de moi du tout et cette union n'est vraiment qu'à sens unique, soit il est arrivé quelque chose pour que tu ne la sentes pas.

Il ouvrit la bouche une fois, deux, mais rien n'en sortit.

Des larmes roulèrent sur les joues de Brynn et elle lui adressa un sourire triste.

— Je sais que tu es mien jusqu'au tréfonds de mon âme. Je sais que ma louve te veut de tout son être. Pourtant je sais que je ne t'aurai jamais parce que tu ne ressens pas la même chose.

— Brynn… chuchota-t-il.

Elle secoua la tête.

— Je sais que c'est beaucoup à encaisser. Je ne t'en ai jamais parlé avant parce que je refusais de me montrer faible. Je ne pouvais pas t'ouvrir mon âme ainsi, saigner devant toi pour que tu en profites et ne voies plus en moi qu'une louve faible. Mais ça me tue, Finn. Je préfère que tu le saches maintenant, que tu aies conscience de ma souffrance, plutôt que de me tenir près de toi en silence parce que j'ai eu trop peur.

Il tendit la main vers elle, ses doigts à un souffle. Il ouvrit la bouche, mais il ne savait pas quoi dire. Peu importait, cependant.

À cet instant, une détonation retentit près de ses oreilles et Brynn hurla. Ils volèrent tous deux en arrière alors que les barrières magiques étaient ébranlées. Le feu les lécha, mais ne passa pas à travers.

En revanche, le grand arbre qui avait planté ses racines depuis plus d'un siècle de l'autre côté des barrières se fendit. Un son assourdissant. Finn rampa dans la terre vers Brynn et l'attira à lui, couvrant son corps du sien.

L'arbre imposant qui s'était dressé jusque-là, ses branches s'élevant loin dans le ciel, tomba du côté des loups des barrières, touchant le sol dans un fracas tonitruant.

Une bombe avait explosé à l'extérieur de la tanière, mais c'était la bombe qui lui était tombée dessus quelques instants plus tôt qui mettait son esprit en ébullition. Un mot tournait sans arrêt dans sa tête.

Compagne.

CHAPITRE 10

Brynn tremblait, mais elle ignorait si c'était à cause de l'explosion ou du fait qu'elle venait juste d'avouer son plus grand secret à l'homme auquel elle n'aurait jamais dû rien dire. Elle était dans sa cuisine, ayant enfilé en vitesse un autre short et un autre débardeur à peine le seuil franchi. Elle avait donné à Finn un jogging pour qu'il se couvre, même s'il était toujours torse nu dans son salon, semblant en état de choc, tout comme elle.

Dès qu'elle avait pu ouvrir les yeux lorsqu'ils avaient été dans la forêt, elle l'avait repoussé alors qu'il était allongé sur elle. Ils s'étaient tous deux levés d'un bond, toutes griffes dehors. Ils n'avaient pas vu âme qui vive près des barrières, mais ils avaient cherché. Ils saignaient et étaient tout contusionnés à cause des débris, mais cela n'avait pas eu d'importance. Sa tanière avait été attaquée et elle ne pouvait pas sauver tout le monde toute seule. Finn avait risqué sa vie pour les siens et elle n'oublierait jamais qu'ils avaient pourchassé leurs ennemis côte à côte.

Kameron et les hommes et femmes sous ses ordres étaient arrivés peu après l'explosion. Son Exécuteur de frère avait senti qu'il y avait un problème quelques secondes avant la déflagration, mais n'avait pas réussi à identifier d'où il venait assez vite.

Personne n'était mort. Personne n'avait été blessé, à part Finn et elle qui avaient eu des égratignures et des bleus. Selon toute évidence, il s'était agi d'une bombe à retardement et les humains avaient quitté depuis longtemps cette partie de la tanière. Ils n'avaient même pas pu discerner leurs odeurs avec précision, la pluie qui était tombée un peu plus tôt dans la journée les ayant emportées. Mais elle savait que c'étaient des humains, tout comme eux tous. Ils avaient un pressentiment qui refusait de les lâcher.

Sa tanière avait été attaquée et ils ne pouvaient rien faire parce qu'ils ignoraient qui avait ouvert les hostilités.

Kameron lui avait dit de rentrer chez elle se débarbouiller, manifestement intrigué à en croire son regard sur le compagnon de course de Brynn. Elle n'éclaira pas la lanterne de son frère, mais elle n'avait pas voulu rester nue au milieu d'une forêt dévastée avec son frère et l'homme à qui elle avait révélé qu'il était son compagnon potentiel.

De quoi pousser n'importe qui vers la boisson.

En fait, ça lui semblait être une sacrée bonne idée. Il lui faudrait plusieurs bouteilles pour s'enivrer à cause de son métabolisme, mais elle pouvait au moins se raconter que la brûlure de l'alcool la conduirait à la torpeur dont elle avait si désespérément besoin.

Elle leva la main vers le placard et en sortit deux verres et une bouteille de whisky. Quant à boire, autant faire les choses bien avec l'homme dans son salon. Il ne resterait peut-être pas après, mais au moins elle pourrait dire qu'elle avait essayé. Elle eut l'impression qu'on lui retirait un poids étrange des épaules même s'il demeurait sur sa poitrine. Elle ignorait ce qui se passerait ensuite, mais ne pouvait pas se défiler. C'était fini, ça.

Elle entra à pas feutrés dans le salon, sans prêter attention aux coupures et égratignures qui l'élançaient et qu'elle n'avait pas encore nettoyées. Pas très malin, mais elle ne fonctionnait pas à plein régime.

Finn était debout dans le salon, les mains sur les hanches alors qu'il inspirait et expirait. Elle adorait le voir torse nu. La façon dont ses muscles ressortaient quand il les bandait la faisait saliver. Il lui tournait le dos et elle eut envie de lui lécher la colonne vertébrale pour recueillir sa saveur salée. Il était la force et la domination personnifiées, pourtant il l'avait aussi laissée prendre les choses en main un peu plus tôt dans la soirée. Et il l'avait protégée de son corps quand l'arbre était tombé. Il était un loup dominant tout en contraste, et qui apprenait comment se comporter avec une louve très dominante. Non pas qu'il s'y prenne mal, mais ce n'était pas comme s'ils avaient vraiment exploré la question du fait de ce qu'ils ne disaient pas.

Elle lui avait avoué qu'il était son compagnon et il n'avait pas été foutu de prononcer une phrase entière.

Ce n'était pas juste de lui en vouloir alors qu'elle avait eu une année pour se faire à cette idée et qu'il n'avait eu que quelques secondes avant que le ciel leur tombe littéralement sur la tête.

— Je te sers un verre ?

Sa voix était ferme, ce qui la surprit.

Finn se retourna et elle manqua d'avaler sa langue. Ses tablettes de chocolat étaient parfaitement dessinées, luisantes et ne demandant qu'à être léchées. Les lignes sur ses hanches qui conduisaient à sa queue formaient de profonds sillons qui invitaient ses doigts à les explorer.

Non qu'elle compte rien faire de tout ça.

Sa louve la poussa, repue par la course, mais refusant malgré tout de se contenter d'admirer cette chair succulente.

— Tu saignes.

Le loup de Finn ne transparaissait pas dans sa voix – franchement, elle doutait d'avoir jamais discerné son loup dans sa voix comme c'était le cas avec tant d'autres. Mais le grondement qui imprégnait ses mots lui apprenait que leur course ne l'avait pas apaisé. Tant mieux, parce qu'elle était loin de l'être.

Elle baissa les yeux sur la coupure sur son bras et l'autre sur son ventre et fronça les sourcils.

— Ce n'est rien.

Finn secoua la tête et s'approcha d'elle comme pour la toucher. Elle recula d'un pas. Ils se figèrent tous deux.

— Je… ne me touche pas. Pas encore.

Sa voix ne se brisa pas, mais bon sang, il s'en était fallu de peu. Elle secoua la bouteille de whisky dans sa main.

— Je te sers un verre ? demanda-t-elle encore.

Finn scruta son visage, les sourcils froncés.

— J'ai besoin de nettoyer tes blessures d'abord.

— Tu n'as pas besoin de faire ça. Je vais bien. Ce ne sont que des coupures superficielles qui auront cicatrisé toutes seules dans une ou deux heures.

Il poussa un soupir tremblant.

— J'ai besoin de les nettoyer.

Déconcertée, elle le laissa passer et le regarda marcher vers sa cuisine où elle gardait une trousse de premiers secours. Elle ne lui avait pas dit qu'elle était là, mais il avait probablement senti l'odeur d'antiseptique dans le placard.

Il revint avec la trousse à la main et lui indiqua le canapé.

— Assieds-toi et sers-nous à boire. Je vais te nettoyer.

Elle arqua un sourcil, mais obtempéra. Normalement, elle l'aurait remis à sa place, mais ils étaient dans une situation si étrange qu'elle préféra passer outre. Elle ne tolérerait pas qu'il aboie de nouveaux ordres, mais elle laisserait filer pour cette fois parce qu'au moins il lui parlait. C'était un progrès.

— Tu es blessé, toi aussi, dit-elle doucement alors qu'il s'installait sur la table basse devant elle.

C'était un gros morceau de bois capable de supporter le poids de ses frères et elle ne grinça même pas quand Finn s'y assit. Sa maison n'était pas très féminine, mais elle ne pouvait pas vraiment faire autrement avec sa famille qui ne cessait d'aller et venir dans chacune de ses pièces.

— - Je vais bien.

Trop, c'était trop. Elle mit les verres sur la table, consciente que si elle les posait brutalement comme elle en avait envie, le verre volerait en éclats, et Finn aurait autre chose à rafistoler. Elle dévissa le bouchon du whisky, en but un coup à même la bouteille, et la brûlure dans sa gorge fut un soulagement. Finn la regarda, les sourcils arqués, mais elle ne lui donna pas la bouteille. Elle avait besoin de cette sensation de brûlure pour l'aider à affronter un loup dominant qui était l'équivalent d'une épine dans sa patte.

Elle leur versa à chacun deux doigts puis lui tendit un verre.

— Bois.

— Tu saignes encore.

— Ouais, et je vais continuer à saigner jusqu'à ce que tu prennes ce putain de verre, Finn. Ce n'est pas le moment de me faire chier.

Finn poussa un grondement guttural, mais prit le verre avant de le vider. Elle s'enfila sa dose aussi puis posa son verre près du sien sur la table.

— Tu te sens mieux maintenant ? demanda-t-il, visiblement irrité.

Eh bien, qu'il aille se faire voir ! Elle avait été gentille et conciliante, mais bon sang, elle n'était pas du genre à s'écraser tout le temps.

— Non. Mais je t'en prie, continue à nettoyer les plaies qui cicatriseront toutes seules dans pas longtemps.

Il lui empoigna le bras et grogna.

— J'ai vraiment besoin de le faire, Brynn. Pour l'instant je ne sais pas pourquoi j'éprouve un tel besoin impérieux, mais c'est comme ça. Tu comprends ?

Elle se figea, le laissant prendre soin de ses plaies.

— Non, je ne comprends pas, chuchota-t-elle.

Il fronça les sourcils alors qu'il terminait de nettoyer ses égratignures avant de tout poser sur le côté.

— Je suis ton compagnon.

Elle déglutit bruyamment.

— Oui. Du moins, c'est ce que me dit ma louve.

Il scruta son visage, rien ne semblant échapper à son regard.

— Pourtant, je ne me sens pas poussé vers toi.

Son cœur se brisa en mille morceaux, son âme pleurant la perte de ce qu'elle n'aurait jamais. Elle avait beau avoir su la vérité, s'être répété cent fois que ça n'arriverait jamais, l'entendre prononcer ces mots, elle avait l'impression qu'elle allait mourir.

Et elle n'aimait pas la femme qu'elle deviendrait si elle se laissait submerger par sa souffrance. Elle ne voulait pas ramper dans la forêt, s'y mettre en boule et attendre que le temps passe. Ce n'était pas Brynn Brentwood.

— Je vois.

À qui appartenait cette voix caverneuse ?

Ah oui ! c'était la sienne.

Finn secoua la tête.

— Je ne crois pas, non.

— Qu'est-ce qui m'aurait échappé ? La déesse de la Lune a merdé. Ma louve te veut. Après plus d'un siècle d'existence, j'ai enfin trouvé l'homme et le loup qui pourraient me correspondre et son loup ne ressent pas la même chose. D'où le « a merdé ».

Elle tenta de se lever, mais il posa les mains sur ses genoux. Elle se rassit à ce contact. Il avait les mains si chaudes, si calleuses. Tellement sexy, putain !

— Ce n'est peut-être pas la déesse de la Lune, chuchota-t-il.

Elle releva la tête.

— Quoi ?

— Ça pourrait être moi. Je suis cassé.

Elle avait la main qui tremblait alors qu'elle la posait sur sa joue. La sensation de sa barbe râpeuse lui envoya des frissons directement dans les zones les plus chaudes de son corps.

— Que veux-tu dire ? Tu n'es pas cassé, Finn. Tu es… tu es l'Héritier.

Il lui adressa un sourire triste.

— Tu sais ce qui m'est arrivé quand j'étais petit ?

Un sinistre pressentiment lui envoya un frisson sur la peau. Elle secoua la tête.

— Je ne sais pas grand-chose. Je sais que Caym et les Reyes ont attaqué ta tanière plusieurs fois pendant la guerre.

— C'est une façon de présenter les choses. (Il soupira.) Je n'avais pas deux ans quand Caym a franchi les barrières magiques. Il cherchait sa fille, ma tante Bay.

Brynn toussa.

— Je… comment ai-je pu ignorer ça ? Par la déesse. Elle s'est unie à Adam.

Finn fronça les sourcils.

— Oui. Bay est à moitié démone, mais elle est louve jusqu'au bout des ongles. Elle n'a rien de différent à part qu'elle a passé presque toute la première partie de sa vie à fuir à cause du sang qui coule dans ses veines.

Elle grimaça.

— Je suis désolée. J'ai juste été étonnée.

— Ce n'est pas facile, dit-il avec douceur. Caym a franchi les barrières magiques et a atterri dans une clairière où on passait tranquillement l'après-midi. Je courais juste à côté de lui quand c'est arrivé.

Il croisa son regard et elle retint son souffle.

— Il a brisé chacun des os de mon corps. Je me rappelle la douleur, Brynn. Je me rappelle plus que je le devrais. Je me rappelle les hurlements. Je me rappelle qu'on essayait de me rattraper. Je me rappelle que j'étais conscient quand Caym m'a jeté au sol avec ses pouvoirs juste après avoir tranché la gorge de mon oncle Josh.

Brynn ne cria pas, n'émit pas un son. Si jamais elle grognait contre cette injustice, elle avait peur que Finn cesse de parler et qu'elle le perde… plus que ce n'était déjà le cas.

— Hannah, la compagne de Josh, a réussi à nous sauver, mais Josh parlera toujours dans un registre plus bas à cause de ses cordes vocales abîmées. (Il s'humecta les lèvres.) Elle m'a guéri, mais parfois… parfois j'ai l'impression qu'elle n'a pas tout rafistolé. À moins qu'elle ne m'ait pas remis sur pied comme il faut.

— Oh, Finn !

Elle lui couvrit le côté du visage de la main et se pencha vers lui, appuyant son front contre le sien. Son souffle lui réchauffa le visage et elle resta assise là alors qu'il tremblait de tout son corps.

— Mon loup ne fait pas un putain de bruit, Brynn. Il m'arrive de ne pas le sentir. C'est comme s'il était là, mais dans le brouillard. Je n'ai pas à essayer de le contrôler parce que même s'il ne fait pas de bruit, il est absolument toujours là. Je ne cesse jamais de lutter contre lui, mais ce maudit animal refuse de me parler.

— Tu n'es pas cassé, souffla-t-elle, des larmes dans la gorge.

Finn fit remonter ses mains le long de son corps et elle frissonna.

— Et si je l'étais ? Et si la déesse de la Lune ne s'était pas trompée ? Et si mon loup me hurlait que tu es ma compagne, mais que je ne peux pas l'entendre ?

L'horreur de ses mots la fit s'écarter. Les larmes lui piquèrent les yeux, mais elle ne pouvait pas pleurer.

Elle cligna plusieurs fois des yeux, s'efforçant de respirer en même temps.

— Non. Ça ne peut pas être ça.

— Et si ça l'était ?

Son cœur se brisa encore. Elle n'y avait pas cru. La caverne vide qui avait autrefois abrité son âme se mua en une vague de souffrance qui la frappa de plein fouet sans relâche alors qu'elle tentait de recouvrer l'équilibre.

— Qu'est-ce que ça veut dire ? demanda-t-elle dans un chuchotement.

— Ça veut dire… je ne sais pas, Brynn. Regarde-moi. (Elle ouvrit les yeux, n'ayant pas eu conscience de les avoir fermés pour commencer.) Je t'ai désirée depuis la première fois où je t'ai vue de l'autre côté du cercle. J'étais un adolescent alors, mais j'ai su que je te désirais. J'ignorais ce que ça signifiait, et peut-être que je l'ignore encore. Mais depuis, je n'ai jamais cessé de te désirer. J'ai gardé mes distances parce que je sais qu'une fois que j'aurai goûté à toi, je deviendrai accro. J'ai plus besoin de toi que de respirer, que de tout ce que je pourrais jamais espérer avoir. Je savais que si je t'avais jamais, je te garderais – même si nous n'étions pas des compagnons. J'ai gardé mes distances parce que ce n'était pas juste pour toi… ou nos futurs compagnons.

Elle grimaça.

— Mais… mais j'ai eu tort, n'est-ce pas ? J'ai gardé mes distances pour ne pas nous faire de mal, et pourtant c'est ce que j'ai fait malgré tout. Je t'ai tant fait souffrir. Je suis tellement désolé, putain !

Il l'avait anéantie, elle ne pensait pas s'en remettre. Pas alors qu'elle ignorait ce qui se passerait ensuite.

— Qu'allons-nous faire ? demanda-t-elle.

— Je ne sais pas, chuchota-t-il.

— Comment peut-on arranger ça ? Si ton loup refuse de parler, ou quel que soit le terme que tu souhaites employer, comment peut-on contourner le problème ? Parce que je ne sais pas si je peux continuer à me battre à tes côtés et faire ce qu'on doit faire pour nos meutes en sachant que je ne t'aurai jamais.

— Et si tu pouvais quand même m'avoir ?

Elle eut les mains qui tremblèrent.

— Parce que c'est possible ?

— Et si on essayait ? Et si on le faisait ? Et si on essayait de nous unir et de former un lien ? Peut-être que ça fonctionnera quand même et que mon loup était juste silencieux.

L'espoir, un doux espoir, s'insinua à travers sa torpeur.

— Comment pourrions-nous avoir un avenir sans lien ?

— Les humains le font tous les jours.

— Mais nous ne sommes pas humains…

La vie aurait été bien plus facile s'ils l'avaient été. Mais cela dit, elle ne l'aurait jamais rencontré si elle avait été humaine.

— Tente le coup, chuchota-t-il, lui prenant le visage entre ses mains. Tente le coup avec moi. Si on essaie, si on se marque mutuellement et qu'on fait l'amour, notre lien pourrait encore se former. On ne peut pas affirmer avec certitude qu'il ne se passera rien.

— Comment peux-tu prendre ce risque ? Comment peux-tu me regarder et me dire que tu es prêt à tout risquer sans savoir avec certitude que tu es mon compagnon ?

Finn baissa la bouche sur la sienne, lui effleurant les lèvres juste un instant avant de s'écarter.

— Parce que pour toi, Brynn Brentwood, je serais prêt à prendre n'importe quel risque, à endurer n'importe quelle souffrance. Tu mérites bien mieux qu'un loup cassé.

Elle sentit une unique larme lui rouler sur la joue et Finn l'essuya du pouce.

À cet instant, elle sut qu'elle l'aimait. Elle était tombée sous son charme à force d'être à ses côtés et de le regarder vivre, tout simplement. Elle pouvait le faire. Elle pouvait tenter de s'unir à lui et d'être avec lui sans lien.

Et si elle continuait à se mentir, elle finirait un jour par y croire.

C'était son seul espoir.

— Essaie, Brynn. Sois avec moi.

— D'accord.

Finn écarquilla un instant les yeux avant d'écraser la bouche contre la sienne. Elle gémit dans sa bouche, repoussant toutes pensées de ce qui pourrait advenir pour ne plus penser qu'à l'homme qu'elle pouvait goûter.

Il lui tira les cheveux, lui coupant le souffle. Elle en voulait plus. Avait besoin de plus. Sa louve hurla à la mort, réclamant en suppliant un lien qui pourrait ne jamais venir.

— Je te veux, grogna-t-il.

— Alors prends-moi.

Il lui mordilla la lèvre puis la lécha. Elle fit glisser ses ongles dans son dos et il frissonna.

— La chambre. Tout de suite. Je ne veux pas casser ton salon pendant que je te baise.

— Que tu me baises ? Ou que tu me fais l'amour ?

Stupide, Brynn. Pourquoi avait-il fallu qu'elle dise ça ?

— Ça peut être les deux ? s'enquit-il.

Il se leva, lui empoignant les hanches en même temps. Il la souleva dans ses bras et elle enroula les jambes autour de sa taille.

— Alors montre-moi.

Il l'embrassa passionnément puis fit descendre ses lèvres jusqu'à son cou. Elle gémit bruyamment, ondulant contre lui alors qu'il se dirigeait vers la chambre. Il n'était jamais venu là avant, mais sa maison n'était pas assez grande pour qu'il s'y perde.

Lorsqu'il la posa sur ses pieds, elle fit ce qu'elle avait eu envie de faire un peu plus tôt et lui lécha le torse. Il poussa un grognement sourd, les vibrations lui glissant contre la langue. Elle leva les yeux vers lui puis lui mordit un téton.

Il plongea les mains dans ses cheveux et sourit. Elle lut une promesse dans ce sourire. Une promesse qui la fit frissonner.

— Recommence. Ensuite je te ferai la même chose.

À ces mots, ses mamelons l'élancèrent.

— Promis ?

— Promis.

Elle lui lécha le torse jusqu'à son autre téton, qu'elle mordit, adorant entendre le gémissement qu'elle lui arracha. Il lui tira les cheveux et elle laissa sa tête retomber en arrière. Il l'embrassa encore, cette fois avec lenteur comme s'il lui baisait la bouche de la langue. Elle lui agrippa les hanches, enfonçant les pouces dans les sillons qu'elle avait eu envie d'explorer un peu plus tôt. Il avait la saveur chaude du whisky, tellement sexy et sien, bon sang.

Il fit descendre ses mains dans son dos et les referma sur ses fesses, les recouvrant entièrement. Elle ondula contre lui, sa queue dure lui appuyant contre le ventre. Elle voulait l'avoir en elle, en avait besoin, carrément.

Il inséra les doigts sous la jambe de son short, les faisant monter et descendre avec lenteur, allant chaque fois plus haut. Elle avait oublié d'enfiler une culotte et il avait donc la voie libre.

Louée soit la déesse.

Du pouce il frôla ses grandes lèvres et il grogna, s'arrachant à sa bouche.

— Tu mouilles trop, putain !

— Prends-moi, dit-elle en haletant, lui embrassant le torse.

Elle explora le devant de son corps des mains, l'attrapant à travers son jogging.

— Laisse-moi d'abord te caresser. Je veux te connaître jusque dans les moindres recoins, te goûter jusqu'à ce que ton essence soit gravée sur ma langue. Je veux que tu me supplies de te prendre alors que tu mouilles tant que ça dégouline et que tu n'auras aucune difficulté à m'accueillir en toi. Alors, j'ai envie de te baiser brutalement, de t'enfoncer dans le matelas jusqu'à ce qu'on atteigne tous deux l'orgasme avant de s'affaler l'un sur l'autre.

Ses genoux se dérobèrent presque sous elle à ces mots. Il lui empoigna plus fermement les fesses, la maintenant debout. Ce mouvement fit remonter son pouce, qui la pénétra presque imperceptiblement. Ils se figèrent tous deux avant de gémir en chœur.

— Tu es étroite, Brynn.

— Alors tu as intérêt à t'assurer que je suis prête pour toi, le taquina-t-elle.

Il lui mordit la lèvre. Fort. Il ne se retint pas pour elle, ne retint pas cette force qui faisait de lui qui il était.

Bien.

Parce qu'elle n'avait pas l'intention de se retenir avec lui.

Elle laissa sortir ses griffes et tendit la main pour lui empoigner les fesses.

— Fais-moi jouir, l'Héritier. Ou je devrai le faire moi-même.

Il s'humecta les lèvres.

— Je crois que c'est dans mes cordes.

— Tu crois ? Pauvre louveteau. Dois-je t'apprendre comment amener une femme à l'orgasme ? Voyons, tu dois t'assurer que je mouille. Pour ce faire, tu vas vouloir jouer avec mon clitoris, le pincer entre tes doigts, voire tes dents. Ne sois pas doux. J'aime que ce soit brutal. Je veux que tu me baises comme une brute, Finn. Tu crois pouvoir y arriver, l'Héritier ?

Il la renversa sur le lit, son short par terre, dans la seconde. Elle tenta de reprendre son souffle, mais l'instant suivant elle avait les doigts entortillés dans les cheveux de Finn pendant qu'il lui léchait la fente.

— Tu es trop délicieuse, putain ! grogna Finn contre son clitoris.

Elle jouit presque, s'obligeant à se retenir pour pouvoir profiter davantage de ses caresses. Elle ne voulait pas que ça se termine trop vite.

Il lui écarta les cuisses, lui léchant le sexe comme s'il n'en aurait jamais assez. Il lui donna de grands coups du plat de la langue avant de tapoter son clitoris. Elle frissonna, si proche de l'orgasme qu'elle pouvait presque le toucher du doigt. Elle s'agrippa plus fermement à sa tête et il bourdonna contre elle, glissant deux doigts en elle et les recourbant pour toucher sa zone sensible.

Elle arqua le dos au-dessus du lit, le corps tremblant alors qu'elle jouissait violemment contre son visage. La volupté la transperça, les membres gourds avant qu'ils brûlent de mille sensations tout à la fois. Finn se déplaça au-dessus d'elle et lui enleva son haut alors qu'elle redescendait. Il devait avoir ôté son jogging à un moment parce qu'il avait placé sa queue contre son sexe, prêt à la prendre.

Elle ouvrit les yeux, s'humecta les lèvres et lui empoigna les biceps.

— Oui. S'il te plaît. Maintenant, Finn. Maintenant.

Il déglutit péniblement, une lueur d'espoir et de peur se mêlant au désir dans son regard. Elle leva les jambes et les enroula autour de sa taille. Il s'appuya sur ses avant-bras de part et d'autre de sa tête et l'embrassa.

Juste un frôlement de lèvres, une douce caresse pleine de promesses et, osait-elle l'espérer… d'amour.

Elle se cambra et il la pénétra avec lenteur, oh ! si lentement. Il l'étira, sa queue large et longue, parfaite pour elle. Elle ressentit une légère brûlure, mais elle la savoura. C'était son Finn, son Finn, bon sang. Elle l'avait en elle après avoir passé bien trop de temps à le regarder sans savoir ce qu'il adviendrait. Elle avait soupiré après lui et à présent elle l'avait. Elle avait pris le risque et elle ne le regretterait jamais. Ce n'était pas possible. Pas alors qu'elle avait l'homme qu'elle aimait dans ses bras, au plus profond d'elle, qu'ils étaient reliés comme ils ne l'avaient jamais été.

Il se mit à aller et venir en elle alors qu'ils étaient toujours les yeux dans les yeux. Il n'allait pas lentement à présent, non, il lui assenait des coups de reins à un rythme de plus en plus rapide alors qu'ils étaient propulsés toujours plus haut.

— Finn, chuchota-t-elle.

Elle tourna la tête sur le côté et il grogna.

Il planta les crocs dans son cou, marquant sa louve. Elle attendit que le lien se mette en place dans un claquement, de ressentir la volupté associée au fait qu'il la marque.

En vain.

Au lieu de se morfondre, elle repoussa l'atroce souffrance que lui procurait la vérité et le laissa lui déplacer la tête après avoir léché ses blessures. Elle croisa son regard, y lut qu'il savait et réprima un sanglot. Quand ses crocs s'allongèrent, elle le mordit à la jonction de l'épaule et du cou, le marquant.

Finn était sien, bon sang.

Maudits liens.

Maudites fractures causées par un démon qui n'entendait rien à la vie ni à l'amour.

Elle retira ses crocs et lécha la blessure, consciente de ne ressentir que son amour pour Finn. L'horrible absence de quoi que ce soit d'autre lui fit l'effet d'une douche froide.

Finn jura puis grogna, glissant la main entre eux.

— Ne cesse pas de croire en nous, Brynn. Ne cesse pas de croire en moi.

Elle croisa son regard et laissa le plaisir que lui procurèrent ses mots, ses caresses, la submerger, et elle jouit avec lui. Il la remplit, corps mais pas âme. Le second claquement du lien aurait déjà dû retentir, mais le vide dans son cœur lui disait qu'il n'en était rien.

Finn se tenait au-dessus d'elle, toujours profondément enfoui en elle alors qu'il luttait pour reprendre son souffle. Elle croisa le jade de ses yeux et sut ce qu'elle aurait dû savoir depuis le début. À moins qu'elle l'ait toujours su et se soit menti de nouveau.

Il n'y avait pas de lien.

Il n'y avait pas d'avenir avec l'homme dans ses bras.

Il n'y avait rien.

Chapitre 11

Finn se retira, le cœur brisé non seulement pour lui, mais aussi pour la femme sous lui. Son orgasme et la beauté absolue de ce qu'ils venaient juste de faire le laissaient le corps encore tremblant. Il n'était pas romantique, n'était pas le genre d'homme à discuter de ses sentiments au-delà d'une certaine mesure, mais il avait envie de lui ouvrir son cœur, pour qu'elle connaisse le fond de sa pensée. Il avait su qu'elle serait différente, qu'il deviendrait accro.

Mais il ne s'agissait pas que de cela.

C'était elle.

Elle lui appartenait, comme il lui appartenait.

Sauf que son loup n'avait pas achevé le lien.

Ça s'arrangerait, se promit-il. Il le fallait. Parce qu'il ne pouvait pas songer à une autre issue, pas avec la femme sous lui. Avant qu'il ait pu la prendre dans ses bras, l'attirer tout contre lui et lui dire que tout irait bien et qu'ils se débrouilleraient pour que leur union fonctionne, elle se dégagea précipitamment et glissa au bas du lit.

— Brynn.

Sa voix ne se brisa pas, mais il s'en était fallu de peu.

Elle lui tourna le dos, le corps tremblant.

— Arrête.

Les larmes dans sa voix l'anéantirent une fois de plus. Il s'assit, les mains tremblantes.

— Parle-moi. S'il te plaît, ne pars pas comme ça. Ne me demande pas de partir. Ça ne peut pas être fini. On peut essayer d'autres trucs.

Brynn se tourna vers lui, les joues mouillées de larmes, mais les yeux secs. Son regard dénué de toute émotion lui fit l'effet d'une lame affûtée, l'atteignant plus profondément que n'auraient pu le faire une autre larme ou un autre sanglot.

Elle n'y croyait plus.

Elle allait le repousser.

Il descendit précipitamment du lit et lui prit le visage entre ses mains.

— S'il te plaît, ne me demande pas de partir. Je t'aime.

Il sut que c'était la vérité dès qu'il eut prononcé ces mots. Il ne jouait pas là sa dernière carte. Il avait laissé parler son cœur, son âme. Il aimait Brynn Brentwood et à présent il allait la perdre.

— Je t'aime, Brynn. Je veux être avec toi. Je veux être avec toi pour toujours.

Elle le regarda en clignant des yeux et se mordit la lèvre.

— Ce n'est pas possible. Tu n'as pas noué le lien, Finn. Tu ne le sens pas. Je ne le sens pas non plus entre nous parce qu'il faut qu'on soit deux pour ça. Je meurs à l'intérieur. Tu ne comprends pas ça ? Tu ne vois pas que chaque fois qu'on fera l'amour, chaque fois que tu me toucheras, ce ne sera jamais assez pour moi ? Ça ne fera que me rappeler tout ce qu'on aurait pu avoir de plus et que je n'aurai pas. Je ne suis pas sûre de pouvoir continuer en sachant qu'on est si près de tout avoir, mais qu'on n'a rien du tout. J'ai besoin de plus, Finn. Plus que tu ne peux me donner. Ça me tue.

Sa voix se brisa et il sut qu'elle était au bord des larmes. Ce ne fut que par la seule force de la volonté qu'elle parvint à ne pas pleurer, là tout de suite. Pas devant lui.

— Je ne suis pas assez bien, chuchota-t-il, ayant cerné le fond du problème.

Elle secoua la tête, le visage sombre.

— Ce n'est pas possible. Chaque fois que je suis près de toi, je suis anéantie. Je ne peux pas continuer. (Elle s'éloigna de lui, nue, le regard vide.) J'ai cru y arriver. J'ai cru arriver à être avec toi sans lien. Mais nous ne sommes pas humains, Finn. (Elle s'interrompit.) Ça n'aura pas été une erreur. Je ne le regretterai jamais parce que, sinon, je mourrai un peu plus à l'intérieur. Mais je ne peux pas être avec toi en sachant que nous n'avons aucun avenir ensemble. On ne peut pas avoir d'enfants sans le lien, Finn. On ne peut pas avoir une vraie union. Nos Alphas ne nous reconnaîtront pas sous la lune. On appartient à deux meutes différentes sans être rattachés par aucun lien. Je n'ai jamais senti ton loup, et maintenant je sais que je ne le sentirai jamais.

Il déglutit bruyamment. Il ne pouvait rien faire d'autre, là tout de suite. Il était incapable de réfléchir, incapable de respirer.

Enfin, il prit une inspiration saccadée.

— Je vais y aller, Brynn.

Il vit sa lèvre inférieure trembler et elle acquiesça d'un signe de tête.

Il esquissa un pas vers elle et déposa un baiser léger sur ses lèvres. Qu'elle ne recule pas lui dit que c'en était fini pour elle.

— Je t'aime.

Elle ne le lui dit pas.

Et sur ce, il partit.

Laissa la femme qui aurait dû être sienne, qui aurait dû être liée corps et âme à lui. Le démon l'avait cassé, l'avait si profondément bousillé à l'intérieur qu'il n'aurait jamais aucune chance d'avoir un avenir avec la femme qu'il aimait.

La seule femme qu'il aimerait jamais.

Elle était sienne, putain ! et il ne pouvait pas l'avoir.

Le destin craignait grave.

Il enfila son jogging et sortit pieds et torse nus, sans prêter attention aux regards et aux grognements qu'il s'attira. Il portait la marque de Brynn à l'épaule, mais personne ne sentirait le lien qui n'était pas là.

Personne ne lui adressa la parole alors qu'il traversait les barrières magiques et rejoignait sa voiture. Il conduisit en silence, le cerveau en pilote automatique. Il s'était mis dans la tête qu'une fois chez lui, qu'une fois chez les Redwood, il trouverait un moyen pour que ça fonctionne, ou du moins pour survivre à la souffrance. Il trouverait un moyen de tout arranger. Mais il n'était pas sûr d'y parvenir.

Il trembla ; il avait la peau luisante de sueur et commençait à avoir froid dans l'air frais. Il sentait l'odeur de Brynn sur sa peau, profondément imprégnée dans ses pores. Il ignorait s'il voulait qu'elle disparaisse pour ne pas être tenté par l'atroce souffrance de ce qui aurait pu être, ou s'il voulait que son odeur reste pour que Brynn ne le quitte jamais véritablement.

Il ne savait juste plus où il en était.

Il franchit en voiture les barrières des Redwood et roula jusqu'à la maison d'Hannah avant même d'en avoir pris conscience. La Guérisseuse lui avait déjà sauvé la vie une fois, peut-être pourrait-elle recommencer ?

Il ne pouvait penser à rien d'autre.

Il avait besoin de Brynn dans sa vie, et, à présent qu'il y avait goûté, il savait qu'il ne parviendrait jamais à se passer d'elle.

Il l'aimait.

Et il l'avait perdue.

— Finn ?

Hannah se tenait près de sa voiture. Il ne s'était même pas rendu compte que la vitre était baissée. Ou qu'elle avait ouvert la porte d'entrée pour venir à sa rencontre. Il agrippa le volant et les articulations de ses doigts blanchirent.

— Finn, mon chéri, qu'est-ce qui ne va pas ? (Elle écarquilla les yeux, la joie se mêlant à l'inquiétude.) C'est une marque sur ton épaule ? Tu es uni ?

— Ça n'a pas fonctionné, Hannah.

Sa voix se brisa, des larmes ruisselèrent sur ses joues. Il se tourna pour regarder son visage alors qu'elle saisissait la vérité.

— Je suis cassé, tante Hannah. Ça n'a pas fonctionné.

Elle blêmit et des larmes lui roulèrent sur les joues, à elle aussi.

— Oh, pour l'amour du Ciel !

Elle savait. Elle avait compris. Ou du moins elle avait fait le rapprochement. Elle se faisait du mauvais sang pour lui depuis l'attaque, et à présent elle avait une raison.

Il était cassé. Cependant, il n'était pas sûr qu'on puisse le rafistoler.

— Hannah ? (Josh sortit de la maison en courant, Reed sur les talons.) Qu'est-ce qui se passe, putain ! Finn ?

Il attira Hannah tout contre lui avec douceur et Reed se tint de l'autre côté.

— On a senti une atroce douleur faire vibrer le lien. Que s'est-il passé ?

Reed fusilla Finn du regard, mais Finn ne trouva pas la force d'en faire autant. Pas alors qu'il avait perdu tout espoir d'avoir jamais ce qu'il avait toujours cru avoir un jour. Peut-être pas tout espoir, puisqu'il était avec Hannah, mais assez pour qu'envisager d'aller de l'avant lui soit douloureux.

— Ne lui criez pas dessus, chuchota Hannah. Faites-le entrer et appelez Maddox. Tout de suite.

Sa voix se fit plus forte à chaque mot et les hommes obtempérèrent. Finn n'était pas sûr d'avoir fait le bon choix en venant là. Il doutait de pouvoir supporter de voir une vraie triade unie alors qu'il n'avait même pas été capable de s'unir à une seule femme. Une femme qui détenait la force de mille.

— Allez, Finn, dit Reed doucement. Tu as l'air d'avoir pris une raclée.

Josh était au téléphone avec Maddox alors qu'il raccompagnait Hannah dans la maison.

— Si seulement ça n'était que ça, chuchota Finn. Si seulement ça n'était qu'une simple raclée, putain !

Il ouvrit la portière de la voiture, les membres lourds. Il tenta de déglutir, mais avait la bouche sèche.

— On va s'en occuper, dit Reed avec fermeté, glissant un bras autour de ses épaules. Entrons un peu, d'accord ?

Finn ne répondit pas, mais laissa Reed le soutenir. Il avait le cœur qui saignait, et il savait que Brynn devait se sentir encore plus mal. À cette idée, tout lui retomba de nouveau dessus encore plus violemment. C'était comme si on l'avait frappé à la tête avec une barre de fer et que son cerveau n'arrivait plus vraiment à suivre ce qui se passait autour de lui. Reed l'installa sur leur canapé avant de lui serrer l'épaule et de s'éloigner alors qu'il regardait fixement le mur devant lui. Finn n'aimait pas cette torpeur, cette incapacité de faire quoi que ce soit d'autre que se souvenir de respirer et prier pour que cette situation ait une issue.

Ça ne lui ressemblait pas. S'il y avait un problème, il se débrouillait pour le régler. S'il y avait un combat à mener, il donnait l'assaut. Il n'aimait pas se sentir autant vaincu, autant abattu. S'il ne se sortait pas la tête du cul, il perdrait Brynn pour de bon. Elle le repousserait encore plus violemment qu'elle ne l'avait déjà fait et il n'aurait même pas la possibilité de trouver un moyen de faire fonctionner leur union.

Ce qu'il devait faire, c'était réparer son lien avec son loup. Alors seulement, il pourrait être avec Brynn jusqu'à la fin de leurs jours.

Le monde avait besoin d'eux, de tous les deux. Leurs meutes avaient besoin d'eux. Ils seraient plus forts ensemble qu'ils ne le seraient jamais séparément. C'était ce qu'il avait constaté au cours de la dernière année alors qu'ils avaient travaillé côte à côte pour leur mission. Il avait cru qu'elle le détestait, mais il avait eu tout faux. Elle s'était juste efforcée de trouver un moyen de continuer à le fréquenter en sachant qu'il ne ressentait pas le lien potentiel qu'il aurait dû ressentir. À moins qu'elle ait ignoré tout ça, elle avait peut-être pensé qu'il ne voulait juste pas d'elle. Il ne pouvait pas lui reprocher son hostilité à son encontre pendant tout ce temps, ni lui en vouloir de lui avoir envoyé des signaux contradictoires récemment. Tout avait bel et bien foiré et à présent il savait pourquoi.

Quelqu'un s'assit près de lui sur le canapé et il renifla. Hannah. Elle ne l'étreignit pas ni même ne le toucha. Elle resta juste assise près de lui, lui faisant savoir qu'elle était là. Elle était une sorcière de terre, pas une louve, mais elle appartenait à la meute. Sa vie était liée à celle de Reed tout comme l'était celle de Josh à travers leur lien d'union. Elle était devenue leur Guérisseuse à son arrivée et bientôt elle se retirerait et laisserait le frère de Finn, Mark, prendre la relève.

Il se racla la gorge et baissa les yeux sur lui. Il sentait Brynn et le sexe, ne portait qu'un jogging et avait une trace de morsure fraîche à l'épaule. Il avait probablement l'air bon à interner puisqu'il était venu directement chez eux, au lieu de passer d'abord chez lui. Mais retourner dans la maison qu'il partageait avec Charlotte ne lui avait pas traversé l'esprit. Elle n'aurait rien pu faire à part tenter de l'aider à traverser ce qu'il traversait, quoi que ce fût. Alors qu'Hannah l'avait déjà guéri une fois. Ça n'avait peut-être pas fonctionné comme cela aurait dû, mais elle devait pouvoir faire quelque chose à présent. Sinon ? Alors, il ignorait ce qu'il ferait ensuite.

Tout ce qu'il savait, c'était qu'il était parti de chez Brynn pour la laisser respirer et qu'il ferait n'importe quoi pour ne pas lui faire de mal. Ce qui ne signifiait pas qu'il avait renoncé à elle. Elle avait baissé les bras parce que cela faisait déjà un an qu'elle vivait ça, un an qu'elle mourait un peu plus à l'intérieur. Tout ça était nouveau pour lui, mais qu'il soit damné s'il baissait déjà les bras. Hors de question.

— Bois ça, dit Reed.

Finn leva les yeux.

— C'est juste de l'eau, poursuivit son oncle. Dès que tu te seras réhydraté, on te donnera quelque chose de plus fort si tu veux.

— Et tu m'as tout l'air d'en avoir besoin, dit Josh depuis l'autre bout de la pièce.

L'ancien humain, désormais demi-démon, croisa les bras et fronça les sourcils.

— Tu veux nous dire ce qui s'est passé ? À moins que tu aies juste besoin de t'asseoir et d'être en famille ? Quoi que tu choisisses, ça nous va.

— Ce que veut savoir mon crétin de compagnon, c'est : as-tu besoin de quoi que ce soit ? demanda Hannah d'une voix douce. Que peut-on faire pour toi ? Nous t'aimons, Finn. Tu veux qu'on appelle tes parents ? Charlotte ? Ou même Brie ?

Finn secoua la tête puis avala l'eau d'un trait. Le liquide froid apaisa sa gorge desséchée. Il ne s'était pas rendu compte d'être à ce point déshydraté avant d'avoir fini son verre et d'avoir encore soif. Reed lui tendit un autre verre qu'il n'avait pas vu dans sa main et Finn le but un peu plus lentement.

— J'ai voulu venir ici parce que… eh bien, parce que c'est ce que mon cerveau a décidé quand je suis passé en pilote automatique.

Il haussa les épaules, conscient d'être vague et de devoir entrer dans les détails. Plus il y pensait cependant, plus il craignait d'avoir commis une erreur en venant là. Hannah avait le cœur tendre, même si elle avait les pouvoirs et la force d'une sorcière de terre guerrière. Elle avait beau avoir deviné une partie – voire la totalité – de ce qui lui était arrivé, le lui entendre dire la ferait souffrir.

Il avait tout foiré, mais, à présent, il devait aller de l'avant et se ressaisir parce que Brynn méritait mieux qu'un loup cassé et l'absence pesante d'un lien d'union.

Hannah lui prit la main, qu'il serra en retour.

— Dis-nous ce qui s'est passé, Finn. On n'appellera personne si c'est ce que tu souhaites, mais Maddox sera bientôt là. (Elle inclina la tête sur le côté.) En fait, le voilà.

Bien sûr, Finn avait senti l'odeur de son oncle avant même qu'elle en ait parlé. Maddox entra sans frapper et s'avança dans le salon, s'installant sur la table basse devant Finn.

— J'ai demandé au reste de la famille de garder ses distances, dit Maddox doucement.

Finn soupira.

— Ils ont tout senti à travers les liens, hein ? demanda-t-il, sachant qu'il rêvait s'il avait espéré protéger sa famille de ses propres problèmes.

Maddox secoua la tête.

— Tout le contraire, à vrai dire.

Finn se carra sur son siège, les sourcils froncés.

— Quoi ?

Hannah lui serra la main.

— On ne sent absolument rien du tout, Finn. C'est comme si tes liens avaient été totalement coupés. Si tu n'avais pas été là et que je ne percevais pas maintenant ta présence comme assourdie, j'aurais cru… (sa voix se brisa) j'aurais cru que tu étais mort ou avais quitté la meute.

Finn en eut le souffle coupé, abasourdi.

— Je suis toujours rattaché à la meute, hein ?

Il se frotta la poitrine de la main, tentant de se relier à la meute comme il le faisait avant. Il était l'Héritier, bon sang. Il ne pouvait pas juste rompre ses liens avec tous les autres membres quand il avait l'impression d'être une merde. Il devait être fort pour les Redwood. Il devait être fort pour Brynn, putain !

Il ferma les yeux et se concentra sur les liens qui l'empêchaient de sombrer dans la folie. Tout à coup, une chaleur irradia dans ses membres et il toussa, ses liens palpitant de nouveau pleinement.

Maddox toussa, lui aussi, et Finn rouvrit les yeux.

— Tu n'as jamais cessé d'être rattaché à la meute, mais tu étais assourdi. Certains ne t'ont plus senti du tout, ce qui leur a filé une peur bleue. Tu es de retour, mais bon sang, Finn, que s'est-il passé ? Pourquoi t'es-tu replié sur toi-même comme ça ? Tu as perturbé l'équilibre qui existe entre toi et les liens qui nous relient tous ensemble.

Finn soupira puis commença son récit.

— J'ai trouvé ma compagne… mais mon loup ne la reconnaît pas.

À chaque information, chaque détail, Hannah était plus abattue et ses hommes tentaient de l'apaiser, ainsi que Finn aussi. Les yeux plissés, Maddox fit son boulot d'Omega, absorbant une partie de la souffrance de Finn. Mais Finn ne laissa faire son oncle qu'un petit moment avant de l'envoyer bouler. Il avait besoin de ressentir cette souffrance, de se rappeler ce que ça faisait de savoir qu'il n'aurait peut-être jamais ce à quoi il avait cru avoir droit. Sans ce sentiment palpable de perte, il perdrait le nord.

Brynn était son nord.

La meute et leur avenir avec les humains venaient après.

Mais ces deux idéaux formaient ensemble un écheveau de discordances qu'il devait démêler. Il ne pouvait pas avoir l'un sans l'autre. Il ne pouvait pas sauver sa meute, les siens, sans avoir Brynn à ses côtés. Il ignorait pourquoi il le savait, mais c'était une évidence pour lui. Une évidence qu'il devait concilier avec les faits qu'il avait sous les yeux.

— Je ne comprends pas pourquoi Brynn sent le lien, mais pas toi, dit Josh quand Finn eut terminé. C'était différent pour moi et Hannah avec Reed. Nous ne sommes pas des loups et n'avons donc pas eu de lien tout de suite. Mais entre deux loups, je pensais que cela allait de soi, même si ça prenait du temps. Je vois que tu portes une marque et je suppose qu'elle en a une aussi. Mais tu me dis que ça n'a pas fonctionné ?

Finn souffla.

— On a essayé. On s'est dit que mon loup ne faisait peut-être que… faute d'un meilleur terme, masquer ce que j'aurais dû ressentir. Mais je sais, dans le tréfonds de mon âme, qu'elle est mienne. Mon loup a beau ne pas me le dire, je le sais. C'est une évidence, et je ne suis pas fou, putain ! Elle est mienne, mais mon loup est cassé. Je suis cassé.

— Je suis tellement désolée, chuchota Hannah.

Finn émit un petit grognement. Les hommes d'Hannah grognèrent en réponse – même celui qui n'était pas un loup, Josh.

— Arrête. Tu n'as rien à te reprocher.

Les yeux d'Hannah se remplirent de larmes.

— Au contraire, dans un sens. Pas vrai ? J'ai toujours su qu'il y avait un problème depuis ce jour dans la clairière. J'ai fait de mon mieux pour ne pas y prêter attention, pour penser au fait que tu étais vivant et en bonne santé, mais j'ai eu tort. Et tu le savais, toi aussi.

Il ferma un instant les yeux puis croisa son regard.

— Tu m'as sauvé la vie. Caym a cassé tous les os de mon corps, mais tu m'as sauvé. Tu as recollé mes morceaux.

— Mais j'ai dû en oublier. À moins que je les aie mélangés.

— Tu nous as sauvés tous les deux, dit Josh d'un ton brusque. Tu as risqué ta vie et as mobilisé toutes tes forces et tous tes pouvoirs pour sauver ce petit garçon.

Josh s'avança vers sa compagne avec raideur et lui pinça le menton, plongeant son regard dans le sien. Finn aurait grogné, mais l'amour éternel et profond qu'il lisait dans les yeux de Josh le retint.

— J'étais censé être ton protecteur, mais je n'ai pas été à la hauteur. J'étais censé mettre Finn hors de danger, mais j'en ai été incapable. Caym m'a tranché la gorge, mais toi tu m'as sauvé la vie. Toi tu as sauvé Finn. Tu n'as pas à te reprocher quoi que ce soit ce jour-là. Rien.

Finn fronça les sourcils.

— Quelque chose m'échappe. Que s'est-il passé d'autre ce jour-là ?

Josh grimaça et Hannah ferma les yeux. Reed se racla la gorge, mais répondit à leur place.

— Hannah a perdu le bébé qu'elle portait ce jour-là.

Finn s'étrangla.

— Par la déesse, non. Oh, putain ! Hannah, les gars, je suis tellement désolé.

Il tint la main d'Hannah alors que ses hommes l'embrassaient tendrement. Finn soupira quand Maddox déploya ses pouvoirs, apaisant les blessures passées depuis longtemps, mais qui ne s'étaient jamais entièrement guéries.

— Caym nous a plus pris que nous ne le saurons jamais vraiment pour la plupart, dit Maddox doucement. Mais il n'est plus là et il ne peut pas gagner à tous les coups.

— J'ignore comment on va réparer ça, mais on va le faire, jura Hannah. Certes, la nouvelle génération entre en possession de ses pouvoirs et prend la relève, mais c'est nous qui sommes à l'origine de cette histoire et on va y mettre un terme. Je refuse de croire qu'on a perdu. Tu auras ta compagne, Finn, quoi que je doive faire.

— Dans la limite du raisonnable, grogna Josh. Je refuse que tu en pâtisses encore.

La plupart du temps, Finn oubliait que Josh n'était pas un loup. En fait, il était un ancien SEAL. Parfois, il ne voyait vraiment aucune différence entre les deux pour ce qui était de leur caractère d'Alpha.

— Je ne veux pas que tu t'affaiblisses pour moi, ajouta Finn.

Hannah releva le menton.

— Je ne vais pas m'affaiblir. Je vais me démener pour que tu accèdes à la joie que tu mérites tant. Je ferai tout mon possible pour. Mark, Walker, même les autres sorcières de nos meutes. Je n'abandonnerai pas, Finn. J'aurais dû savoir qu'il y avait un problème pendant toutes ces années, mais j'ai tout fait pour ne pas y prêter attention par peur de ce que je pourrais découvrir si j'y regardais de trop près.

Finn se passa la main sur le visage.

— Je n'y ai pas prêté attention, moi non plus. J'ai toujours su que mes métamorphoses étaient différentes, que mon loup était bien trop silencieux et ne me poussait pas comme les autres. Mais j'ai cru pouvoir vivre avec ça. Putain ! Je pourrais bel et bien vivre avec ça. Je ne peux pas vivre sans Brynn.

— L'Héritier de la meute Redwood et la princesse des Griffes, marmonna Reed. Ah ça, pour sûr, on sait s'unir chez les Griffes en faisant du bruit.

Il tordit les lèvres et Finn secoua la tête, souriant.

— Je l'aime, vous savez. J'aime tout chez elle. De la façon dont elle protège les siens à la façon dont elle se tient aux côtés de Brie. Elle n'a pas véritablement de place au sein des Griffes et elle s'en est toujours voulu, mais je crois que la déesse de la Lune avait d'autres projets pour elle.

Hannah écarquilla les yeux.

— Je n'avais pas réfléchi aussi loin. Quand tu deviendras l'Alpha, elle sera la femelle Alpha des Redwood. C'est… c'est intéressant.

— C'est bien le terme, grommela Josh. On a tous vécu l'enfer, et vu comment le monde réagit au Dévoilement, quelque chose me dit qu'on n'est pas encore tirés d'affaire. Mais je me tiendrai aux côtés de mes compagnons afin de trouver un moyen pour que tu puisses avoir ta Brynn. Je ne te refuserai pas le bonheur que je connais maintenant. On va y arriver, Finn.

— Il le faut, renchérit Reed. Je vais compulser les textes et parler aux anciens. C'est ce que j'ai toujours fait et je vais continuer. Tu n'es pas seul.

— Tu ne peux pas cacher toute cette histoire à la famille, ni à la meute vraisemblablement, mais on ne te laissera pas te démener seul, déclara Maddox. Tu as beaucoup sacrifié pour nous et tu es le visage public de notre meute. Tu ne seras jamais seul, répéta-t-il.

Finn se laissa aller aux côtés de sa famille pendant encore quelques minutes avant de se lever brusquement, interloqué par l'odeur qu'il discerna dehors.

Hannah lui adressa un petit sourire.

— Il semblerait que ta famille ne soit pas prête à te laisser seul, quand bien même tu aurais aimé oublier ce qui s'est passé. Dis-leur tout, Finn, mais d'abord, fais ce que tu as à faire pour trouver la paix à laquelle tu aspires. Tu auras ta Brynn, ça je te le promets.

Il étreignit chacun d'eux, puis se dirigea vers la porte, respirant un grand coup en l'ouvrant. Il ne connaissait pas de famille plus unie que les Jamenson – même s'il commençait à se rendre compte que celle des Brentwood la rivalisait. Avec le temps, quelque chose lui disait que les Brentwood seraient aussi unis, si ce n'était plus, en raison des différents passés auxquels ils avaient survécu.

Sa famille avait beau être unie, sa famille proche l'était encore plus. Elle savait qu'il souffrait, même si elle en ignorait la cause. Et pour cette raison, il l'aimerait jusqu'à ce qu'il cesse d'arpenter ce monde.

Ses parents, Kade et Mélanie, se tenaient sur le perron, les mains jointes et le visage rayonnant de l'amour qui l'avait fait grandir à travers les guerres et le Dévoilement.

Tous les frères et la sœur de Finn étaient derrière eux, un mélange de curiosité et de détermination à toute épreuve se lisant sur leurs visages. Gina, Mark, Nick, Drake, Tristan et Ben étaient son passé et feraient partie de son avenir. Il voulait que Brynn soit là. Il voulait qu'elle voie ça, qu'elle voie sa famille et combien elle était forte.

— Allons courir, dit Kade doucement. On va courir en famille. Et quand tu seras prêt, on te retiendra quand tu tomberas et on te soutiendra si nécessaire.

— Je ne connais pas toute l'histoire, Finn, mais je me tiendrai à tes côtés. Comme nous tous, chuchota Mélanie, les larmes lui montant aux yeux malgré son pouvoir qui était perceptible.

Elle n'était pas faible. Sa famille lui avait appris depuis longtemps que les émotions et les larmes n'étaient pas un signe de faiblesse, mais montraient l'âme véritable d'une personne et son aptitude à guérir au sein d'une famille et d'une meute.

— Merci, chuchota-t-il avant de s'avancer vers eux.

Ils l'enveloppèrent tous dans une étreinte collective, certains ne parvenant qu'à poser la main sur son bras ou dans son dos, mais ils le touchaient, lui montrant qu'il n'était pas seul, même si son loup lui donnait cette impression.

Il se transformerait et courrait avec sa famille. Il accepterait chaque os cassé, chaque déchirure de ses tendons. Parce qu'alors, il sentirait au moins cette douleur, ce lien avec son loup. Il n'avait pas ce que les autres avaient, mais il se débrouillerait pour réussir à vivre malgré tout.

Il avait sa famille, sa meute. Et bientôt, il aurait sa compagne.

Parce qu'il ne survivrait pas sinon. Brynn était son avenir, sa foi. Et un jour proche, il aurait ce lien. Il avait le pouvoir de l'espoir pour ce qui concernait le sort de sa famille.

Il se battrait jusqu'au sang pour son avenir, sa Brynn.

Et bientôt, elle le saurait.

Bientôt.

Chapitre 12

Brynn avait agi précipitamment et sans réfléchir. Elle le savait. Elle avait chassé Finn de ses bras, de son lit, de sa vie carrément parce qu'elle avait eu peur de faire un saut dans l'inconnu avec lui. Elle avait cru parvenir à supporter le vide, mais avait paniqué. Elle savait que si elle avait juste pris le temps de réfléchir un instant, elle aurait réussi à souffler. Ce n'était pas parce qu'ils n'avaient pas de lien que leur union ne pouvait pas fonctionner. Plein de loups s'en étaient accommodés par le passé.

Mais ces loups n'avaient pas été dans la même position que Finn et elle.

Dans ces couples, aucun des deux partenaires ne ressentait le besoin de s'unir, mais avec le temps, ils développaient un lien entre eux. Dans leur cas, c'était horriblement différent.

Et, bien sûr, si elle continuait à ressasser ce qui s'était passé, elle ne ferait plus rien d'autre dans cette vie. Elle ignorait ce qu'il adviendrait ensuite avec Finn, mais, pour l'heure, elle devait se doucher et se débrouiller pour être la sœur de l'Alpha, non pas une femme qui avait envie de se mettre en position fœtale et pleurer jusqu'à ce qu'elle n'ait plus de larmes. Elle en était déjà bien trop près à son goût.

Non qu'elle ait envie de faire complètement disparaître l'odeur de Finn, mais c'était trop, là tout de suite, d'avoir son parfum pénétrant sur elle. Sa louve pouvait à peine réfléchir avec Finn dans ses pores.

Elle se doucha rapidement, ne s'attardant pas, car elle ne voulait pas cesser de s'activer assez longtemps pour penser. Si elle reprenait juste le cours de sa vie, sans jamais rester désœuvrée, alors ça irait. Si elle s'arrêtait trop longtemps, son esprit et son cœur prendraient le relais, son sentiment d'impuissance la terrasserait.

Dès qu'elle eut enfilé un jean et un débardeur, on frappa à sa porte. L'espace d'un instant, un instant atrocement précieux, elle crut que c'était Finn. Puis elle renifla et reconnut Ryder.

Bien sûr que c'était Ryder. Les autres membres de sa famille qui faisaient partie de la hiérarchie devaient avoir senti sa louve, mais elle n'était pas étonnée que ce soit Ryder qui se soit pointé. Non qu'elle soit plus proche de lui, ayant l'impression d'être proche de chacun de ses frères et cousins, mais il était le seul au courant de sa relation avec Finn. Ou du moins, de ce qui s'était passé avant qu'elle cède à la tentation d'un avenir qui ne viendrait jamais.

Assez.

Elle passa la main dans ses cheveux humides et alla ouvrir la porte, s'efforçant de ne pas laisser transparaître ses émotions dans ses yeux.

À en croire l'expression du visage de Ryder, ça ne marchait pas.

Il fit glisser son regard sur la morsure de son épaule et écarquilla les yeux. Il croisa de nouveau son regard d'un air plein d'attente.

— Ça n'a pas marché, marmonna-t-elle.

Elle ne pleurerait pas. Elle avait déjà assez versé de larmes comme ça.

Ryder s'avança vers elle, les bras ouverts.

— Viens là, sœurette.

Elle se laissa aller dans ses bras, enroulant les siens autour de sa taille. Il ferma la porte derrière eux alors qu'elle appuyait la joue contre son torse. Quand il la serra fort, elle faillit craquer, faillit laisser s'échapper d'autres larmes, mais elle resta forte.

Elle avait chassé Finn de chez elle et devrait en assumer les conséquences. Pleurer n'aiderait personne.

Ryder lui tapota maladroitement le dos puis s'écarta, les sourcils froncés. Elle réprima un ricanement, le moment étant mal choisi pour s'esclaffer. Son frère n'était pas mauvais pour les étreintes, mais parfois c'était comme s'il ne savait pas quoi faire des émotions qu'il avait en lui. Bien sûr, elle ne pouvait pas le lui reprocher vu qu'ils étaient dans le même bateau. Leur père les avait bousillés de plus d'une façon.

— Je te sers quelque chose à boire ? demanda-t-elle, la voix rauque. J'ai besoin de thé.

— Ajoutes-y du miel, Brynn. Pour ta gorge. Et j'en prendrai une tasse puisque tu en fais.

Elle haussa les épaules, mais commença à faire chauffer l'eau en se servant de sa théière. Il existait des moyens plus rapides de préparer du thé de nos jours, mais rien n'égalait en matière de goût sa vieille théière qui lui avait permis de survivre à l'enfer. Ryder sortit les tasses et le pot de miel pendant qu'elle choisissait le thé en feuilles qui lui faisait envie. Pas de sachets pour elle.

— Tu vas me dire ce qui s'est passé ? demanda-t-il une fois installé au bar de la cuisine, s'appuyant sur ses bras.

— Je te l'ai déjà dit. (Elle montra son cou.) Ça n'a pas marché.

— Tu sais vraiment y faire avec les mots, dit-il d'un ton pince-sans-rire. Maintenant, dis-moi. Qu'est-ce qui n'a pas marché exactement ?

Elle ferma les yeux, respira un bon coup.

— J'ai parlé de l'union à Finn. Je lui ai tout dit.

Enfin, pas absolument tout. Si elle ne l'avait pas mis à la porte, elle lui aurait tout dit sur elle – sur son passé, ses peurs, ses envies. Mais elle l'avait perdu avant de l'avoir vraiment eu. Ce n'était pas seulement du fait de la déesse de la Lune. Brynn avait sa part de responsabilité, elle aussi.

— Et ? (Il se racla la gorge.) À en croire la marque à ta gorge, j'en déduis qu'il s'est passé quelque chose.

Elle ne rougit pas, mais elle n'en était pas loin.

— Il a eu l'air anéanti et m'a expliqué pourquoi il ne sentait pas le lien à son avis. (Elle ne prêta pas attention à la douleur dans son cœur.) On a décidé d'essayer de nous unir quand même. On s'est dit que ça marcherait peut-être même s'il ne ressentait pas la même attraction que moi.

— Mais ça n'a pas marché.

Elle secoua la tête. Heureusement, elle ne pleura pas. La théière siffla et elle mit leur thé à infuser.

— C'est… c'est la plus belle chose que j'aie jamais ressentie. Et la pire, puisque je savais qu'il manquait quelque chose.

Que sa petite sœur parle de sexe ne sembla pas déconcerter Ryder, mais elle ne voulait pas s'étendre sur le sujet au risque de le mettre mal à l'aise. Aucun intérêt à ce qu'ils soient deux.

— Ensuite, que s'est-il passé ?

— J'ai pété les plombs et je l'ai chassé de mon lit. (Elle croisa le regard de Ryder alors qu'elle posait sa tasse devant lui.) Je n'ai pas supporté qu'on n'ait aucun véritable avenir. On aurait pu faire l'amour, mais il aurait toujours manqué quelque chose. Alors j'ai pris la décision d'en finir avant qu'on ait pu se faire davantage de mal.

Ryder lui saisit le poignet, qu'il serra avant de s'écarter.

— Et tu regrettes ta décision ?

Elle secoua la tête, hésita, puis la hocha.

— Je crois que j'ai fait une erreur, mais je ne vois pas ce que je peux y faire.

— Il n'est jamais trop tard, tu sais. S'il a essayé d'être avec toi une fois, qu'il a voulu construire un avenir avec toi quoi qu'il arrive, il est peut-être parti pour te laisser respirer. Finn n'est pas un si mauvais loup.

Un sacré compliment venant d'un Brentwood.

— Je ne veux plus en parler, d'accord ? Parle-moi de la famille de Franklin. Comment va-t-elle ? Et l'affaire ? On a des pistes ? Est-on en bonne voie de découvrir qui a attaqué Franklin et Seth ? Et l'homme qui a essayé de nous écraser, Finn et moi ?

Ryder observa son visage un moment avant de soupirer.

— La famille de Franklin est en deuil. Et je te rassure tout de suite, elle ne t'en veut pas. Elle sait parfaitement que tu l'as maintenu en vie aussi longtemps que tu as pu. Alors cesse de te culpabiliser. Pour ce qui est de l'affaire, elle est au point mort. Finn a pu décrire la voiture, mais c'est un véhicule volé. On ignore qui a fait ça. Ça pourrait être des extrémistes. Des humains lambda ayant une dent contre nous. Ou il pourrait s'agir d'une machination bien plus redoutable en lien avec le gouvernement. Washington s'est enfermé dans un silence étrange depuis que notre existence a été révélée. Le gouvernement place ses pions sur l'échiquier en même temps que nous, mais j'ignore si nous adoptons la bonne stratégie pour répondre à leur attaque.

Brynn soupira puis but une petite gorgée de thé. Le miel apaisa sa gorge irritée.

— J'ai l'impression que quelque chose nous échappe.

— Moi aussi. On a fait de notre mieux pour protéger les nôtres, mais tant qu'on ignore les intentions des humains, on ne peut que continuer à façonner l'image que les gens ont de nous tout en préservant nos tanières.

— Comme si ça servait à grand-chose.

Sa louve grogna à cette idée. Elle détestait se sentir impuissante. Mais tant qu'ils ne savaient pas ce que les humains comptaient faire, ils devaient se comporter comme si tout allait bien. Un faux pas et la poudrière exploserait.

Ryder finit son thé puis mit sa tasse dans l'évier.

— Je ne sais pas quoi te dire. Les choses sont au point mort et je me sens terriblement impuissant, mais on va trouver un moyen d'assurer la sécurité de la meute.

— Et ma mission ? demanda-t-elle. Vous voulez toujours que je représente la meute ? Que je me comporte comme s'il ne s'était rien passé ?

Ryder se pencha et lui effleura le front d'un baiser.

— Tu trouveras ta voie, sœurette. Et si ta voie est d'être avec Finn, alors tu trouveras un moyen. Sinon ? On sera là pour te soutenir quand tu en auras besoin. Quant à représenter la meute, Gideon compte suspendre ta mission tant qu'on n'aura pas vu comment réagissent les humains à l'attaque. Jusque-là, leur réaction a été… positive, faute d'un meilleur terme.

Elle arqua brusquement les sourcils.

— Ils vous ont vus toi et Finn essayer de sauver vos amis. Les gens sont choqués à l'idée qu'on puisse se faire tirer dessus comme ça en plein jour. Regarde les infos quand tu auras un moment. Je sais que tu as la tête ailleurs récemment avec tout ce qui se passe, mais quand tu seras prête, reprends les devoirs qui t'incombent.

Elle le serra fort dans ses bras puis le regarda partir, envahie de honte. Elle s'était laissé accaparer par sa propre souffrance au point d'avoir perdu le contact avec la réalité. Il devait exister un meilleur équilibre. Son frère Gideon y était parvenu. Tout comme d'innombrables autres. Elle n'était pas la seule à avoir trouvé un compagnon – même si elle savait que sa situation était particulièrement déchirante.

Bien décidée à se reprendre en main, elle fermait la porte lorsqu'on frappa. Elle l'ouvrit, sans se donner la peine de renifler, et se figea.

— Finn.

Il avait troqué son jogging contre un jean et un tee-shirt à col tunisien et avait les cheveux humides. Elle n'aurait pas apprécié qu'il ait fait disparaître son odeur en se douchant, mais elle en avait fait autant.

— Brynn. (Il s'éclaircit la voix et enfonça les mains dans ses poches comme s'il ne savait pas quoi en faire.) Je sais que tu m'as demandé de partir, ce que j'ai fait, mais est-ce que je peux entrer ?

Elle recula sans réfléchir, ayant envie d'être près de lui malgré les événements qui l'avaient poussée à le chasser de chez elle pour commencer.

— Pourquoi es-tu venu ? s'enquit-elle d'une voix où ne transparaissait aucune émotion.

Il était face à elle, les mains toujours dans les poches.

— Je suis parti parce que tu me l'as demandé et que je ne ferai jamais rien qui pourrait te faire du mal, mais je n'ai pas pu rester loin de toi, Brynn. Pas avec ce qu'on a entre nous.

Elle déglutit bruyamment.

— Être avec toi me fait souffrir, mais en même temps, c'est encore pire d'être loin de toi, Finn.

Il serra les dents et sortit une main de sa poche pour lui en couvrir la joue. Elle ne s'écarta pas et dut prendre sur elle pour ne pas se laisser aller contre sa main.

— Prends-moi comme je suis, Brynn. Prends mon âme, mon corps, tout. On trouvera un moyen de nouer le lien, je te le promets. (Il soupira.) J'ai parlé à ma tante Hannah, celle qui m'a guéri il y a toutes ces années, et elle va chercher un moyen de rafistoler mon loup. Toute ma meute l'aidera si nécessaire. Nous formons une famille, et je les supplierais s'il le faut. (Il croisa son regard et elle sentit son cœur s'emballer.) Je me mettrai à genoux immédiatement pour te supplier de me laisser une chance si c'est ce que tu veux.

Elle secoua la tête.

— Tu ne devrais t'incliner devant personne, Finn Jamenson.

— Tu n'es pas personne. Tu ne mérites pas qu'on ménage la fierté d'un loup dominant qui a perdu une occasion d'être avec la femme qui le complète. On se débrouillera pour nouer le lien qu'on mérite. Tu auras le compagnon que tu mérites. Je me battrai jusqu'à mon dernier souffle pour ça. Tu mérites tellement mieux qu'un loup cassé, mais je te veux, j'ai besoin de toi, je t'adore. S'il te plaît, Brynn. Prends-moi. Aime-moi. Sois avec moi.

Il essuya du pouce une larme et elle prit une inspiration tremblante. Elle ne s'était même pas rendu compte qu'elle l'avait laissée s'échapper.

C'était un risque. Un gigantesque saut dans l'inconnu qui pourrait lui valoir une mort douloureuse dans la solitude, mais l'atroce souffrance qui l'accablait alors, le vide qu'il laissait dans sa vie était plus qu'elle ne pouvait en supporter seule. Elle n'aurait peut-être pas de lien, mais elle l'aurait, lui.

Elle devrait s'en contenter.

Du moins, pour l'instant.

Et s'il existait un espoir d'obtenir ce à quoi aspirait sa louve, alors elle s'y accrocherait de toutes ses forces.

— Je t'aime, Finn, chuchota-t-elle, consciente qu'il avait besoin d'entendre ces mots tout autant qu'elle.

Il écarquilla les yeux et elle se maudit de ne pas les avoir prononcés plus tôt quand il les avait dits. Sauf qu'alors, l'incertitude lui avait fait peur et elle n'avait pas voulu le faire souffrir encore plus avec des mots d'amour.

À présent cependant, elle ne pouvait plus les retenir.

— Je t'aime, répéta-t-elle. Et oui, oui je vais prendre le risque. Je n'aurais pas dû te repousser, mais j'ai eu besoin de temps pour réfléchir. Je m'y suis mal prise.

Il trembla, mais ne se rapprocha pas d'elle.

— Tu ne t'y es pas entièrement mal prise. C'est vrai quoi, on ne sait pas ce qu'on fait. On est en terrain inconnu, mais on va y arriver. Tout comme on va régler le problème avec les humains. Ensemble. Parce que, Brynn, nous sommes tellement plus forts ensemble que nous ne l'avons jamais été séparément.

Elle leva la main pour passer le doigt sur son cœur.

— Alors on sera ensemble, sans lien ? Qu'est-ce que ça veut dire exactement ?

Il lui empoigna le poignet de sa main libre et elle s'en délecta.

— Ça veut dire que je t'appartiens tout comme tu m'appartiens. Je ne serai jamais avec personne d'autre que toi et tu ne seras jamais avec personne d'autre que moi. Je t'aimerai jusqu'à mon dernier souffle et j'espère qu'il en sera de même pour toi.

— Bien sûr, chuchota-t-elle.

— On verra ce que ça signifie pour nous au sein des meutes, mais pour l'heure, on ne forme plus qu'un. On verra quoi faire concernant le lien, mais en attendant, on fera tout comme si on était unis. (Il l'implora du regard.) S'il te plaît, Brynn.

Elle s'humecta les lèvres, observant sa poitrine se soulever et s'abaisser.

— C'est dans mes cordes. Je sais que tu ne ressens pas la même attraction que moi, mais tu es là. Ça veut dire que tu veux la ressentir aussi ou que tu ressens autre chose. Quoi qu'il en soit, tu es bel et bien là.

— Ça va marcher.

Elle se pencha vers lui et l'embrassa sur le torse.

— Oui. Oui, ça va marcher.

Parce qu'il n'y avait pas d'autre possibilité.

De sa main sur sa joue, il lui inclina la tête en arrière et écrasa sa bouche contre la sienne. Ce n'était pas un baiser doux et timide. Non, c'était la totale. Toute la rage, le désir, le temps qu'ils avaient passé loin de l'autre parce qu'ils ne savaient pas… Brynn lui rendit son baiser, lui mordant méchamment la lèvre quand il refusa d'ouvrir la bouche pour elle.

Il grogna, glissant la main derrière elle pour lui donner une tape sur les fesses.

— Attention aux dents, princesse.

— Tu es avec une louve dominante, mon très cher prince, autant t'habituer à ma morsure.

Elle planta de nouveau les dents dans sa lèvre et il la souleva par les fesses pour la plaquer contre le mur. Le souffle coupé, elle enroula les jambes autour de sa taille alors qu'il se collait contre elle.

— Oh ! je sais que tu es une dominante.

Il lui lécha la lèvre, la suçota, puis fit courir sa langue jusque derrière son oreille. Il frotta sa queue compressée dans son jean contre son entrejambe et elle gémit.

— Je veux porter tes marques de griffures dans le dos, sentir tes crocs dans ma peau alors que tu perds le contrôle. Je veux que tu mouilles pour que je puisse te baiser brutalement contre ce mur. Qu'est-ce que t'en penses, princesse ?

Pour toute réponse, elle laissa jaillir une griffe du bout de son doigt et coupa son tee-shirt le long de la couture. Il s'en débarrassa d'un haussement d'épaules, un grand sourire sur le visage et les yeux toujours vert jade sans le cercle doré qui lui indiquait que son loup n'était pas loin.

Son loup n'était pas près d'émerger, contrairement à sa louve, mais elle s'en foutait. Elle avait Finn, bon sang. Et pour l'heure, elle n'avait besoin de rien d'autre.

Il déplaça une main et réserva le même sort à son débardeur. L'air froid contre sa peau la fit frissonner, mais la chaleur qui émanait de Finn la réconforta aussitôt.

Il la maintenait d'une main sur les fesses et elle s'adossa au mur pour qu'il puisse la reluquer à son aise.

— C'est à ton goût ? s'enquit-elle, la voix rauque.

Finn s'humecta les lèvres et lui pinça un téton. Le souffle coupé, elle se cambra contre ses doigts.

— Putain ! ouais. Je n'ai pas pu t'admirer comme je l'aurais voulu la dernière fois. On est allés si vite, je n'ai pas pu te vénérer comme il se doit.

Elle sourit, faisant glisser ses mains sur les bras de Finn. *Par la déesse, ses bras.* D'épais faisceaux de muscles sous une peau marquée de cicatrices. Il était un guerrier. Son guerrier à elle.

— Tu me vénéreras après. Baise-moi d'abord. Je veux t'avoir en moi, Finn. S'il te plaît.

Il se fendit d'un large sourire puis baissa la tête, aspirant son téton dans sa bouche. Elle gémit, ondulant contre lui, et il la titilla de la langue et des dents. Il lâcha son mamelon dans un petit bruit sec puis lécha le dessous de son sein avant de faire glisser sa langue jusqu'à son autre téton et de répéter l'opération. Sa petite culotte était trempée et ses caresses à sa poitrine étaient si prêtes à elles seules de la propulser jusqu'à la jouissance qu'elle ne pouvait plus respirer.

— Finn…

Il grogna contre elle et elle se raidit. Elle cambra le dos et ferma brusquement les yeux, frappée par des vagues de chaleur et de volupté avec une telle force qu'elle serait tombée si Finn ne l'avait pas soutenue. Finn grogna encore, prolongeant son orgasme jusqu'à ce qu'elle soit sûre qu'il devrait lui arracher son jean.

Lorsqu'il la reposa sur ses pieds, elle s'agrippa à ses épaules pour rester debout. Finn leur déchira leurs jeans en quelques secondes, prenant soin de ne pas lui érafler la peau de ses griffes.

— Par la déesse, tu es absolument merveilleux.

Finn s'esclaffa à ces mots avant de la plaquer de nouveau contre le mur et de la pénétrer d'une poussée. Ils se figèrent tous deux, sa queue si dure et épaisse en elle qu'elle savait qu'elle ne s'était jamais sentie aussi remplie... du moins pas depuis qu'ils avaient été au lit ensemble un peu plus tôt.

— Tu es merveilleuse aussi, princesse.

Elle passa les mains dans son dos et lui empoigna les fesses avec les griffes. Finn eut le souffle coupé, son sourire s'élargissant et prenant un air un peu sauvage.

— Baise-moi, prince.

Finn garda une main sur ses fesses, lui recouvrant la joue de l'autre alors qu'il commençait à aller et venir en elle avec lenteur. L'exquise torture des caresses de Finn donnait envie à Brynn de hurler et de gémir en même temps.

— Je vais te faire l'amour, princesse. Tout en te baisant.

Il l'embrassa tendrement avant de s'enfouir brusquement en elle.

Brynn laissa échapper un cri alors qu'il lui assenait de violents coups de reins, sa queue s'enfonçant plus loin à chacun de ses assauts, tandis qu'elle bougeait les hanches pour l'accueillir le plus profondément possible.

— Jouis pour moi, Brynn. Serre ma queue et vide-moi de ma semence.

Elle l'embrassa et sa louve émergea, cherchant l'autre moitié de son âme qu'elle espérait un jour trouver. Finn la pénétra encore, cette fois à un angle parfait pour la propulser jusqu'à l'orgasme.

Son intimité se referma sur lui, et il gémit, la remplissant alors qu'il jouissait avec elle. Il appuya le front contre le sien, le corps tremblant.

— Je t'aime, Brynn, gémit-il, ma princesse guerrière.

Elle sourit de toutes ses dents en entendant ce sobriquet.

— Je t'aime aussi, mon prince guerrier. Mon Finn.

Ce n'était pas parfait, ce n'était pas une union, mais c'était sa nouvelle vie. Elle avait Finn à ses côtés, et quoi qu'il arrive, elle avancerait la tête haute.

Elle n'avait pas d'autre choix.

Finn s'étira, le corps endolori après sa nuit avec Brynn. Il ne put pas s'empêcher de sourire en pensant à elle. Oh ! il n'avait pas bien dormi et se traînait, là tout de suite, mais il s'en foutait. Il sentait le parfum de Brynn sur sa peau, et même s'il éprouva une pointe de déception à l'idée de ne pas la sentir dans son cœur, il l'avait partout ailleurs. Ce serait suffisant. Pour le moment.

Il ne doutait pas qu'Hannah et les autres l'aideraient à faire de Brynn sa compagne. Les Redwood avaient déjà accompli l'impossible. Et bon sang, il savait qu'ils le referaient.

Il aurait largement préféré être avec Brynn chez elle, ou même chez lui, mais il devait se rendre chez son père pour discuter d'un nouveau développement avec la meute. Il ne savait pas trop de quoi il s'agissait, mais quand l'Alpha vous convoquait, vous y alliez.

Sa mère lui adressa un grand sourire quand il entra dans la maison, même s'il discerna de l'inquiétude dans ses yeux.

— Tu as l'air heureux, dit-elle en le serrant fort dans ses bras.

Il se pencha et lui rendit son étreinte, ayant besoin de ce contact avec sa famille malgré son bonheur.

— Je le suis.

Elle s'écarta et scruta son visage. Quand elle eut l'air d'avoir trouvé ce qu'elle cherchait, elle hocha la tête.

— Bien. Brynn est forte, intelligente et très belle. (Elle lui fit un clin d'œil.) Assez bien pour mon petit garçon, je suppose.

Finn ricana et roula des yeux.

— Merci, maman. (Il redevint sérieux.) Tu sais que ce n'est pas encore officiel.

Elle pinça les lèvres et acquiesça d'un signe de tête.

— Je veux tuer ce démon, même après toutes ces années, pour ce qu'il t'a fait. Je fais confiance à Hannah et aux autres pour trouver un moyen pour que tu puisses véritablement t'unir à Brynn. En attendant, tu crois qu'elle deviendra une Redwood ? Les limites de nos meutes s'effacent un peu plus à chaque union, mais les liens sont toujours rattachés à un seul Alpha.

Finn soupira.

— Je suis l'Héritier. Je serai toujours un Redwood.

— Et elle n'occupe aucune position définie dans la hiérarchie des Griffes. (Mélanie fronça les sourcils.) Mais sans le lien d'union… (Sa mère laissa les mots mourir sur ses lèvres puis secoua la tête.) On va vite en besogne. Bien sûr que tu t'uniras à elle et elle deviendra alors une Redwood. C'est ce qu'a fait Brie avec Gideon et Quinn avec ta sœur, Gina.

Il ne dit rien. Ils allaient vite en besogne, tout comme sa mère l'avait dit.

— Finn.

Il releva les yeux en entendant la voix de son père et se détendit. Ses parents l'aimaient et le soutiendraient, quoi qu'il advienne. Il pouvait compter là-dessus, même si tout partait en couilles.

— Quoi de neuf ? s'enquit Finn. Tu as dit que tu avais du nouveau. S'agit-il de Seth ? Il va bien ?

Kade hocha la tête.

— Seth va bien. Ou du moins, aussi bien qu'il peut l'être après être revenu à lui pour apprendre que Franklin ne s'en est pas sorti. Maddox et Drake s'occupent de lui, mais guérir d'un truc pareil n'est pas facile.

Finn n'était pas sûr que ses parents se soient rendu compte de s'être rapprochés pendant que Kade parlait. Ses parents étaient plus amoureux à présent qu'ils ne l'avaient été trente ans plus tôt.

— En fait, on voulait te parler des sorcières.

Finn fronça les sourcils.

— Hein ? Les sorcières ? Et alors ?

Kade lui indiqua les canapés et Finn y prit place alors que ses parents s'asseyaient en face de lui.

— Tu sais que les sorcières se cachent autant que nous autrefois, dit Kade.

— Ouais, certaines ne se cachent pas, mais les humains ne croient pas vraiment qu'elles existent.

Chaque siècle avait vu les sorcières être persécutées – brûlées sur le bûcher, noyées, assassinées parce qu'elles étaient différentes. Certaines ne se cachaient pas, mais les humains ne comprenaient pas véritablement leur nature. Les loups s'unissaient aux humains et aux sorcières tout autant qu'aux loups. En fait, sa sœur Gina était à moitié sorcière de feu par sa mère biologique tandis que sa tante Hannah était une sorcière de terre.

— Exact. Mais les sorcières sont agitées. (Son Alpha croisa son regard et Finn se figea.) Leur existence sera bientôt dévoilée, Finn. Que ce soit de leur propre chef ou par ceux qui en savent trop. Elles ne pourront pas rester cachées alors que tout le monde est au courant pour nous.

Finn jura.

— On savait que ça pouvait arriver.

— Oui, mais elles demandent notre aide.

— Comment ça ?

Ils entretenaient de bonnes relations avec certains convents, pas tous, mais ils avaient coopéré avec eux par le passé. Leurs barrières magiques n'avaient pas simplement été créées par la déesse de la Lune, mais aussi par les sorcières de leurs meutes.

— Entre l'attaque contre Seth et Franklin, celle contre Brynn et toi et la bombe qui a éclaté près du territoire des Griffes, la situation devient explosive. Pourtant, on ignore encore si ces événements sont liés. On ne pourra pas survivre seuls, pas plus que les sorcières, pas si les humains déclarent la guerre à notre porte.

Finn eut le souffle coupé.

— Alors c'est le paranormal contre les humains ?

Kade secoua la tête.

— Ce n'est pas ce qu'on veut. On veut pouvoir être libres de nous déplacer comme on l'a toujours été. Mais avec les attaques contre nos loups et celles contre des meutes à travers tout le pays, on est au bord du précipice. Et je prie la déesse pour qu'on n'y tombe pas.

— Qu'attends-tu de moi ? Tu ne m'as pas demandé de venir sans raison.

— On forme un détachement spécial. Cette fois avec les sorcières. Notre Héritier et notre Omega vont les rencontrer pour s'assurer qu'on est bien sur la même longueur d'onde. Quant aux Griffes, ils enverront Ryder et Walker.

Finn hocha la tête.

— Je comprends. On fait appel à Drake ou à Maddox ?

— Drake, intervint Mélanie. Maddox ne sait déjà plus où donner de la tête et il lui cédera un jour entièrement la charge d'Omega.

Finn arqua un sourcil.

— Tu veux dire que je me tourne les pouces ?

— Au contraire, et ça n'ira pas en s'arrangeant avec le temps. Comme pour nous tous.

Finn se leva et se passa la main sur le visage.

— Tenez-moi informé de la date de la réunion. Je dois retourner auprès de Brynn.

Kade fronça les sourcils, mais acquiesça d'un signe de tête.

— Je te ferai parvenir ce que j'ai et vous vous débrouillerez tous les quatre. Je te fais confiance. (Son père se leva, scrutant son visage.) Quand tu seras prêt à parler de Brynn et à nous la présenter officiellement, fais-nous-le savoir. On va trouver une solution pour toi, fiston. Ne t'en fais pas.

Finn ne prêta pas attention à la douleur dans sa poitrine et hocha la tête.

— Merci, grommela-t-il.

Il voulait ce qu'avaient ses parents. Qu'il soit damné s'il laissait le destin l'en priver.

Il sortit de la maison et entra dans sa voiture, envoyant en vitesse un texto à Brynn pour lui dire qu'il la retrouverait à l'extérieur des barrières pour le déjeuner. Aller trop souvent sur les terres des Griffes poserait un problème tant qu'ils n'auraient pas décidé de la façon unique dont ils souhaitaient vivre leur union. Il aurait appelé, mais il savait qu'elle avait une réunion avec son cousin Max par rapport au conseil et ne voulait pas la déconcentrer plus qu'il ne le faisait déjà. Après tout, elle le déconcentrait, elle aussi.

Le temps qu'il arrive à leur rendez-vous, il était à cran tant il la désirait. Il n'avait même pas besoin d'être en elle, bon sang, il voulait juste l'avoir près de lui. Il savait parfaitement que c'était l'homme en lui, pas le loup, mais il devait prier pour que le loup réussisse à se faire entendre malgré tout, même si ce n'était qu'un murmure.

Il arrêta la voiture et sortit, un sourire sur les lèvres en apercevant Brynn.

Elle se tenait sous un arbre, les yeux fermés, le visage levé vers le ciel. Elle était une déesse. Tellement superbe qu'il parvenait à peine à respirer, putain !

Incapable de se retenir, il la siffla.
Les yeux toujours fermés, elle lui fit un doigt d'honneur.
Il rejeta la tête en arrière et éclata de rire.
Alors le monde explosa.

Ryder

Ryder garda le silence pendant que son frère et Alpha, Gideon, lui expliquait ses nouveaux devoirs en tant que membre d'un détachement spécial formé pour coopérer avec les sorcières. Son silence n'avait rien de particulièrement inhabituel. Il ne parlait pas souvent. Il était le taiseux chez les Brentwood. Bien sûr, pour la plupart, ses frères, sa sœur et ses cousins n'étaient pas très bavards. Ils avaient vécu l'enfer. De quoi d'autre avaient-ils besoin de parler ?

Pendant que Gideon s'entretenait à mi-voix avec Walker au sujet d'un des louveteaux qui avait trouvé un buisson épineux un peu plus tôt ce jour-là, Ryder se carra sur son siège et fit ce pour quoi il était le plus doué.

Réfléchir.

Il s'allierait avec les sorcières si son Alpha le lui demandait. Ce serait dans l'intérêt de la meute. Et en tant qu'Héritier, il était habilité à prendre certaines décisions en l'absence de Gideon. Il savait qu'il ne le resterait pas longtemps puisque ce titre reviendrait au premier-né de Gideon et de Brie – ou à leur première-née, étant donné que la déesse de la Lune avait le chic pour modifier constamment les règles.

Pour l'heure, cependant, il aiderait son frère à assumer la charge écrasante que représentait le fait d'être l'Alpha d'une meute dont les blessures n'étaient pas encore complètement cicatrisées au milieu d'une guerre où personne ne savait s'ils se battaient vraiment.

Ils avaient perdu l'un des leurs récemment et Ryder savait que ce ne serait pas le dernier.

Et alors que tout cela se produisait, il avait conscience que quelque chose lui échappait. Quoi, il l'ignorait, mais il sentait un décalage entre qui il était et ce qu'il était censé faire.

Coopérer avec les sorcières changerait-il quelque chose ? Encore une fois, il n'en savait rien, mais il ferait ce qu'on lui demanderait. C'était ce qu'il faisait le mieux. Ce qu'on lui demandait.

Jusqu'à ce qu'il sache, bien sûr, qu'il devait faire autre chose… pour sauver sa meute et les siens.

Kameron ouvrit la porte à la volée et courut dans la pièce, son loup dans les yeux. Les trois loups déjà présents se levèrent comme un seul homme, prêts à se battre.

— Que se passe-t-il ? grogna Gideon.

— Il y a eu une explosion à l'extérieur des barrières.

Ryder fronça les sourcils.

— Encore ?

Kameron poussa un grognement à son tour.

— Oui, et l'odeur de Brynn et Finn est présente comme la dernière fois. (Il croisa le regard de Ryder et un frisson lui glissa le long de la colonne vertébrale.) Ils n'étaient pas sur les lieux. On les a enlevés. J'en suis sûr.

— Que des bombes aient éclaté deux fois près d'eux ne peut pas être une coïncidence, dit Walker d'une voix traînante au calme trompeur.

— Non. Ça n'en est pas une, convint Gideon, l'Alpha jusqu'à la moelle.

— On les retrouvera, jura Ryder. Appelez les Redwood. On a enlevé un membre de notre meute, notre sœur. Le sang va couler.

Ses paroles ne surprirent personne. Après tout, il parlait quand c'était important.

Sa sœur avait des ennuis, et les humains feraient mieux de prier pour qu'elle et son compagnon s'en sortent vivants. Parce que, sinon, la frontière entre la guerre et la paix ne serait plus aussi floue.

Non, elle serait nette et remplie de sang.

Les Griffes ne permettaient pas qu'on s'en prenne à l'un des leurs et ait la vie sauve.

Et Ryder le savait dans le sombre tréfonds de son âme.

Chapitre 13

Soit elle avait été percutée par un pick-up de deux tonnes, soit elle s'était retrouvée au centre d'une explosion. Vu comment son corps la faisait souffrir et ses yeux refusaient de s'ouvrir, Brynn aurait bien été en peine d'en décider. Elle réprima un gémissement alors qu'elle s'efforçait de reprendre ses esprits. Ignorant où elle était ou ce qui s'était passé, elle ne voulait pas faire plus de bruit que nécessaire et attirer l'attention sur elle. S'il y avait seulement lieu.

Elle ouvrit lentement les yeux et tenta de voir où elle se trouvait. Elle était plongée dans l'obscurité, mais réussit au moins à discerner quelques formes grâce à sa vision de louve. Des barreaux de métal, un sol sale et un plafond bas.

Une cage.

Elle était dans une cage.

Repoussant les souvenirs qui menacèrent de la submerger, elle prit une profonde inspiration. Des effluves de pourriture et de sang saturèrent ses sens, mais elle n'y prêta pas attention, s'efforçant de découvrir où elle était grâce aux odeurs. Elle voyait juste qu'elle était dans une cage sombre, rien de plus. Ses autres sens, cependant, marchaient à plein régime.

Là.

Elle connaissait ce parfum boisé d'homme et de force.

Finn.

Lentement elle roula sur le ventre, posant les mains sur le sol crasseux. Le métal froid sous ses doigts la surprit, même si elle n'aurait pas dû être étonnée. C'était une vraie cage, pas juste une cellule de prison.

Sa louve émergea et Brynn s'efforça de distinguer des formes dans l'obscurité. S'il y avait eu plus qu'un léger filet de lumière, elle aurait pu voir comme en plein jour. De fait, elle ne discernait presque rien.

Elle observa en plissant les yeux une forme floue et retint son souffle.

Finn.

La forme ne bougeait pas, mais si elle se concentrait, elle pouvait entendre sa respiration faible, ses lents battements de cœur.

Sa louve gémit, mais Brynn ne fit pas un bruit. Finn était vivant, très probablement blessé, mais vivant. En parlant de blessure, elle examina rapidement son corps et eut envie de jurer. Elle avait du sang séché plein les cheveux sur l'arrière de la tête et elle sentit quelques égratignures et ecchymoses sur sa peau. À part ça, elle n'était pas vraiment blessée. L'explosion dans la forêt l'avait mise KO pour qu'on puisse l'attraper et la conduire là où elle se trouvait à présent avec Finn.

Qu'elle et Finn aient été à proximité de deux explosions juste à l'extérieur des barrières magiques ne pouvait pas être une coïncidence. La première devait avoir été un essai pour tester la solidité des barrières.

La seconde, pour les enlever.

Comme elle ne discernait pas d'autres odeurs près des cages que celles de Finn et d'humains, Brynn craignait que la guerre qui n'en était pas vraiment une ait éclaté.

L'ombre devant elle bougea et elle se mordit la lèvre, s'efforçant de ne pas appeler son amant, son compagnon.

Elle observa l'ombre qui sembla passer en revue ses blessures et ce qui l'entourait avant de se tourner enfin vers elle.

Priant de ne pas attirer l'attention au cas où ils seraient surveillés, elle tendit la main vers l'ombre à travers les barreaux. Elle ne faisait que supposer que Finn était dans une cage, ne distinguant pas vraiment de barreaux, mais elle ne serait pas étonnée que ce soit le cas.

La forme tendit la main vers elle, et Brynn allongea le bras au maximum, l'épaule étroitement collée contre l'ouverture entre les barreaux.

Leurs doigts ne se touchèrent pas, mais elle sentit la caresse de l'air contre sa peau alors que Finn tentait désespérément de l'atteindre. Son cœur se serra. Il était si près, pourtant elle ne pouvait pas sentir ses doigts, le sentir lui.

Le plafonnier s'alluma. La lumière crue lui brûla les yeux et elle les cligna deux fois pour pouvoir accommoder sa vision. Finn croisa son regard, une expression intense dans ses yeux verts. Rapidement, elle passa en revue son apparence, remarquant chacun de ses bleus et chacune de ses coupures.

Celui qui lui avait fait ça paierait.

Finn lui adressa un signe de tête et ils rentrèrent tous deux le bras avant de se tourner avec lenteur vers l'humain qui marchait vers eux. Il avait le pied léger, mais Brynn entendait ses pas assourdis qui se rapprochaient.

— Vous êtes revenus à vous, constata l'homme. Bien. J'avais peur que vous ne surviviez pas à l'explosion. Ça craindrait si vous nous claquiez déjà entre les mains. On n'avait pas prévu ça.

De la bile lui monta dans la gorge à l'idée des projets qu'avait l'homme devant elle. Et, « on » ? Combien étaient-ils ? Où étaient-ils ? Et comment pourrait-elle bien réussir à sortir de là avec Finn s'ils étaient enfermés dans des cages ? Mais l'humain avait dit qu'ils n'avaient pas prévu qu'ils meurent… alors peut-être qu'ils n'avaient pas prévu d'autres choses, aussi. Avec un peu de chance, elle parviendrait avec Finn à utiliser la méconnaissance des loups des humains pour fuir.

Elle priait pour que les humains les aient sous-estimés.

Parce que sinon ?

Finn et elle étaient foutus.

L'homme s'avança et Brynn examina son visage. C'était l'un des hommes de la voiture qui avait tenté de les écraser. Le même homme qui l'avait menacée en plein jour de sévices indescriptibles. Il ressemblait à un criminel de bas étage – le crâne rasé, les bras couverts de tatouages à rallonge, malsain comme pas possible. Il portait un gilet en cuir avec un jean tout troué et semblait avoir oublié sa chemise. Il n'avait pas le style d'un gangster, mais de quelqu'un qui rêvait de l'être. Il était clair que ce type avait vu trop de films montrant des malfrats auxquels il voulait ressembler, mais bon, peu importait. Il les avait quand même mis en cage, Finn et elle.

Il avait le dessus.

Pour l'instant.

L'homme les regarda en fronçant les sourcils puis hocha la tête.

— Je reviens dans quelques minutes pour qu'on puisse commencer à s'amuser.

Il se frotta les mains puis se tourna vers une porte qu'elle n'avait pas remarquée. Il hésita puis se retourna, les sourcils froncés.

— De sales animaux comme vous ne devraient pas arpenter cette terre, vous savez. Vous êtes une erreur, une tare de l'humanité. Sauf que vous n'êtes pas humains, hein ? On va vous ouvrir pour voir comment vous fonctionnez. Puis on vous tuera tous. Quand vous aurez disparu, on pourra reprendre le cours normal de nos vies. Parce que vous n'êtes certainement pas normaux. Vous nous êtes inférieurs, et il serait temps que vous le compreniez.

Sur ces belles paroles, il s'éloigna d'un pas lourd et bruyant, faisant claquer la porte derrière lui.

Son pouls s'emballa et elle poussa un grognement sourd.

— Je n'arrive pas à croire que cet imbécile nous ait attrapés, dit-elle tout bas.

Elle ne voyait pas de caméras dans la petite pièce où ils étaient. En fait, à part les deux cages, l'unique porte et le plafonnier, elle ne voyait rien.

— Je ne serais pas étonné que lui et son pote reçoivent une aide extérieure, murmura Finn.

Elle se tourna vers lui, les yeux écarquillés.

— Ce sont des extrémistes. Qui les aiderait ?

Finn ricana, les dents serrées.

— Tous ceux qui veulent se débarrasser de nous. Réfléchis une seconde. Les extrémistes ont reçu de nombreux soutiens au fil du temps. Ce n'est que le début.

Brynn soupira.

— Je sais. Je le sais bien. J'ignore pourquoi je n'ai pas les idées claires. Je suis plus âgée que toi. J'ai vu bien pire que ça, pourtant j'ai le cerveau au ralenti, là.

Finn se précipita aussitôt du côté de sa cage le plus proche de la sienne, empoignant les barreaux métalliques.

— Tu es blessée ?

Elle secoua la tête et grimaça.

— Bon sang, je crois que j'ai une commotion. Ça devrait bientôt aller mieux, mais ça m'embrouille les idées. (Elle croisa son regard, le visage déterminé.) Je vais devoir m'en remettre si je compte sortir d'ici.

— Je les tuerai pour avoir osé te faire du mal.

— Je me suis déjà juré de les tuer pour les bleus qu'ils t'ont faits sur la peau.

Finn lui décocha un sourire féroce.

— C'est pour ça que je t'aime, ma femelle dominante à moi. Hé ! Brynn ? On va sortir d'ici. Jamais ils ne pourront nous garder indéfiniment, pas alors qu'on peut s'en tirer, toi et moi. En plus, maintenant, ils ont deux meutes après eux, rien que ça. (Finn poussa un grondement sourd.) Ils s'en sont pris aux mauvais loups.

Elle lui rendit son sourire, même si elle savait qu'elle n'avait pas l'air heureuse.

— C'est clair.

Elle passa la main sur ses bras nus et réprima un frisson.

— Qu'est-ce qui ne va pas ? s'enquit Finn. À part tu sais quoi.

C'était son compagnon – avec ou sans lien –, ce n'était pas comme si elle pouvait lui cacher des trucs.

— Mon père nous gardait dans des cages comme celles-ci. Il voulait voir tout ce qu'on pouvait endurer avant de craquer.

Finn grogna, plus fort cette fois.

— Je le tuerais encore si je le pouvais.

Elle haussa les épaules.

— Gideon s'en est occupé pour nous, même si j'aurais aimé pouvoir l'aider. On a éliminé nos oncles, car ils le soutenaient. Mais la trahison de notre père en tant qu'Alpha a profondément blessé notre meute. On ne s'en remet vraiment que maintenant, et regarde ce qui nous tombe dessus.

— Les Griffes sont forts, Brynn. N'importe qui peut le voir. Et quant à cette cage, on va se barrer d'ici, comptes-y.

Elle tendit de nouveau la main vers lui, leurs doigts se frôlant presque quand il en fit autant.

— Bon sang! marmonna-t-elle.

— Je te prendrai dans mes bras quand on sera sortis d'ici, princesse.

— Je n'en doute pas. Pour ce qui est de sortir d'ici, à la première occasion, on s'échappe. (Elle croisa son regard.) Laisse-moi et va chercher de l'aide si tu te libères en premier.

Finn ricana.

— Parce que tu vas me laisser si tu te libères en premier? Je ne crois pas. On sortira d'ici ensemble. Personne ne se sacrifie. Pigé?

Elle soupira.

— Pigé.

Elle n'aurait pas été capable de le laisser de toute façon, mais à l'idée qu'il soit blessé, elle eut envie de hurler à la mort.

La porte s'ouvrit encore et, cette fois-ci, deux hommes entrèrent. Elle bondit sur ses pieds même si elle ne pouvait pas se tenir entièrement debout. L'autre homme leva le bras et tira ce qui ressemblait à des seringues sédatives vers les cages. Elle grogna et roula pour esquiver la première, mais la deuxième la toucha. Ce n'était pas comme si elle pouvait rouler loin à l'intérieur de la cage. La seringue lui perça la peau et ce qu'elle contenait pénétra rapidement dans son organisme.

Putain !

Elle croisa le regard de Finn et ils grognèrent tous les deux.

Ils avaient trouvé un moyen de droguer les loups. Finn avait raison. Ces humains n'agissaient pas seuls.

Sa tête heurta le fond de la cage alors qu'elle perdait connaissance, priant de revenir à elle.

Sauf que, lorsqu'elle revint à elle, elle regretta presque de ne plus être dans la cage. Les humains les avaient attachés à des tables séparées disposées l'une en face de l'autre de sorte qu'ils soient obligés de se regarder. Les tables étaient inclinées et c'était presque comme s'ils étaient debout. D'épaisses barres de métal et des sangles en travers de leurs jambes, de leurs hanches, de leur poitrine et de leur front les maintenaient en place.

L'humain qui leur avait tiré dessus avec le fusil hypodermique se dressait entre eux, un étrange sourire sur le visage.

— Merci d'être revenue parmi les vivants, Brynn Brentwood, dit-il d'une voix traînante. Je voulais que tu voies ça.

Elle hurla quand l'homme se dirigea vers la table de Finn, une grande lame à la main. Finn croisa son regard et plissa les yeux quand l'humain lui découpa les chairs. Le boucher lui fit deux longues entailles sur le ventre, et à la vue des minces traînées de sang qui perlèrent, l'estomac de Brynn se souleva.

Finn serra les dents à chaque incision, mais il ne cria pas, n'émit pas un son. Ces enfoirés d'humains devaient savoir que le fait qu'elle regarde constituerait une autre forme de torture.

Le docteur termina son travail et se tourna vers Brynn, un sourire perplexe aux lèvres. Il essuya la lame couverte du sang de Finn avec sa blouse blanche, et Brynn sentit encore plus de bile lui monter dans la gorge.

— Voyons voir si les louves saignent comme les loups.

— Tu en as vraiment fini avec moi ? demanda Finn, son loup dans la voix.

Le loup de son compagnon ne sortait pas souvent. Ça ne pouvait que mal se terminer.

— Je reviendrai bientôt vers toi, dit le docteur sans cesser de regarder Brynn dans les yeux. Bon, tu as hurlé pour lui, hurleras-tu pour toi-même ?

Elle releva le menton du mieux qu'elle put, étant donné qu'elle était attachée.

— Va te faire foutre.

— Je ne me tape pas les animaux, ce qui n'est peut-être pas le cas de mon associé.

Il s'humecta les lèvres avant de la poignarder dans la hanche. Il ne la taillada pas, mais lui planta sa putain de lame si profondément qu'elle était sûre qu'il lui avait éraflé l'os.

Un gémissement lui échappa presque, mais elle le retint, alors même que l'atroce souffrance de sa blessure la brûlait. Sa louve se jeta contre elle, voulant sortir, voulant faire couler le sang, mais elle ne pouvait pas se transformer en étant attachée comme elle l'était.

Finn grogna, hurla et jura alors que le docteur retirait la lame pour la poignarder de nouveau, cette fois un peu plus haut. Des taches noires dansèrent devant ses yeux, mais elle refusa de tomber dans les pommes.

Le docteur inclina la tête sur le côté, comme s'il observait sa réaction, puis retira de nouveau la lame.

— Intéressant, marmonna-t-il.

— Va. Te. Faire. Foutre.

Un filet de sang jaillit de sa bouche et elle eut envie de hurler. Il l'avait coupée profondément, et, pour une raison qui lui échappait, elle ne guérissait pas. Pas plus que Finn à présent qu'elle y pensait. Il devait y avoir quelque chose sur le métal de la lame ou dans le sédatif qu'ils leur avaient injecté un peu plus tôt. Zut! ça craignait. Non seulement pour eux, mais pour tous ceux que les humains attraperaient à l'avenir.

Le jeu avait encore changé.

Il ne s'agissait pas de magie, mais de science, bon sang. Elle le sentait dans ses blessures.

Le docteur leva la lame devant les yeux de Brynn, qui tenta de reculer.

— Je me demande si tu serais capable de te transformer sans un œil. Bien sûr, tu y arriverais, mais ta louve n'aurait qu'un seul œil. Pas vrai ? Ou en aurait-elle deux ? Je me le demande… (Il secoua la tête.) Bientôt. Pour l'heure, restons-en là.

Il lui planta la lame dans le visage, une unique entaille sur la joue. Elle cria alors. Elle craqua, la douleur s'intensifiant à chaque seconde qui passait. Finn hurla à la mort, un chant déchirant qui se mua en un crissement métallique.

Le docteur valsa en arrière, le couteau retombant près de son corps. Finn lui brisa le cou puis rejoignit Brynn. Des coupures et des ecchymoses marquaient le corps de Finn aux endroits où il avait été entravé. Il avait toujours les longues entailles sur son ventre et laissait des traînées de sang sur son passage, mais il ne semblait pas y prêter attention. Il avait brisé les barres métalliques par sa seule force et Brynn savait qu'un tel exploit devait lui avoir causé une hémorragie interne.

— Il t'a tailladée, grogna-t-il d'une voix qui était plus proche du loup que de l'humain. Il ne te fera plus de mal.

Sur ce, il laissa ses mains se muer en griffes alors qu'il tirait sur le métal qui l'entravait. Celui-ci grinça et ploya, se brisant entre ses mains.

— Tu peux marcher ? demanda-t-il, appuyant ses mains à présent humaines sur la plaie à sa hanche.

La douleur la submergea et elle tenta d'acquiescer d'un signe de tête, avant de la secouer.

— Je crois qu'il m'a cassé la hanche. (Elle écarquilla les yeux.) Comment a-t-il pu faire ça avec juste un couteau ?

— Il y avait quelque chose sur ce couteau, Brynn. On ne guérit pas. Putain !

Il se retourna et prit des bandages dans un tiroir, les pressant contre la hanche et le visage de Brynn. Elle grimaça, tentant de s'occuper des blessures de Finn, mais il l'en empêcha. Maudit homme. Oui, elle était dans un pire état, mais elle avait véritablement besoin de l'aider.

— Tu pourras bientôt m'aider, princesse. Bon, je vais te porter sur mon dos. Si je te porte dans mes bras, je ne pourrai plus me battre. Avec un peu de chance, le temps qu'on soit sortis d'ici, tu auras un peu guéri et on pourra se transformer. Je ne veux juste pas dépenser mon énergie pour ça pour l'instant.

Elle hocha la tête et enroula les bras autour de son cou pour grimper sur son dos quand il se retourna devant elle. Elle lui embrassa le cou au-dessus de la marque qu'elle lui avait faite, des années plus tôt lui semblait-il.

— On ignore combien de personnes sont là et on n'a pas d'armes.

Finn grogna, la main sur sa cuisse. Il marcha vers le couteau sur le sol et le ramassa.

— Tiens ça. On devra le faire analyser de toute façon. On se barre d'ici, Brynn.

— Je sais, Finn. Je te fais confiance.

— Moi de même, mon amour.

Son corps l'élançait et elle se vidait rapidement de son sang, mais avec Finn à ses côtés, elle savait qu'ils s'en sortiraient. Ils n'avaient pas d'autre choix.

Finn ouvrit la porte avec Brynn sur son dos. Il sentait qu'elle sombrait dans l'inconscience, malgré le couteau dans sa main, et il retint un juron.

— Donne-moi le couteau, chuchota-t-il.

Elle le lui passa, avec des gestes lents, mesurés. Il ne tarderait pas à la perdre et il savait qu'il devait les faire sortir de là. Dans des circonstances normales, ils auraient tous deux été capables de quitter facilement cet endroit sur leurs deux jambes. Mais elle avait perdu connaissance deux fois, avait été forcée de se rappeler le style de tortures qu'affectionnait son père et avait été encore plus entaillée que Finn. Il ignorait ce qui enduisait la lame, mais ils en avaient bavé. Il sortirait sa compagne de là et la ferait soigner parce qu'il n'était pas question qu'il la perde à cause de conneries humaines élitistes.

Finn renifla et la senteur cuivrée du sang de Brynn lui satura les narines. Il frémit. Bon sang! Ses blessures étaient sacrément profondes.

— Ça va, princesse?

— Barrons-nous juste d'ici, prince.

Il ne manqua pas de remarquer qu'elle n'avait pas répondu à sa question.

Derrière l'odeur du sang de Brynn, il ne discernait que celles de deux humains. Le mort derrière eux et celui qui avait été là au début. Qu'il ne distingue l'odeur que de deux était intéressant, mais cela ne signifiait pas qu'ils n'avaient pas de complices à l'extérieur du bâtiment. À en juger par l'aspect des murs, il devait s'agir d'un vieil entrepôt abandonné, mais Finn n'en savait pas beaucoup plus que ça.

Il n'avait aucune idée de l'endroit où ils se trouvaient ou si on les avait amenés loin des leurs. Brynn avait besoin d'un Guérisseur. Tout de suite.

Un bruit de pas résonna et Finn retint un grognement. L'odeur fétide de l'autre humain se fit plus prononcée et Finn serra le couteau dans sa main.

— Accroche-toi, chuchota-t-il à Brynn sans presque émettre le moindre son.

Seul un loup aurait été capable de l'entendre. L'humain ne se douterait pas de leur présence.

L'humain se rapprocha. Il écarquilla les yeux et tira sur Finn et Brynn. Finn s'écarta vivement, Brynn toujours sur le dos, puis se jeta sur l'enfoiré qui n'avait que trop respiré.

Il lui trancha la gorge avant qu'il ait pu tirer encore. L'humain lâcha le pistolet et, heureusement, le coup ne partit pas. Il poussa un petit cri puis s'effondra, se tenant la gorge.

— Tu aurais dû lui laisser la vie sauve, on en aurait tiré quelque chose.

Finn jura.

— Ils t'ont fait du mal, grogna-t-il.

— Je sais. Ils t'ont fait du mal, à toi aussi. Bon sang! Bon, on se débrouillera autrement. Maintenant, rentrons à la maison.

Elle avait du mal à articuler sur la fin et il la fit remonter sur son dos avant de courir le plus vite possible vers la porte par laquelle était arrivé l'humain.

Finn se retrouva dehors, dans une zone boisée qu'il ne reconnut pas.

— J'ignore sur quel territoire on se trouve.

Si les humains avaient déconné et les avaient amenés sur les terres d'une meute rivale, ce serait une autre paire de manches.

— Brynn?

Elle ne répondit pas.

— Putain !

Il continua à avancer et bénit la déesse de la Lune lorsqu'il trouva une vieille Jeep qui empestait les humains morts. Il s'empressa d'installer Brynn sur le siège avant et vérifia son pouls. Il était faible, mais elle était encore en vie. Il l'embrassa sur le front puis claqua la portière et courut de l'autre côté. C'était un vieux modèle et il pourrait au moins le faire démarrer en faisant se toucher les fils de contact. Il aurait été plus récent qu'il aurait été dans la merde.

Il appuya sur le champignon et fonça sur la route, espérant reconnaître une route ou un lieu. Ils lui avaient pris son téléphone quand ils l'avaient enlevé avec Brynn, mais la voiture étant équipée d'un dispositif de téléphonie embarquée, il pourrait passer un appel dès qu'il saurait où il était. Il prit la main de Brynn et la serra. Elle ne réagit pas, mais il sentit son pouls. Elle était vivante. Pour l'instant.

Dès qu'il parvint au bout de la route, il vit la voie principale et poussa un soupir. Ils n'étaient pas loin des Redwood. Merci, putain ! Il composa le numéro de son père, car c'était le premier qui lui était venu à l'esprit.

— Oui ?

La voix de son père était un grognement, son loup si près d'émerger que Finn sentait presque son odeur.

— Papa.

— Finn ? Louée soit la déesse. Où es-tu ? Tu es en danger ? On vient te chercher.

Et, juste comme ça, Finn se détendit presque. Ce n'était pas possible, pas alors que Brynn était inconsciente et se vidait de son sang près de lui, mais la voix et la force de son père étaient tout pour lui.

— J'arrive. Je devrais être là dans vingt minutes. Je te dirai tout quand on sera là. (Sa voix se brisa.) Brynn est blessée, papa. C'est sérieux. Tu peux appeler les Griffes pour qu'ils t'envoient Walker ? Je suis plus près de toi que d'eux. J'ai peur de la perdre si je roule jusqu'à leur tanière. (Il soupira.) Peut-être qu'Hannah et les autres pourront au moins s'occuper de certaines de ses blessures en attendant que Walker arrive pour la guérir.

Kade hésita.

— Ta mère est en train d'appeler. On prendra soin de ta compagne. Amène-la ici. On va vous aider et ensuite on va trouver ceux qui vous ont fait ça et leur faire payer.

— Ils sont déjà morts tous les deux.

Kade grogna.

— Bien. Mais on ignore s'ils n'étaient que tous les deux.

— C'est vrai. (Finn fronça les sourcils.) Fais venir Reed et les autres, aussi. Et certains des Griffes, s'ils peuvent. J'ai un couteau qu'on va devoir faire analyser. Il a quelque chose qui cloche. Ce n'est pas de la magie. J'ignore ce que c'est, papa. Et ils ont utilisé des sédatifs sur nous qui ont été efficaces.

— Putain ! Retrouve-nous à la clinique. On t'attend, fiston. On t'attend.

— On est en route.

Il fonça sur la route, conscient de risquer de se prendre une contravention, mais il s'en foutait. C'était de la vie de Brynn dont il était question. Son ventre l'élançait et il savait qu'il aurait besoin d'être guéri lui aussi, mais ça devrait juste attendre.

Quand il franchit les barrières, il ne ralentit pas. La respiration de Brynn se faisait plus faible à chaque minute. Il écrasa les freins devant la clinique de son oncle et bondit hors de la Jeep alors que le moteur tournait encore. Il rejoignit le côté de Brynn et ouvrit la portière, l'attirant dans ses bras. Elle avait imbibé le siège de son sang et il réprima un grognement. Il devait être fort pour elle, et péter un câble à la vue de son sang n'aiderait personne.

Son oncle North, un médecin, courut vers lui, Hannah et les autres sur les talons.

— Walker et les Griffes seront bientôt là. Ils étaient déjà en route pour venir nous voir quand tu as appelé. Donne-la-moi, Finn, et entrons.

Finn grogna.

— C'est bon.

Il poussa les autres et entra dans la clinique avec raideur, le corps de Brynn tremblant entre ses bras. Finn l'installa sur l'un des lits médicalisés de North et recula, mais garda la main sur la sienne.

North et Hannah entrèrent, accompagnés de Mark.

— Occupez-vous d'elle en premier, dit Finn entre ses dents. Faites ce que vous pouvez en attendant Walker.

Hannah s'approcha de lui et l'éloigna. Il tendit la main vers Brynn, mais sa tante était plus forte qu'elle n'en avait l'air.

— Mark et North vont faire ce qu'ils pourront. Laisse-moi t'examiner.

— Aide-la. S'il te plaît.

Son loup gémit – c'était la première fois qu'il entendait ce son depuis une éternité. Bon sang, pourquoi ne pouvait-il pas être normal ?

— C'est ce qu'ils font. Et je dois te guérir. Vous allez vous rétablir tous les deux, puis on passera au reste. Tu n'aides pas ta compagne en saignant sur le sol de la clinique comme ça.

Il baissa les yeux et soupira. Du sang suintait de ses blessures, mais il était tellement hébété à cause de l'état dans lequel était Brynn qu'il sentait à peine la douleur.

— Je ne lui ferai pas de mal en t'aidant, Finn.

Il croisa le regard de sa tante et hocha la tête.

— D'accord, chuchota-t-il. Mais Hannah, elle n'est pas encore ma compagne. Je ne la « sens » pas. Si je sais qu'elle est vivante, c'est seulement parce que j'ai senti son pouls. Ça me tue.

— Ils ont découvert un moyen, fiston, dit Kade depuis la porte.

Son père s'approcha et prit le visage de Finn entre ses grandes mains.

— Ils ont découvert un moyen, répéta-t-il. Mais d'abord, je dois savoir que tu vas bien.

Finn perçut la présence de sa mère près de lui, les mains sur celles d'Hannah alors que sa tante le guérissait. Il aurait pu s'agir de la femelle Alpha qui soutenait la Guérisseuse avec son pouvoir, mais il avait le sentiment que c'était plus une mère qui aidait son fils. Une chaleur se répandit en lui alors que ses entailles se refermaient.

— Lequel ? s'enquit Finn d'une voix rauque. Lequel ?

— Tu devras mourir, Finn, chuchota Hannah. Comme quand tu étais un petit garçon. Tu devras mourir pour qu'on puisse te rafistoler de nouveau.

Finn cligna des yeux puis les tourna vers sa compagne. Elle n'était pas revenue à elle, mais elle ne perdait plus de sang. Il eut le corps engourdi aux mots de sa tante.

La mort.

Il avait toujours su qu'il était mort ce jour-là.

C'était logique qu'il doive mourir de nouveau.

Mais, sans lien avec Brynn, il savait qu'il aurait l'impression d'être mort de toute façon. Elle valait plus que tout, même que sa vie.

— Faites-le, chuchota-t-il. Tuez-moi.

Chapitre 14

— Non. Vous ne pouvez pas juste le tuer.

Brynn faisait les cent pas à l'intérieur de la clinique, les mains sur les hanches. Walker était venu la guérir pendant qu'elle était inconsciente. À cause du produit qui enduisait la lame, il leur avait fallu à eux tous mobiliser beaucoup d'énergie. Son visage avait guéri vite, mais sa hanche avait tellement souffert qu'elle conserverait une cicatrice.

Une cicatrice qui lui rappellerait le jour où elle avait failli perdre son compagnon.

Et qu'elle soit damnée si elle devait encore le perdre.

— Ce n'est pas une vraie mort.

Les mots de Finn l'arrachèrent à ses pensées et la ramenèrent au moment présent. Elle lui fit un doigt d'honneur.

— Je t'emmerde. Tu ne vas pas mourir pour voir si tu peux réparer ton loup. Hors de question. On trouvera un autre moyen.

Finn se planta devant elle, l'obligeant à s'arrêter.

— Si c'est pour pouvoir être véritablement avec toi, je mourrais avec plaisir. Ils me ramèneront.

Brynn grogna.

— Non.

— Tu crois que je souhaite la mort de mon fils ? demanda Kade. Tu crois que c'est une décision facile ?

— Ce n'est pas la tienne, rétorqua Brynn d'un ton brusque.

Kade gronda tout bas, et du coup son frère Gideon gronda à son tour. Génial, à présent ils auraient un putain de défi d'Alphas sur les bras.

— Brynn, chuchota Finn. C'est ma décision.

— Ça devrait être la nôtre, dit-elle.

Elle savait qu'elle avait l'air de faire un caprice, mais bon sang, elle ne pouvait pas permettre qu'il soit blessé. Parce qu'il n'était pas juste question qu'il meure. Non, il devait mourir exactement de la même façon que la dernière fois. Ils devraient lui casser de nouveau tous les os du corps et le tuer pour qu'Hannah et Mark puissent le ramener parmi les vivants, avec Walker qui jouerait le rôle d'ancrage. Hannah était plus âgée à présent, plus expérimentée. Et tout le monde la croyait capable de réparer le lien qui avait été abîmé entre Finn et son loup.

Et quand ce serait fait, il pourrait s'unir à Brynn.

Ça ne valait vraiment pas le coup.

— Pas question, dit-elle doucement. On ferait mieux de s'occuper de nos ravisseurs. Pas de ça.

— Brynn, grogna Gideon. On s'en occupe. Mais là, tout de suite, vous devez vous unir correctement, toi et Finn. Sinon ça va foutre le bazar dans nos meutes. Tu le sais. Tu l'as déjà fui pour cette raison-là.

Le souffle coupé, Brynn fusilla Ryder du regard.

— Traître.

Elle lui avait confié ses peurs et son frère avait tout répété aux autres.

— Ils avaient besoin de savoir, dit Ryder éhontément. Mais écoute Kade, d'accord ? Bizarrement, il n'est pas juste question de toi.

— Quoi ? demanda-t-elle, complètement déconcertée.

Pourquoi en savaient-ils tous plus qu'elle ? Elle n'était pas restée inconsciente si longtemps que ça, si ?

— Comme je l'ai dit, je ne veux pas faire de mal à mon fils, dit Kade d'un ton morne. Mais il ne s'agit pas uniquement de votre union. S'il y a un problème concernant son lien avec son loup, il pourrait y avoir un problème de lien avec la meute également.

Elle croisa le regard de Finn et enroula les bras autour de sa taille. Il n'avait pas remis de chemise et elle voyait encore la nouvelle peau légèrement plissée qui se formait par-dessus ses blessures.

— C'est vrai ?

— Je n'en sais rien. Je n'ai jamais été l'Héritier sans que mon lien à mon loup soit… abîmé. Si je peux être plus utile à ma meute en faisant ça, si je peux sauver les miens, bien sûr que je le ferais. Mais, Brynn, tu es tout pour moi. Je le ferais pour toi en un battement de cœur.

Ses paroles glissèrent sur elle et elle eut les mains qui tremblèrent.

— Je… je suppose qu'il faut le faire, alors.

Elle ne se raccrocha pas à l'espoir que ça fonctionne. Tant que Finn s'en sortait vivant, c'était tout ce qui comptait. En ce qui la concernait, un lien d'union entre elle et Finn n'était rien comparé au fait de savoir qu'il respirait.

Finn lui couvrit la joue de la main et lui effleura les lèvres d'un baiser.

— Je t'aime.

— Je t'aime aussi. Je ne veux pas que tu souffres.

Elle retint ses larmes. Elle ne pleurerait pas devant tout le monde. Le seul devant lequel elle pleurerait désormais était Finn. Il était celui vers lequel elle se tournerait toujours et elle espérait qu'il en serait de même pour lui.

Finn lui adressa un sourire triste.

— Je crois que c'est inévitable.

Brynn poussa un soupir tremblant.

— Alors, c'est pour quand ?

— Maintenant, dit Hannah, la voix forte.

Pour une femme qui s'apprêtait à tuer le compagnon de Brynn, elle paraissait remarquablement calme. Enfin, jusqu'à ce que Brynn plonge le regard dans ses yeux, bien sûr. La Guérisseuse craquait à l'intérieur, et quelque chose disait à Brynn que s'il ne s'était pas agi de Finn, elle ne l'aurait pas fait. Hannah tentait de redresser un tort qu'elle n'avait pas vraiment commis, et ça faisait souffrir tout le monde.

Brynn soupira et s'écarta de Finn, gardant sa main dans la sienne.

— Hannah. Tu n'as pas fait ça. C'est Caym. Je le sais et je parie que tout le monde dans cette pièce le sait aussi.

— Bien dit, grogna Josh.

Il enroula le bras autour de la taille d'Hannah tout en passant l'autre autour de celle de Reed avec assurance.

— Mais elle le sait, non ? ajouta Reed.

Hannah regarda ses compagnons en roulant des yeux avant de hocher la tête.

— Je le sais. Ce qui ne m'empêche pas de me sentir coupable, mais je sais que c'est le démon qui a fait ça. Maintenant, je vais le réparer. (Elle releva le menton.)

« Nous » allons le réparer. Et si ça peut renforcer les liens de Finn avec la meute et lui permettre d'aider les nôtres avec plus de pouvoir, alors tant mieux.

Elle serra les poings et indiqua la table d'examen d'un signe de tête.

— Allonge-toi, Finn. On s'y met tout de suite. Chaque dominant présent dans la pièce cassera un os, peut-être deux. Ils pourront te tenir et se débrouiller pour que ce soit aussi rapide que possible. Ça ne te tuera pas, pas complètement, mais North s'en chargera alors en t'administrant un cocktail de drogues qui font effet sur les loups. Quand tu seras parti… (sa voix se brisa) quand tu seras parti, on te guérira, Mark et moi, mais mieux que la dernière fois. Walker nous guidera puisqu'il n'a pas les liens que nous avons avec toi, mais en tant que Guérisseurs, on a notre propre façon de jouer les ancrages.

Brynn cligna des yeux alors que la petite femme pulpeuse parlait de casser des os et d'euthanasier Finn. Cette femme était la tante de Finn, elle faisait partie de sa famille et de sa meute, pourtant elle en parlait comme si ce n'était rien. La force que devait posséder Hannah pour être capable d'un tel exploit était stupéfiante. Brynn ne l'en admira pas moins. Même si sa louve la détestait juste un peu pour ce qu'elle devait faire.

Finn l'embrassa encore, passionnément cette fois-ci.

— Je reviendrai.

Brynn refusa de le lâcher.

— Je ne quitterai pas la pièce, Finn. Je serai présente tout du long.

— Tu n'as pas à regarder ça.

— Si. J'en ai besoin. Je dois être là pour toi. Ne me demande pas de partir parce que je refuserai.

Mélanie s'approcha de Brynn et lui prit la main.

— Je serai avec toi. Je… je ne peux pas briser les os de mon bébé, chuchota-t-elle à l'oreille de Brynn.

Kade les rejoignit, le visage grave.

— Je me tiendrai près de vous, moi aussi. Mon loup ne me laissera pas accomplir ce qui doit l'être.

Ses paroles ne trahissaient pas une faiblesse, mais plutôt une force. Il aimait trop son fils, son Héritier, pour pouvoir lui faire du mal – même si c'était nécessaire.

Finn embrassa encore Brynn puis adressa un signe de tête à ses parents.

— Ça va aller.

Lorsqu'il marcha jusqu'à la table et s'assit, Brynn crut que sa louve allait bondir hors d'elle et tuer tous ceux qui oseraient toucher son compagnon.

Kade se plaça devant Mélanie et Brynn, une expression étrange sur le visage.

— Tu te rappelles, Mel ? Je crois me rappeler que mes frères m'ont retenu quand on t'a transformée.

Mélanie ferma les yeux et posa les mains sur la poitrine de son compagnon.

— Je me rappelle. Je me rappelle que tu as hurlé pour moi. Je ne veux pas avoir à hurler pour mon garçon, Kade.

— Ne t'en fais pas pour ça, dit Brynn doucement. Je hurlerai.

À quoi bon mentir ?

— Et c'est pour cette raison que je vous retiendrai toutes les deux. Notre Finn est fort.

Les paroles de Kade recélaient une promesse qui permit à la louve de Brynn de respirer. Cet homme serait bientôt son Alpha si les choses se déroulaient comme ils l'espéraient. C'était un homme bon. Mais là, tout de suite, elle voulait juste s'assurer que Finn allait bien.

— Prenez place, ordonna Hannah.

Mark se tenait à ses côtés près de la tête de Finn. Walker était derrière eux, les mains sur chacune de leurs épaules. Gideon, Ryder, Mitchell, Josh, North, Cailin, Logan, Maddox et d'autres Redwood et Griffes se pressèrent autour de la table. Chacun d'eux posa les deux mains à différents endroits du corps de Finn, rassemblant leur courage.

Par la déesse. Ils allaient vraiment le faire.

Ils allaient le casser.

Un grognement qui se mua en gémissement échappa à Brynn et Kade mit la main sur sa hanche indemne.

— Maîtrise-toi, chuchota-t-il.

Mélanie émit un son similaire et se laissa aller contre son compagnon.

— Prêts ? demanda Hannah.

Elle avait la voix ferme, même si Brynn ne distinguait pas la femme, masquée par les autres participants.

— Aussi prêt que je le serai jamais, chuchota North.

Les autres acquiescèrent d'un signe de tête.

— Maintenant ! cria Hannah.

Le bruit hanterait à jamais les rêves de Brynn. Chaque loup bougea aussitôt, brisant les os entre leurs doigts. Le vacarme résonna contre les murs, dans son esprit et dans son cœur. Finn cria une fois puis se tut. Brynn hurla et poussa Kade, qui la retint, fermement. Elle arracha son regard à la masse de corps pour le poser sur l'Alpha de son compagnon, les yeux jetant des éclairs.

Elle continua à le pousser jusqu'à ce qu'elle voie véritablement le loup dans ses yeux et la teinte grise qui émanait de sa peau. Ce qui se passait le tuait tout autant qu'elle. C'était son fils qui était derrière lui.

Putain !

— Reculez, cria Hannah.

Le groupe qui entourait Finn se déplaça comme un seul homme. Brynn observa les visages des loups. Ils étaient tous livides et avaient l'air malades, prêts à vomir.

Bien.

— North, fais ton truc, dit Hannah doucement.

North déglutit péniblement et Brynn poussa Kade, sa louve ayant pris le contrôle.

— Non ! hurla-t-elle.

— Maîtrise-toi, chuchota Kade, la voix un chouïa plus faible qu'avant.

North planta une seringue dans la peau de Finn et Brynn échappa à l'étreinte de Kade. Elle savait que l'Alpha l'avait laissée partir. Elle ne faisait pas le poids contre lui. Mais franchement, c'était trop tard. Les battements de cœur de Finn ralentissaient.

Ralentissaient encore.

Puis s'arrêtèrent.

Finn était mort.

Parti.

Perdu.

Hannah commença à psalmodier, les bras tendus au-dessus du haut du corps de Finn. La voix au registre plus bas de Mark se joignit à elle, même s'il garda fermement les mains au-dessus de la tête de Finn. Brynn empoigna la main de Finn, l'implorant de revenir. De lui revenir.

— Tu ne peux pas me laisser, Finn Jamenson. Je vais te botter les fesses si tu ne reviens pas.

— Elle est sérieuse, vraiment, murmura Mitchell.

— Reviens, murmura Mélanie.

— Reviens, répéta Brynn.

Elle attendit.

Elle ignorait combien de temps, mais elle attendit. Hannah resta debout, ses compagnons la soutenant à la fin, les autres soutenant Mark et Walker. Finn ne bougea jamais. Ne tressaillit jamais.

Sa main devint froide dans la sienne.

Il était mort.

Pas juste une petite mort, une mort partielle.

Vraiment mort.

Elle rejeta la tête en arrière et hurla à la mort. D'autres se joignirent à elle, mais elle ne savait pas qui – un mélange de Redwood et de Griffes.

La main de Finn tressaillit dans la sienne.

Brynn déglutit bruyamment et baissa les yeux, intimant à Finn de revenir à lui.

— Reviens à toi pour moi, Finn. Ouvre les yeux pour que je sache que tu es là. Reviens-moi.

Il battit des cils et Hannah recula, s'écroulant de fatigue dans les bras de ses compagnons. D'autres aidèrent Mark et Walker à quitter la pièce, leur attention tournée vers ceux qui avaient risqué leur vie pour son compagnon. Brynn n'avait d'yeux que pour l'homme qu'elle aimait.

Il ouvrit brusquement les yeux.

— Brynn.

Il avait la voix forte, pas comme s'il venait juste de mourir devant elle, putain !

— Oh ! louée soit la déesse !

Elle se pencha et s'empara de ses lèvres. Finn posa la main sur sa nuque et approfondit leur baiser. Elle laissa échapper un gémissement surpris avant de s'écarter.

— Finn ?

Il s'assit, semblant complètement guéri. Une lueur dorée flamboyait dans ses yeux.

— Mon loup. Je le sens, putain ! Je l'entends. Je te sens, Brynn. Putain de merde ! C'est ce que tu ressentais depuis le début ? Comment as-tu bien pu le supporter ?

Il descendit de la table et l'embrassa encore, avant de s'écarter quand quelqu'un se racla la gorge.

— Je suppose que ton lien avec ton loup est plus fort ? demanda Kade.

— Oui. Je peux… j'ignorais que je passais à côté de tout ça.

Une sorte de crainte dans sa voix la surprit. Elle posa la tête sur son torse, les battements de cœur énergiques sous son oreille l'apaisant d'une façon qu'elle n'aurait pas cru possible.

Elle lui couvrit la joue de la main et sourit.

— Tu es revenu.

— Je reviendrai toujours pour toi.

— Vous devez guérir encore un peu tous les deux avant de pouvoir achever votre union, dit North d'un ton pince-sans-rire. Je sais que l'appel de l'union est fort entre vous, mais vous devez patienter. Tu viens juste de mourir, Finn, et Brynn n'est pas encore entièrement remise de l'attaque contre vous.

Finn grogna et souleva prestement Brynn, l'installant sur la table.

— Ta hanche ? Tu as besoin de dormir. Laisse-moi aller te chercher une couverture. (Il ferma les yeux et respira profondément.) Merde ! Mon instinct protecteur a toujours été développé, mais maintenant avec mon loup qui me tanne, c'est encore pire.

Brynn sourit. Elle ne put s'en empêcher. Sa louve était tellement heureuse. Le loup de Finn était terriblement fort. Leur loup à elles. Elle attendrait qu'ils soient tous deux suffisamment guéris pour achever l'union. À présent qu'elle savait que celle-ci aurait bel et bien lieu, elle pouvait respirer pour la première fois depuis ce qui lui semblait être une éternité.

— Bienvenue au sein de la meute, dit Kade doucement. Et quand vous serez unis, on t'accueillera de manière plus officielle. Merci d'avoir sauvé mon fils. Et quant à ceux qui s'en sont pris à vous, on trouvera les complices de ces deux humains. N'en doutez pas une seconde.

Il serra son fils dans ses bras, Mélanie en fit autant, puis ils laissèrent Brynn et Finn seuls dans la salle de consultation avec North.

Le médecin sourit, son loup dans les yeux.

— Je dois vous examiner tous les deux. L'autre médecin, Noah, est dans la salle d'attente avec la famille de Finn et une grande partie de la meute. Il s'assurera qu'Hannah, Mark et Walker vont bien. Mais laissez-moi vous examiner tous les deux, puis vous aurez besoin de dormir. Le temps de l'union et du châtiment viendra. Pour l'heure, remerciez juste la déesse d'être ensemble.

Elle se laissa aller contre son compagnon, consciente que North disait la vérité. Son compagnon était loup jusqu'à la moelle. Le mal qu'avait fait le démon avait été réparé.

Enfin.

Et bientôt, elle aurait son lien, son compagnon, son avenir.

Tout.

Avantage

Charles McMaster regarda fixement les deux cadavres allongés sur la table d'autopsie sur l'écran devant lui et retint un juron. Les loups avaient été plus forts qu'il ne l'avait cru. D'après ses recherches, aucun loup n'aurait dû être capable de briser ces entraves. Ils devraient les renforcer pour la prochaine fois.

Parce que, il y aura une prochaine fois, bien sûr. Ce n'était qu'un coup dans une partie d'échecs complexe. Il n'échouerait pas. Il n'échouait jamais.

— Brûlez les corps et veillez à disperser les cendres. Faites disparaître le bâtiment, aussi.

Pas question qu'on puisse remonter jusqu'à lui. En l'occurrence, il s'agissait d'un appel sécurisé, mais encore une fois, on n'était jamais trop prudent.

— Bien sûr, monsieur.

Le soldat s'exécuta et raccrocha.

Charles se passa la main sur le visage et fronça les sourcils. Il avait voulu en savoir plus sur les deux loups qui appartenaient à des meutes différentes, mais semblaient être ensemble. Brynn et Finn étaient devenus les visages des loups et les humains commençaient à prendre parti pour eux. Ça ne pouvait pas continuer.

Il devrait utiliser à son avantage la violence dirigée contre eux. Après tout, s'il avait l'air de s'intéresser aux explosions de violence dans l'intérêt des leurs, les humains commenceraient à prendre son parti. Sauf que les humains n'en sauraient rien jusqu'à ce qu'il soit trop tard.

Des moutons.

Tous autant qu'ils étaient.

Il s'assurerait juste que les humains ignoraient que le loup déguisé en agneau n'était pas un loup du tout.

Il utiliserait tout ce qu'il pourrait à son avantage. Et, un jour, les loups mourraient et il se servirait de leur pouvoir pour ses propres desseins.

Avantage.

Perfection.

Chapitre 15

Finn était plus que prêt. Plus que prêt. Il roula sur le dos et jeta son bras sur ses yeux. Il s'était écoulé quatre jours depuis qu'il était mort et était revenu plus fort avec un lien plus solide avec son loup. Charlotte avait déménagé discrètement, les laissant seuls Brynn et lui. Il ne le lui avait pas demandé. En fait, il avait prévu de se chercher une nouvelle maison. Mais fidèle à elle-même, Charlotte avait souri avant de lui donner une tape sur l'arrière de la tête, affirmant pouvoir trouver rapidement un autre endroit où vivre, qu'il aurait besoin de passer du temps seul avec Brynn. Sa cousine le connaissait mieux que beaucoup.

Il était entièrement rétabli – tout comme la femme endormie près de lui. Le fait qu'il ne faisait que dormir près de Brynn dans son lit au lieu d'achever leur union le mettait terriblement à cran. C'était amusant, ils avaient déjà fait l'amour et pourtant il était affreusement nerveux.

Et s'il avait été mal rafistolé ?

Et s'il ne pouvait pas achever l'union alors même qu'il sentait leur lien potentiel ?

Bien sûr, dès que ces pensées lui traversèrent l'esprit, il eut l'impression d'être un enfoiré. Les quatre derniers jours n'avaient pas été juste consacrés à leur rétablissement, mais aussi à retrouver leurs ravisseurs. Les deux humains qui les avaient attaqués étaient morts, mais ils n'avaient pas agi seuls. Ce n'était jamais fini.

Finn était terriblement las, aussi.

— Cesse de réfléchir autant, murmura Brynn près de lui.

Il roula sur le côté et appuya la tête contre sa main pour pouvoir la regarder se réveiller. Elle lui sourit, battant des cils alors qu'elle ouvrait les yeux.

— Bonjour, ma compagne.

Elle s'humecta les lèvres.

— Bonjour, mon compagnon.

Il grogna quand elle glissa la main entre eux, l'attrapant à travers son boxer long. Ils dormaient en sous-vêtements l'un près de l'autre depuis quatre jours. Certains appelleraient ça de la tentation ; Finn disait que c'était une autre forme de torture.

— Tu te sens mieux aujourd'hui ? demanda-t-il, faisant courir ses doigts sur sa peau.

Il ne pouvait pas s'empêcher de la toucher. Son loup le poussait, une sensation nouvelle qui l'apaisait plus qu'il ne l'aurait pensé. Bon sang, il était passé à côté d'une si grande partie de sa vie parce qu'il n'avait pas été capable d'entendre pleinement son loup. Il avait su dès le départ qu'il savourerait chaque aspect de son nouveau lien avec son loup et avec la femme devant lui et qu'il ne cesserait jamais d'être reconnaissant de les avoir dans sa vie.

— Oui, chuchota-t-elle, serrant sa queue dans sa main.

Il laissa échapper un gémissement, se balançant contre sa paume.

— Brynn…

— Ne commence pas avec tes Brynn. L'heure est venue, Finn. Fais-moi l'amour. Baise-moi. Fais-moi tout ça. Je veux juste t'avoir en moi, bon sang. Je veux le lien. Et toi aussi.

Sa voix était dépourvue de la moindre incertitude. Sa compagne dominante savait ce qu'elle voulait, et qu'il soit damné si elle ne l'obtenait pas.

Il l'aimait, putain !

Il baissa les lèvres, l'embrassant tendrement.

— Bien sûr que je veux notre lien. Je voulais juste m'assurer que tu étais prête. (Il lui couvrit la joue de la main, passant le pouce sur sa pommette.) Je ne voulais pas te faire de mal. Je ne te ferai jamais de mal, princesse, jamais.

Brynn tourna la tête et aspira son pouce dans sa bouche. Cette vision lui arracha un gémissement.

— Je le sais. Je suis rétablie, tout comme toi. Alors cessons d'attendre et faisons ce qu'on aurait dû être capable de faire il y a si longtemps.

Finn ouvrit la bouche pour parler, mais ne parvint qu'à gémir. Bruyamment. Brynn descendit soudain le long de son corps et sortit sa queue de son boxer. Quand elle lécha sa fente, il faillit jouir sur-le-champ. Trop embarrassant.

Elle referma la bouche sur son gland, les yeux dans les siens alors qu'elle le chauffait.

— Brynn. Putain ! Ta bouche.

Il fut un temps où il maniait la langue anglaise avec plus d'aisance.

Elle s'écarta, un grand sourire effronté sur le visage.

— Je vais te goûter tout entier, Finn. Et ouais, tu peux baiser ma bouche. C'est pour ça que je suis descendue.

Elle retourna à ce qu'elle était en train de faire, roulant ses testicules dans sa main tout en baissant et remontant la tête. À chaque caresse, chaque coup de langue, elle le prenait plus profondément, l'enveloppant dans une chaleur si humide qu'il dut se retenir de jouir.

— J'adore ta bouche, chuchota-t-il avant de la hisser par les épaules. Mais j'ai besoin d'être en toi. Maintenant. (Il l'embrassa et d'une griffe coupa sa culotte sur le côté.) Chevauche-moi.

Elle roula des yeux et passa une jambe sur lui, lentement, oh ! si lentement, baissant son corps au-dessus de sa queue.

— Douce déesse, gémit-elle. Était-ce aussi bon avant ?

Elle roula des hanches, faisant loucher Finn. Elle remonta son débardeur, dénudant sa poitrine. Bon sang, il adorait ses nichons.

Il tendit les mains pour en couvrir ses seins, faisant rouler ses tétons entre ses doigts.

— Ça a toujours été plus que bon entre nous, Brynn. Mais maintenant ? C'est tellement mieux.

Il souleva les hanches, venant à la rencontre de chacun de ses assauts. Son intimité le serra fort et il jouit presque, mais pas sans elle. Jamais sans elle.

Il fit monter et descendre ses mains sur son corps, brûlant de sentir sa peau sous ses paumes. Il aimait cette femme, cette guerrière, cette louve. Elle était tout et plus encore. Il avait rêvé de trouver une compagne, mais celle-ci n'avait jamais eu la profondeur bien réelle de Brynn. Elle était tellement plus qu'un rêve, tellement plus qu'une compagne idéale. Elle était réelle, décomplexée et sienne, bon sang. Non qu'il la possède, loin de là. Non, il était tout autant à elle. Ils s'appartenaient l'un l'autre, ils étaient des compagnons prédestinés, pourtant le destin ne jouait qu'un rôle mineur dans leur histoire. Il avait rêvé d'elle sans savoir que c'était la volonté du destin. Il avait réclamé en suppliant que les choses changent avec elle et il avait été exaucé. Elle était tout pour lui et il vivrait le reste de sa vie en lui prouvant qu'il en valait la peine.

— Marque-moi, grogna-t-il. Marque-moi et fais-moi tien.

Elle rejeta la tête en arrière et le chevaucha avec abandon avant de s'écrouler sur son torse. Il inclina la tête sur le côté et glissa au bord de la volupté alors qu'elle le mordait, le marquant à jamais. Une partie de lui dont il avait ignoré l'existence se mit en place, renforçant son nouveau lien prédestiné.

— À ton tour.

Elle se déplaça sur le côté, dénudant son épaule et son cou pour lui.

Son loup hurla à la lune, le suppliant. Il laissa ses crocs jaillir de ses gencives et lui mordit l'épaule, la marquant. Le lien qui les reliait palpita puis se scella en une promesse éternelle.

Il retira ses crocs puis roula avec elle, allant et venant en elle alors qu'elle soulevait les hanches, venant à la rencontre de chacun de ses coups de reins.

— Jouis avec moi, Brynn, ma compagne.

Il écrasa sa bouche contre la sienne, l'embrassant avec tout son cœur, toute son âme.

Et quand son intimité se contracta autour de lui et qu'elle se cambra, il la suivit, la remplissant jusqu'à ce qu'ils soient tous deux recrus, en sueur et comblés. La dernière partie du lien d'union, celle qui reliait les deux humains ainsi que les loups, se mit en place et une chaleur l'envahit.

— Je te sens, sanglota-t-elle, la voix empreinte d'un émerveillement mêlé de crainte.

Des larmes lui roulèrent sur les joues et Finn les fit disparaître une à une d'un baiser.

— Je te sens, moi aussi.

Et c'était vrai. Une force chaleureuse qui l'aiderait à rester debout s'il devait jamais tomber. Avec le temps, certains compagnons ressentaient un lien encore plus profond et développaient même des pouvoirs. Un jour, ce serait peut-être leur cas, à eux aussi. Mais pour l'heure, il avait Brynn et sa louve. Il n'avait besoin de rien d'autre.

Brynn écarquilla les yeux et ouvrit la bouche en un cri.

Finn roula sur le côté, les asseyant tous deux alors même qu'il était toujours profondément enfoui en elle.

— Qu'est-ce qui ne va pas ?

Elle porta la main sur son cœur et lui adressa un sourire penaud.

— Je ne m'attendais pas à l'autre partie.

Les sourcils froncés, il lui frotta les bras.

— Quelle partie ? Tu vas bien ? Qu'est-ce qui ne va pas ?

— Je suis une Redwood maintenant, murmura-t-elle. Lorsque je me suis unie à toi, les liens m'ont rattachée à ta meute. J'ai crié parce que j'ai d'abord dû couper mon lien avec les Griffes. C'est la toute première fois que je ne sens pas mes frères. Ça fait… bizarre.

Il lui embrassa les joues, les lèvres.

— Je suis désolé, Brynn. Je sais que c'est difficile. (Il déglutit.) Si ça avait été possible, j'aurais intégré les Griffes.

Elle lui prit le visage entre ses mains.

— Je le sais. Et je ne suis pas triste d'être une Redwood. C'est juste différent. Tu es l'Héritier et maintenant je suis ta compagne. Ça ne pouvait être que comme ça. Kade m'a acceptée au sein de la meute et c'est pour ça que tout s'est passé si vite. Si je n'y avais pas été prête, il en aurait été autrement. Alors embrasse-moi, mon compagnon, et fêtons ça tous les deux. Je ne pleurerai pas ce que j'ai perdu parce que j'ai tant gagné.

Il l'embrassa comme elle l'avait demandé, rapprochant sa poitrine de la sienne pour sentir son cœur battre contre sa peau en plus du lien.

— Je t'aime.

— Je t'aime aussi. (Elle lui sourit, les yeux pétillants.) Bon, et si on mettait à l'épreuve la fameuse endurance des métamorphes ?

Il ricana puis la fit rouler sous lui, ce mouvement leur arrachant un gémissement à tous les deux.

— Ça me va.

Il serait heureux de faire ça tous les jours jusqu'à la fin des temps. Il avait sa compagne, sa Brynn. Il n'avait besoin de rien d'autre.

— Si tu n'arrêtes pas de sourire comme ça, je vais te frapper, dit Brynn près de lui.

Finn sourit un peu plus et porta leurs mains jointes à sa bouche.

— Je t'aime et je marche vers le café où je suis tombé amoureux de toi. Tu es ma compagne et je sens ta louve. Je ne peux pas m'empêcher de sourire.

Elle roula des yeux, mais sourit, elle aussi.

— Tu fous en l'air ta réputation de grand méchant loup.

— Sans regret. Pour toi.

— Crétin.

— Ton crétin.

— Par la déesse. Si j'avais su que tu serais aussi fleur bleue…

— Quoi ? Tu te serais aussi unie à moi ?

Il lui vola un baiser et continua à marcher. Elle s'appuya contre lui et il sourit encore. Putain ! Il devait cesser de sourire autant. Mais c'était plus fort que lui. La veille, ils étaient restés au lit jusqu'à ce qu'ils puissent à peine marcher, qu'ils aient la gorge sèche et que leur estomac crie famine. Sérieux, il ne connaissait pas de meilleure façon de passer sa journée.

À présent, ils reprenaient leur mission : prouver aux humains que les loups n'étaient pas différents d'eux. Les humains ne devraient pas s'arrêter au fait que les loups étaient plus forts, plus rapides et pouvaient tuer. Les humains, comme ils avaient tous pu le constater, pouvaient tuer, eux aussi. Les humains représentaient tout autant une menace que les métamorphes. Qu'ils passent à l'acte ou non dépendait de l'individu.

Ils ne connaissaient toujours pas l'identité de leurs ravisseurs, au-delà des deux humains qui les avaient enlevés. Ils ignoraient qui avait commandité l'attaque. C'était ce qui les effrayait plus que tout. Parce qu'ils ne pouvaient pas continuer à se battre contre un ennemi dont ils ne savaient rien. En revanche, ils savaient que les deux hommes qui les avaient enlevés n'avaient pas agi seuls. On devait pouvoir remonter jusqu'à leurs complices et Finn ne doutait pas que les Redwood et les Griffes y parviendraient. Cela faisait des siècles qu'ils protégeaient leurs meutes. Ils avaient vaincu un démon qui venait des profondeurs mêmes des enfers. Ils trouveraient un moyen de se mettre à l'abri des humains.

Les humains.

Ceux qui n'avaient pas de magie ni n'étaient capables de se transformer. Pourtant, leur plus grand ennemi.

La souffrance de sa meute, la souffrance des Griffes, jusqu'à la mort de Franklin, tout cela ne serait pas en vain.

Brynn serra la main de Finn et il baissa les yeux vers elle, avant d'avoir les cheveux qui se dressent sur la tête. Une bande de sept humains s'avançait vers eux, les poings serrés le long du corps et les yeux lançant des éclairs.

Merde !

Il n'était pas d'humeur, putain ! Il marchait juste sur le trottoir avec sa compagne. Il ne s'était pas transformé, il ne grognait même pas ni n'avait laissé émerger son loup. Si leurs visages n'avaient pas été connus comme étant ceux de métamorphes, personne ne se serait douté de leur vraie nature.

Malheureusement, quelque chose lui disait qu'il s'apprêtait à voir la vraie nature des humains devant lui.

Et que ça n'allait pas lui plaire.

— Vous feriez mieux de retourner dans vos tanières. On n'a pas besoin de vous ici.

Brynn inclina la tête sur le côté pendant que l'homme parlait. Finn continua à lui tenir la main. Leur Alpha leur avait dit que ce serait leur dernière sortie publique. La situation avait évolué. Ils étaient censés montrer qu'ils étaient vivants et allaient bien à ceux qui les regardaient peut-être, mais ensuite, les gens devraient savoir que même s'ils avaient l'air inoffensifs et l'étaient tant qu'on ne leur faisait pas de mal, ils ne seraient jamais sans défense.

Il avait fallu en arriver là, même si ça avait été inévitable.

Les gens avaient peur de l'inconnu et ceux qui tiraient les ficelles n'étaient pas disposés à révéler leurs véritables intentions. La prochaine phase se préparait, et Finn était prêt à défendre le moment venu ceux qu'il considérait comme étant les siens.

Parce qu'il savait que jamais ils ne s'en sortiraient indemnes. Non, pas ce jour-là, pas avec les gens qui étaient devant lui. Mais sur le long terme. Dès qu'ils démantelaient un groupuscule, une bande ou un couple de personnes, un autre prenait soudain sa place. Ils étaient éparpillés, de forces variables et ils se battaient sur de trop nombreux fronts. Le moment viendrait où ils devraient unir leurs forces, et Finn n'était pas sûr que ceux qu'il aimait en sortiraient indemnes.

Et bon sang, ce n'était pas ce qu'il voulait.

Il voulait la paix.

Sauf qu'il savait qu'il devrait se battre pour l'obtenir.

— On va prendre un café et vous allez nous laisser tranquilles, dit Finn, la voix calme.

Trop calme – même si les humains l'ignoraient.

— J'ai dit que vous feriez mieux de partir, répéta l'humain.

— Nous ne faisons rien de mal, dit Brynn d'un ton cassant. Vous êtes sur notre chemin. Nous n'hésiterons pas à appeler la police s'il le faut.

Finn se passa la langue sur les dents. Ils connaissaient certaines personnes au sein des forces de l'ordre du coin, mais il ignorait quel parti prendraient les agents qui se pointeraient. Sa loyauté allait à sa meute et tout le reste passait après. Et à présent il semblait qu'il pourrait bien être amené à le montrer publiquement.

— Vous représentez une menace pour nos enfants, dit un homme à la voix plus douce. Si vous gardiez vos distances comme avant, tout irait bien.

Finn secoua la tête.

— Nous ne sommes pas une menace pour vos enfants. Au contraire, ce sont les agissements de ceux qui nous haïssent qui constituent une menace pour nos propres enfants. Tu dis qu'on ferait mieux de recommencer à nous cacher ? Mais on ne se cachait pas vraiment avant. On marchait parmi vous, on était amis avec vous et on était vos voisins. On occupait des emplois et on épousait ceux qu'on aimait. On avait des enfants. On a grandi ensemble, mais vous avez tous l'air de l'avoir oublié maintenant.

Brynn poursuivit à sa place.

— Avant que vous appreniez à nous craindre, nous vivions parmi vous. Maintenant que vous croyez savoir qui nous sommes, vous écoutez les mensonges qu'on raconte sur nous plutôt que de vous fier à ce que vous voyez de nous, et vous pensez que nous devrions nous cacher. Ou pire, vous essayez de nous tuer. (Elle agita la main dans leur direction.) Regardez-vous. Sept contre deux, et tout ce que nous avons fait, c'est marcher sur le trottoir en nous tenant la main. Vous trouvez ça bien ? Vous trouvez ça normal ?

— Vous n'êtes pas normaux, dit l'un d'eux.

— Non, je suppose que non, convint Finn. Mais bon, parce que vous l'êtes, vous ? Y a-t-il quelqu'un de normal parmi nous ? Nous ne sommes pas humains, je vous l'accorde. Mais nous ne vous avons fait aucun mal. Nous voulons pouvoir vivre en paix. Mais ce n'est pas facile quand, rien que cette semaine, on m'a enlevé avec la femme que j'aime et on nous a découpé le corps avec des couteaux. Vous trouvez ça normal ?

— Et où sont ces types ?

— Comment ça se fait que vous soyez rétablis maintenant ?

Finn lâcha un juron. Ces personnes ne comprendraient pas. Pas tant qu'il ne leur arrivait pas quelque chose qui le leur ferait comprendre. Sauf que Finn ignorait ce que ça pourrait être. Il le découvrirait forcément dans un avenir proche, cependant. Ils le devaient.

— Nous n'accepterons pas que vous fassiez du mal à nos enfants, à nos familles, dit Finn, la voix ferme. Vous avez un jour vécu avec nous et j'espère que ce sera vite de nouveau le cas. (Il fit face à un badaud qui tenait un téléphone, la caméra tournée vers lui.) Nous ne sommes pas les animaux que vous craignez, mais si vous faites du mal à nos enfants, si vous nous bombardez et menacez de nous tuer, alors nous vous montrerons notre force. Nous sommes des loups, mais nous ne sommes pas mauvais.

Sur ces mots, il tourna le dos aux humains. Brynn en fit autant. Ils avaient tenté de montrer qu'ils ne constituaient pas une menace et avaient été blessés. Sa compagne avait été blessée, putain ! Il était temps que les humains connaissent la vérité qui se dissimulait derrière ce qu'ils craignaient. Les métamorphes ne s'en prendraient pas à ceux qui ne leur avaient rien fait, mais c'était peut-être une bonne chose que certains les craignent.

Si les métamorphes étaient des prédateurs dominants, ce n'était pas pour rien.

Il retourna à sa voiture avec Brynn puis roula jusqu'à la tanière en silence. Brynn n'avait pas encore complètement emménagé avec lui, mais elle avait la plupart de ses affaires chez lui. Penser à ce genre de petits détails l'aidait à maîtriser son loup. En l'occurrence, il voulait se transformer pour arpenter la forêt, ayant besoin de nature et de ressentir leurs liens.

— Eh bien, Kade nous a dit de montrer notre force, dit Brynn avec ironie. Je suppose que les mots sont une forme de force de nos jours. Je suis heureuse qu'on n'ait pas dû montrer notre force autrement.

Il lui prit la main alors qu'il franchissait les barrières de la tanière et roulait vers leur maison.

— Je suis dégoûté qu'on ait dû renoncer à aller au café, mais je n'étais pas d'humeur à me battre contre eux. Ils étaient peut-être armés. Mais surtout les humains auraient vu qu'on est super forts physiquement. Et je n'avais pas envie qu'ils puissent filmer ça.

— Encore, dit Brynn doucement. Ils nous ont déjà vus nous battre avant et le verront encore.

— Ce n'est pas terminé.

— Non. Et je crains que ça ne le soit pas avant un moment.

Quand ils s'arrêtèrent devant sa – non, « leur » – maison, il coupa le contact puis lui prit la main, lui frôlant la peau des lèvres.

Elle se pencha par-dessus le tableau de bord et l'embrassa à l'épaule. Son loup le poussa du museau et il sourit, malgré l'état du monde autour de lui. Il avait sa compagne et son loup, et ça n'était pas rien.

Ils sortirent de la voiture et entrèrent dans la maison. Il alluma la télévision, ayant besoin d'un bruit de fond et voulant savoir si on parlait de l'incident aux informations locales. Celui-ci avait probablement été relayé sur les réseaux sociaux et l'équipe au sein de la meute qui s'occupait de gérer ce genre de choses ne tarderait pas à leur faire un rapport, à lui et à son Alpha.

« Nous sommes conscients des violences qui éclatent entre nous et ceux qui s'appellent des métamorphes. »

« Nous ».

C'était un mot révélateur.

— Brynn, viens écouter, dit Finn alors qu'il regardait le sénateur McMaster parler à la caméra, un pupitre en bois devant lui et un drapeau américain derrière lui.

— Par la déesse, murmura Brynn. Il monte les humains contre les loups, mais à l'échelle nationale maintenant.

— J'envoie un texto à papa. (Son téléphone émit un bip.) Ils sont déjà devant leur télé.

« Nous enquêtons sur ces individus. Nous ne laisserons pas la peur dominer nos actes et notre société. Nous protégerons les nôtres. »

McMaster se tourna vers la caméra.

« Coûte que coûte. »

Sur ces mots, il répondit à quelques questions par des réponses élusives, mais tout cela donna un sombre pressentiment à Finn.

— Il n'a pas déclaré la guerre, mais ça n'en était pas loin, dit Brynn d'un ton brusque. Et le président ? Il a dit quelque chose ? Bon sang ! On a des loups qui sont membres du Sénat. Ils vont prendre la parole, maintenant ?

Finn se passa la main sur le visage et secoua la tête.

— On savait que ça allait arriver. Ces loups au Sénat feront ce qu'il faudra. Il ne s'agit pas des Griffes ou des Redwood. Mais de nous tous. De tout notre peuple. J'ignore ce qu'il adviendra ensuite, mais on n'est pas sans défense.

— Je sais, mais j'ai quand même envie de vomir.

Il la serra tout contre lui, son loup le poussant encore plus fort.

— Moi aussi, Brynn. Moi aussi.

La phase suivante du Dévoilement avait commencé et Finn ignorait ce qui se passerait. Ils avaient tenté de donner d'eux une image calme et sereine, et il priait pour qu'ils en aient convaincu certains. Il ne voulait pas penser à ce qu'il adviendrait sinon.

Les loups étaient exposés aux yeux de tous et ceux qui tiraient les ficelles dans le camp des humains arrivaient.

Ça avait commencé.

Leah

Leah courait derrière son frère jumeau, le cœur battant à tout rompre. Ils arrivaient. Ils savaient. Roland tendit la main derrière lui et elle la repoussa.

— Ne ralentis pas. Je te suis. Ne t'inquiète pas pour moi, tu pourrais trébucher.

Si seulement elle pouvait faire appel à l'eau autour d'eux pour les protéger, elle et son frère, mais c'était trop dangereux. Avec leurs poursuivants et son corps épuisé d'avoir couru bien trop longtemps, recourir à la magie signerait son arrêt de mort.

— Je ne t'abandonnerai pas, Leah. Alors magne-toi les fesses. Il y a un refuge au bout de la route. (Il lui adressa un grand sourire par-dessus son épaule, le front barré par la mèche de cheveux qu'elle adorait.) Je ne te détournerai jamais du droit chemin, sœurette.

Elle lui sourit alors même qu'ils couraient tous deux pour sauver leur peau.

— Tu n'es pas beaucoup plus vieux que moi, Ro.

— Bon. Allez, on y va.

Il se retourna, et s'arrêta net. Pendant une minute, la détonation qui avait fendu l'air la laissa de marbre. Roland tomba à genoux, et Leah cria.

— Roland !

Elle leva les mains et l'eau qui couvrait les feuilles des arbres après l'averse du matin monta dans les airs avec sa douleur, son atroce souffrance.

Une autre détonation.

Un coup de feu. C'était ça.

Une douleur brûlante sur le côté, une chaleur infernale qui ne s'apaisa pas avec l'eau au bout de ses doigts. Elle tenta de respirer, mais ne réussit qu'à tousser, ses jambes se dérobant sous elle.

Elle tomba près de son frère, les bras tendus vers lui, sans parvenir à le toucher.

Roland était affalé à un angle bizarre, le visage tourné vers elle. Les yeux écarquillés, aveugles dans la mort. Alors qu'elle avait été atteinte sur le flanc, il avait été touché en plein cœur.

Son frère, son jumeau, son confrère sorcier.

Parti.

Les ténèbres surgirent et elle ne lutta pas. Elle courait depuis si longtemps et à présent il ne lui restait plus rien.

Rien que le vide.

Ils en avaient eu après les sorcières… et ils avaient gagné.

Épilogue

Brynn réprima un gémissement alors qu'elle terminait de se métamorphoser en humaine. Elle venait de faire sa première chasse avec les Redwood et tout s'était bien passé. À présent, elle était en sécurité avec Finn derrière les barrières de la tanière et elle avait vraiment très, très envie de lui sauter dessus. Bien sûr, elle avait toujours envie de lui sauter dessus, alors ça ne changeait pas vraiment des autres jours.

Ils n'étaient pas sortis de la tanière ces trois derniers jours. Pas depuis que McMaster était passé à la télé. Ils finiraient par ressortir, mais là tout de suite, ils se regroupaient et s'assuraient que leur meute était saine et sauve avant qu'une autre tuile leur tombe dessus.

Elle mettait ce temps à profit pour se faire à l'idée qu'elle appartenait à une nouvelle meute. Les Griffes lui manquaient terriblement, mais entre les souterrains et le téléphone, elle leur parlait ou les voyait presque quotidiennement.

Tout irait bien pour elle. Et elle ferait une super Redwood.

— J'adore la vision de tes fesses nues au clair de lune, dit Finn d'une voix traînante.

Brynn roula des yeux.

— Merci.

Elle remua son popotin et il grogna.

Elle se tourna pour lui et faillit avaler sa langue à la vue de son corps nu, en érection et tout à elle, bon sang.

— Mince, tu es vraiment superbe.

Elle ne se rendit compte d'avoir parlé à voix haute que lorsque Finn lui fit un clin d'œil.

— Merci, ma chérie. (Il se rapprocha.) Que dirais-tu si on… ?

Un coup de feu.

L'odeur du sang.

Un cri.

Un autre coup de feu.

Plus de sang encore.

— Finn.

Il courut en direction de la détonation et elle jura, lui emboîtant le pas. Ils étaient loin des autres à présent parce qu'elle avait voulu passer du temps seule avec lui. Elle espérait que d'autres viendraient, n'ayant pas de téléphone sur elle. Mais bon sang ! si un membre de la meute avait été blessé, la guerre serait déclarée à coup sûr.

— Bon sang. C'est juste de l'autre côté des barrières.

Finn grogna et continua à courir, franchissant celles-ci.

Elle le suivit. Peu importait qu'il puisse s'agir d'un piège. Quelqu'un avait été blessé et ils ne le laisseraient pas mourir parce qu'ils avaient peur. Ils n'étaient pas comme ça. Les loups n'étaient pas comme ça.

Ils rejoignirent une petite clairière, toutes griffes dehors et sur le qui-vive. Sur le sol devant eux ils virent deux corps, celui d'un homme et celui d'une femme. Tous deux étaient affalés dans une mare de sang. Brynn renifla profondément et jura.

— Des sorcières. Finn, ce sont deux sorcières. Je ne sens l'odeur de personne d'autre. Celui qui leur a fait ça a filé depuis longtemps.

Finn s'agenouilla nu près d'eux.

— Il est parti, mais elle a un pouls faible. Putain ! Je ne pense pas qu'ils fassent partie du convent avec lequel on coopère, mais on ne peut pas les laisser ici.

Brynn s'agenouilla aussi alors que Finn s'activait pour aider la femme. Elle fouilla les deux corps, mais ne trouva aucune arme sur eux.

— On les amène dans la tanière ?

Finn acquiesça d'un signe de tête.

— Il le faut. Elle mourra si elle ne reçoit pas de soins médicaux. Et bon sang ! s'ils couraient de ce côté, ils cherchaient peut-être de l'aide auprès de nous. Je ne sais pas, mais il faut faire vite.

Elle hocha la tête et hissa l'homme sur son épaule.

— Prends-la et cours. Je serai derrière toi. Tu es plus rapide que moi.

Il souleva la femme dans ses bras, faisant attention à ses blessures.

— Suis-moi de près. Ce n'est pas parce qu'on ne sent l'odeur de personne d'autre qu'on est seuls. Ça ne marche plus comme ça.

— Je sais, dit Brynn d'un ton féroce. Maintenant vas-y, mon compagnon à moi. Je t'aime. Prends garde à ne pas te blesser.

— Je t'aime aussi, ma Brynn chérie.

Sur ces belles paroles, il se retourna et s'élança, la femme mourante dans les bras. Brynn le suivit, à une allure tout aussi rapide. On avait tué et blessé des sorcières près du territoire des Redwood et des Griffes. Il ne pouvait pas s'agir d'une coïncidence.

C'était fini ça.

Le monde était sur le fil du rasoir. Un faux pas et tout s'écroulerait autour d'eux. Elle priait juste d'être capable de s'accrocher, alors. Parce qu'à présent, elle avait son compagnon, avait trouvé sa voie. Elle avait trouvé son Finn, son âme. Et quoi qu'il arrive, elle ne le laisserait pas lui échapper.

Le destin lui avait donné le choix et elle l'avait fait.

Désormais, c'était au monde de faire le sien.

Remerciements

Il y a cinq ans, quand j'ai introduit Kade et Mélanie dans *Jasper*, le premier tome de la série Redwood, je n'aurais jamais imaginé écrire un jour un livre sur leur fils adulte mis face à des terreurs encore plus dangereuses qu'un démon brûlant de dominer le monde. Des couleurs de la couverture, au titre et à l'idée qu'il y a une issue au bout du tunnel, l'histoire de Finn s'inscrit dans la voie de son père. Je le savais en me lançant, en revanche j'ignorais être sur la même voie moi aussi.

Je vais être franche, l'histoire de Finn et Brynn m'a anéantie. Ces deux-là ont mis mon cœur et mes neurones à rude épreuve, mais au final, après que toute leur histoire a été réécrite trois fois, *Finn* est prêt pour vous.

Je veux remercier Kennedy Layne de m'avoir tenu la main lorsque j'en étais encore au stade des premiers jets. Tu n'imagines pas à quel point tu m'as aidée juste en m'écoutant. Merci Chelle d'avoir pris les choses en main quand j'ai paniqué et d'avoir donné vie à leur histoire avec tes révisions. Je t'adore, et maintenant je sais bel et bien que nous avons un avenir brillant ensemble à travers nos mots. Merci Rebecca et Dr Chéri pour votre aide tout du long. Finn et Brynn sont plus éclatants grâce à vous. Les Sprinteuses sont toujours là pour moi, alors merci Shayla Black, Carly Phillips, Julie Kenner, Lexi Blake, Kennedy Layne, Angel Payne et Jenna Jacob.

Aussi, merci Steve Berry de m'avoir écoutée parler quand je tentais de venir à bout des difficultés que me posait l'intrigue. Qui aurait cru qu'une balade sur la plage à la recherche de requins, de tortues marines et de verres de mer m'aiderait à raviver la flamme dont j'avais besoin pour terminer ce livre ?
Comme toujours, merci, chers lecteurs, de m'accompagner à chaque pas. Pour ceux d'entre vous qui ne font que commencer ce voyage, j'espère que vous avez adoré Finn et Brynn autant que moi. Pour ceux qui sont là depuis le début : Finn vous attendait…

Achevé d'imprimer en mai 2021
Par CPI Brodard & Taupin à La Flèche
N° d'impression : 3043163
Dépôt légal : juin 2021
Imprimé en France
81122998-1